公元787年，唐封疆大吏马总集诸子精华，
意林：始于公元787年，距今1200余年

意林®轻文库

青春最美，梦想出发

中国式好看轻小说优鲜品牌

世界第一的女王陛下

Shijie Di-yi de
Nüwang Bixia

II 名门贵女

忘川晴 著
WANG CHUANQING WORKS

吉林摄影出版社
·长春·

图书在版编目（CIP）数据

世界第一的女王陛下. Ⅱ, 名门贵女 / 忘川晴著. -- 长春：吉林摄影出版社, 2017.7
（意林·轻文库. 恋之水晶系列；028）
ISBN 978-7-5498-3235-4
Ⅰ. ①世… Ⅱ. ①忘… Ⅲ. ①长篇小说－中国－当代Ⅳ. ①I247.5
中国版本图书馆CIP数据核字(2017)第176324号

世界第一的女王陛下Ⅱ名门贵女

Shijie Di-yi de Nüwang BixiaⅡMingmen Guinü

著　　者　忘川晴
出 版 人　孙洪军
总 策 划　安　雅　张　星
责任编辑　施　岚　胡晓路
图书统筹　三木卷卷
特约编辑　雷凌云
绘　　图　E.Pcat
书籍装帧　胡静梅
美术编辑　赵艳红
开　　本　700mm×1000mm　1/16
字　　数　280 千字
印　　张　14
版　　次　2017 年 7 月第 1 版
印　　次　2017 年 7 月第 1 次印刷

出　　版　吉林摄影出版社
发　　行　吉林摄影出版社
地　　址　长春市泰来街 1825 号
　　　　　　邮编：130062
电　　话　总编办：0431-86012616
　　　　　　发行科：0431-86012602
网　　址　www.jlsycbs.net
经　　销　全国各地新华书店
印　　刷　河北鹏润印刷有限公司

书　　号　ISBN 978-7-5498-3235-4　　**定价**：24.80 元

目录

Contents

目 录

Contents

楔子

阳光柔和地照在树枝尖端的叶片上，秋季的风里带着一股浓郁的桂花香，沁人心脾。尚佐第一高中的校门大道两旁行走的都是穿着校服的少年少女。

一个黑发黑瞳的少女正拖着两个笨重的箱子走在这条道上，身后跟着一个想伸手帮忙却屡次被拒绝的少年。当少年第三次伸手要去拖她的箱子时，少女终于忍无可忍地转过头："苏彦，如果你真的想帮忙，就去前面找路过的同学，问一下教导处在哪儿。"

被唤作苏彦的少年微微缩了一下肩膀，眼睑垂了下来，显得有些沮丧："我知道了，姐。"他转过身，暖暖的阳光倾泻而下，照在他单薄的肩头，显出漂亮的线条。

前方走过几个同学，但少年显然有些腼腆，上前几步之后就慢了下来，双手紧紧攥着衣角，张了几次嘴都没有问出口。直到身后拖着两只箱子的少女走到他身边，恨铁不成钢地看了他一眼，抬头冲前方行走的学生开口："同学，请问教导处在哪儿？"

那几个学生转过身，看见站在阳光中的两个人，其中一个穿着干净衬衣，秀气精致，另一个身材有些纤细，却拖着两个巨大的箱子，脸上洋溢着灿烂的笑容，仿佛全天下的光芒都集中在了她的身上。

"我们的学校非常大，"走在前面的学生将手一指，"这里是操场，那里是礼堂，你顺着这条路走下去，礼堂后面有一栋办公楼，教导处就在那儿。"

少女感激地点了点头："谢谢。"

她拖着箱子就要走，那学生怔了一下，忽然开口："你是新来的学生？你叫什么名字？"

有风从她身后拂来，吹过道路两旁树梢上的花，白色花瓣纷纷飞起，如同振翅而飞的蝴蝶，迎着金辉，优雅地在空中飞舞。他们看着那个少女转过身，扬起笑容："我是苏央然。"

第一章
尚佐第一高中

第一节

转学并不算是一件愉快的事。

苏央然之前在洛兰科斯男子高校女扮男装念书，被发现了身份后，就和苏彦一起转学到了这所距离家比较近的学校——尚佐第一高中。

这所学校比较普通，城内一共有十一所高中，这所尚佐第一高中只能排上前五。“尚佐”是学校投资人的小孙子的名字，据说这所学校的投资人年近九十，他的儿子在五十岁时意外得了一个儿子，那个投资人高兴坏了，特意开设了这所学校，方便他的小孙子就读。学校还设立了一笔奖学金，叫作尚佐奖学金，每学期的奖金有1万元人民币，在高中里，算是很多了。

苏央然之所以挑选这所学校，是因为它的师资力量雄厚，奖学金高，而且离自己家不远，上下学也方便，不用再住校了。

转学有一个好处就是，可以让班上的人立刻记住你，但也有一个坏处，转学生交朋友往往更困难。因为那个时候大部分人都已经拥有了自己的朋友群，你想融入进去并不容易。苏彦和苏央然同时转入了这所学校的实验班，刚进教室，连自我介绍都没有做，苏央然就感觉到了一股很重的敌意。实验班又被称为快班、尖子班，就是把入学时成绩最好的学生放在一起，大家成绩不相上下，更有竞争意识。

转学的第一天，苏彦因为身体不适，下午就被父母接走了，苏央然留在学校上课。她的位置还是不错的，第三排，既能看清黑板，又不至于吃到粉笔灰。这个班都是一人一座，所以没有同桌。苏央然上了几节课之后，忽然觉得这里的课程进度要比洛兰科斯慢很多，就打算下课的时候去一趟办公室，询问能不能单独开辅导课。

她正整理着书本打算站起来，忽然教室里的喧闹声停止了，所有人都朝着后门看去，一个衣衫不整，连校服领带都打反了的少年从门后面走进来，他极其嚣张地踢了一下旁边坐着的那个同学的椅子：“挡在门口做什么？碍手碍脚！”

那个同学吓得立刻搬着椅子挪了几步，不敢跟他发生冲突。

苏央然沉默地看了一会儿，然后忽然反应了过来……噢，那个投资者的小孙子，正好是上高中的年纪，被安排在最好的实验班里，也是理所当然了。

她平静地收拾了一下课本刚要站起来，手机铃声忽然响了。在此刻寂静的教室里，她那奇妙的手机铃声顿时变得非常突兀：“我是一只可爱的小鸡，我啄啄啄啄啄，我啄啄啄啄啄……”

当时全班估计有三分之二的学生都转过头来看她了吧？剩下的三分之一可能早就被吓破胆了，哪里还敢回一下头。

苏央然很淡定地接起了电话："妈，什么事？苏彦的身体很不好吗？我知道了，我会早点儿回家的。好，路过菜场的时候我会顺便买一些菜回去。你放心，一定都是苏彦爱吃的。"

"啪！"苏央然挂了电话。她回过头看了看周围望着她的人："现在是课余时间，家里有事临时用一下手机应该没问题吧？"

"没问题！"周围的人异口同声。

苏央然点了点头："那就好。"

"我们班来了转学生？"刚进来的少年自然是注意到了苏央然，他仗着自己是投资人的小孙子，一直在学校里为所欲为，没有一个学生不害怕他。学校里很多学生都被他欺负过，而且他喜新厌旧得厉害，欺负一阵子之后，会换一个人欺负，久而久之，学校里的学生都知道了他这个脾气，被欺负的时候也忍着，最多一个星期，他就会腻烦了。如今来了新玩具，他自然是很高兴的："你叫什么名字？"

苏央然抱着书站了起来，她扬起一个微笑："你好，我叫苏央然。"

"苏央然？好奇怪的名字。喂，我叫尚佐，我爷爷是学校的投资人，这整个学校都是归我管的。我们做朋友怎么样？"他每次都是以做朋友为借口拉拢这些人，然后又以"我们是朋友"为借口，强迫他们做一些不喜欢做的事情。

也有很多人听到他的名字，知道他的爷爷是学校的投资人，哪怕知道会被欺负，也前仆后继地想要跟他扯上关系。

苏央然只一笑，不答应，也不拒绝，就这么走出了教室，往办公楼的方向走去。被晾在一边的尚佐第一次被人无视，有些生气，但更多的竟然是激动！哈哈，这一次会不会找到了一个更好玩的人呢？

苏央然的提议，老师显然是接受的，他们期待可以多培养出考上名牌大学的学生，虽然这所高中教学质量很不错，但是能够考上名牌大学的也确实不多，所以苏央然傲人的成绩一直让他们很激动。

尚佐一直在等苏央然回来，可惜到了上课，苏央然都没有回来。

她的课程被重新调整了，由专门的老师为她上课，就在办公室隔壁的资料室里讲学。苏央然学得很快，老师们更是欣慰，难得遇到这样一个聪明的学生，这感觉就好像挠痒痒挠到了最正确的地方。

尚佐等了两节课苏央然都没有回来，一直到放学，她才走进了教室，开始收拾书本。尚佐几步走到了她的身边："喂，一起走吧，我有专车接送呢。"

苏央然抬头看了他一眼，不温不火地回他："我还要去买菜，你要跟我一起去吗？"

第二节

湿漉漉的地面，上面有日积月累的污渍，还有散落四处的烂菜叶，尚佐觉得菜场的空气里弥漫着一股说不上来的臭味，总觉得好像有东西腐烂着。头顶的灯不太亮，几个五大三粗的男人正割肉，还有几个围着围裙的大妈用一双干枯的手不断地往菜上喷水。这恐怕是尚佐第一次进菜市场，他以前只在大型的超市里见过包装精美摆放得当的菜，绝对没有进过这种地方！

苏央然好像早就习惯了，熟门熟路地走到一个摊位前："三婶，今天有什么好菜啊？"

"有，多着呢。茭白，西红柿，冬瓜，都是最新鲜的。你们家苏彦不是最喜欢吃冬瓜吗？放点儿腌肉片，味道会更香。"那个笑起来满脸都是皱纹的女人麻利地拿起一把刀。苏央然点了点头："那切一点儿冬瓜。"

"好嘞！"

买完了冬瓜，她又精挑细选地买了排骨、鱼，还有各种配菜。尚佐一直捏着鼻子，好几次想要离开，但是一看到苏央然还在前面走，又忍了忍，继续跟着。

买完了菜，苏央然拎着大袋小袋从里面出来，她将一个装了活鱼的塑料袋递给尚佐："帮我拎一下。"

"干吗要我拎！它是活的，味道很腥！"尚佐差点儿就要跳起来了。

苏央然眉头一皱："还说做朋友……"

尚佐立刻手一伸，把那鱼接了过来："拎就拎！"拿到手里他才忽然反应过来，这些话不应该都是他来说的吗？这次怎么反过来了？

苏央然慢条斯理地在前面走，尚佐拎着鱼跟在后面，他的司机开着加长型林肯轿车在后面慢慢跟着，他们进了一条小弄堂，司机实在开不进去了，便停在了外面。尚佐很不明白，为什么她有车不坐，非要用走的。苏央然却说走路可以锻炼身体，还能保持体形。

好不容易到了她家门口，尚佐非常鄙视地扫了一眼……她家很破旧，虽然有两层，但是看上去像是以前农村才会建造的房子，墙上贴着的瓷砖已经很黑了，似乎从来没有擦过。门倒是换成了很现代的防盗门，只是窗户还是一样老土。

"这就是你家啊？"

尚佐冷哼了一声。他家可比这里大多了，而且他的父亲专门给他在全国各地买了好几套房子，方便他旅游的时候住。随便拿出一套来，都比这里好上千百倍。

“要进来吗？”苏央然打开了门。

尚佐明显是一脸嫌弃的样子：“都已经旧成这个样子了，不会坏吗？”

苏央然眉头再次皱起：“还说是朋友……”

“我进！”尚佐发现自己真是拿她没有办法，明明那是他的台词好不好，以前他专门用这句话使唤别人，如今为什么突然就被人使唤了？话说回来，他为什么要这么听从她的话？

“坐吧。”苏央然进了屋之后，把手里的菜放进了厨房。

尚佐上下打量着，虽然这屋子外头看上去不怎么样，里面还那么拥挤，却意外地很干净。他随便挑了一把椅子坐了下来。桌上整齐地摆放着一些茶具，茶具边还有一盘水果，看着非常可口的样子。

苏央然在厨房里洗了一个很大的西红柿，走出来的时候塞到了尚佐的手里：“吃吧，这是你陪我买菜的谢礼。”

“我才不要吃这个！这个是生的！”尚佐差点儿跳了起来，苏央然一把按住他：“西餐不是都有生的西红柿吗？你难道连西餐也没有吃过？”

“西餐里的西红柿搭配了别的作料！”尚佐死也不肯吃。

苏央然立刻皱起了眉头，这次她还眨了一下眼睛，眼泪汪汪的样子：“还说是朋友……我可是亲自帮你洗的……”

尚佐真想打她，每次都用这句话逼他，可是“做朋友”确实是他先提出的，现在反悔总归说不过去。他咬了咬牙，心一横，咬下一口西红柿，硬是生吞了下去。

好像也不是很难吃……

苏央然其实很想笑，她还是头一次遇到这么好玩的人，虽然脾气暴躁，不过还是很单纯的，不是坏孩子。

苏央然正打算进厨房去洗菜，忽然听见开门的声音，她立刻走了出来：“妈，爸，你们回来了。”

从外面进来的，正是她的老爸老妈，只是他们脸上都一副凝重的样子，好像有心事。后面跟着的苏彦却一脸笑容，一副不希望她担心的样子。苏央然不是笨蛋，肯定是苏彦的病非常严重，否则他们不会是这副表情的。

“妈，我有个同学，今天来咱家吃晚饭。”苏央然立刻转移了话题。坐在桌边的尚佐本来想跳起来反对，谁说要留下来吃晚饭了？可是视线一接触到苏央然的父母……立刻就蔫了。

现在就在人家家长面前发作……不大好吧……

“是吗？第一天上学就交上了朋友，真不错呢。”苏央然的老妈也换上了笑脸，她把放在旁边的围裙拿了过来，系在了腰上，“那今天我就多做些好吃的，让你们大饱口福。”

苏彦走了几步，站到了尚佐的身侧，他的脸色很苍白，却笑容灿烂：“你好，我叫苏彦，是苏央然的弟弟，也是今天转到你们班上的学生。只是下午去了一趟医院，所以提前离开了，以后请多多关照。”

我可不会关照!

虽然心里这么喊着，可尚佐还是伸出手与苏彦握了握：“你好……”他今天到底是来干什么的？明明想着要欺负转校生，结果居然陪她买了菜，还要留下来吃晚饭!

第三节

晚餐的确很丰盛，虽然苏央然的老妈唠叨了一点儿，但是烧得一手好菜。尚佐本来是一个很挑三拣四的人，他吃的食物向来都是由大厨准备的，哪里会吃这样的家常菜。但他吃到嘴里时，却发现竟然还不错。

为什么家里的大厨不能烧这些家常菜？

他抬头看了看周围正在吃饭的人，苏央然的弟弟苏彦是吃得最儒雅的一个，而且他的食量很小，吃一口就要咀嚼半天，不像苏央然，一口饭囫囵吞枣似的咽下去了。

等等，他什么时候记住了他们的名字？他以前可是从来都不会记别人名字的！尚佐心里纠结了，自从这个转学生来了之后，自己好像越来越不正常了，居然能风平浪静地坐下来吃这样的晚餐，还记住了他们的名字！

他有些苦恼地伸手敲了敲自己的脑袋，苏央然吃惊地看着他："你头痛？"

"不是，"尚佐立刻摇了摇头，"我只是——"

话还没有说完，突然传来一阵敲门声，苏央然的老妈有些郁闷地抬起头："这个时候谁会来啊？"

苏央然走到门口开门，眼前出现一个银色长发的少年，是朔连城。

苏央然今天穿着尚佐高中的女生校服，上身是女式的校服外套，下面是百褶裙。

第一次看到这般模样的苏央然，朔连城整张脸都涨红了，有些语无伦次："我，我在学校知道了……你女孩身份暴露的事情。啊，我的意思是说，我是后来才知道的，不是以前就知道。"

他说着，边上忽然冒出另一个金色头发的脑袋，同样穿着洛兰科斯校服，是户。他很干脆地替朔连城讲清楚了话："朔连城说，你女扮男装在我们男子学校读书的事情，他已经知道了。今天特地过来探望你。"

还吃着饭的尚佐听到这句话一下子瞪大眼睛："你在男校念过书？"

"嗯，因为苏彦身体不好，他考入了男校，我便去照顾他了。"苏央然完全不遮掩，自从在洛兰科斯暴露了身份之后，她知道朔连城迟早有一天会知道。

她居然承认得如此坦然？尚佐像看怪物似的看她："所以你才转学来我们学校？"

"也不完全是因为我暴露了身份，在暴露之前我已经决定转过来了。"苏央然说着，打开了门，让朔连城和户进到了屋里。母亲已经十分热情地去厨房拿了碗筷："同学来了吗？快过来一起吃饭吧。"

于是，朔连城和户也被留下来吃晚饭。

苏央然本来以为以朔连城的性格，会在她耳边抱怨当初对他隐瞒身份的事，可没想到一顿饭下来，他格外安静，只是坐在边上看着她一个劲儿地傻笑。

苏央然抽了抽嘴角："你们从洛兰科斯过来，明天还要上学，怎么回去？"

户顶着一头毛茸茸的金发，特别可爱地回答："我和朔连城已经递交了转学单，明天就转到尚佐高中，和你一起念书。"

尚佐高中这个学期，算上苏央然和苏彦，一下子迎来了四个转学生。

户和朔连城转来的第一天，两个人便在校门口因为谁先进校门这个问题起了争执。当时两个人的车一同堵在了校门口，一辆是加长法拉利，一辆是保时捷跑车，两个人见面的瞬间仿佛有强大的电流在他们之间交汇。

本来两辆豪车已经震惊了围观的师生，更要命的是这两辆豪车居然像野狗打架似的斗了起来，双双后退几百米然后猛地向前冲，来回蹭撞了无数次。连车门都被撞歪了，双方司机苦苦恳求，两个人才满脸不爽地从车里走了下来。

户依旧是一副没有睡醒的模样，手里还抛着太妃糖。他一下车，周围的女生就把视线转到他身上："哇，好可爱的男生！""就像漫画里的小正太！""他眼睛一定很大，如果可以摘掉眼镜就好了。""是啊是啊，好喜欢他哦。"

"小矮子，先来后到懂不懂，我的车已经轧到校门这条线了。"朔连城毫不客气地吼了他一句。

户扭头看了他一眼，不温不火地回："你是小学生？轧线抢座位吗？"

"喂，看看你的身高，你才是小学生！"两个人在门口争执起来。

尚佐一大早上学，自己的车就被堵在了外面，他气愤地叫司机按喇叭，结果堵在门口吵架的人压根儿就不理睬他。他恼火地从车上下来："喂，你们怎么回事？车撞了不知道拖去4S店修吗？挡在门口碍手碍脚，让我们怎么进去？"

他真是气疯了，最近学校是怎么回事？这可是他的地盘，他才是老大！这些莫名其妙的家伙怎么一个个给他气受！

尚佐发怒，许多围观学生连忙退散，而户跟朔连城完全无视他的存在，依旧在那里吵。苏央然和苏彦也来上学了，她郁闷地看了一眼门口的几个人，然后淡定地从小门走了进去。尚佐也加入了吵架的行列，三个人各有各的吵法，就这么叽叽喳喳地热闹了半天。

"小学生。"

"你才是小学生！你这个小矮子，天天吃奶糖，一辈子长不大！"

"你们两个浑蛋快把车挪走，碍手碍脚！"

第四节

当这三个人来到教室，教室就不再安静了。大部分同学为了考上好的大学而拼了命地念书，而他们几个显然并不在意考试这档子事，从进教室就开始吵……不，他们在外面就已经吵个没完了，进了教室吵得更凶。户属于淡定型的吵架者，他说话不多，对方骂了一堆话之后他才蹦出一两个字噎对方。而朔连城就像个特别爱吵架的妇女，一个劲儿地为自己辩解。尚佐本来是没他什么事的，他偏要挤进去跟他们吵，三个人你一句我一句的，小小的教室里都是他们吵闹的声音。

苏央然很恼火，她本来就不是喜欢热闹的人，好好的教室变成这样，她更是怒火冲天："你们吵完了没有？还上不上早自习了？不上早自习就给我出去，别妨碍我看书！"

尚佐简直快气疯了："是你们在妨碍我！这所学校原本就是为了我而办的，你们才是外人！"

苏央然眼睛一瞥："是吗？你是要我们离开尚佐高中吗？"

她语气不重，但是一句话竟然让尚佐无法开口，好像周围突然有一股压力似的，重重地压在他的身上。如果是平时的他，早就破口大骂，理直气壮地让他们离开这里了，可是现在这些话到嘴边突然之间又卡住了，怎么也无法说出口。

见三个人不再争执，苏央然转身继续看书。朔连城还恶狠狠地挥着拳头要跟户决斗，户压根儿就不搭理他，只是靠近了苏央然："我这道题不懂，央然教我。"

"这道题吗？哎，这个不是很简单吗？上次我们还考过呢，你怎么会不懂？"苏央然有些郁闷，但她还是很耐心地教导户。朔连城气得牙痒痒，可又不敢弄出太大的动静，怕苏央然会更生气。

好不容易熬过了早自习，才一下课，三个人又杠上了。凳子椅子、圆规尺子在教室乱飞，大部分人都有些害怕，他们纷纷退让到两边，不敢惹这三个人，而苏央然只能无奈地坐在自己的位置上，继续复习课本上的内容。

尚佐虽然吵得很凶，也觉得很烦躁，但是不知道为什么，他忽然觉得自己不再寂寞了，也不再觉得无聊。自从这几个人转学来了这里，他好像拥有了可以一起打闹一起说笑的同伴，尽管这几个同伴是这么惹人讨厌。

而且，他也渐渐开始注意身边的人，特别注意那个从来都是一副淡定自如的模样的苏央然。以前他是一个以自我为中心的人，觉得全天下的人都应该以他为主，他就是国王，所有人必须听从他的命令。可是苏央然不听他的，甚至自己还被她牵着鼻子走。后面转来的那两个男生更是如此，他们总是吵架，自己也莫名其妙地喜欢挤进去吵架。

尚佐发现自己变了，变得不像以前的自己了，很多事情自己都无法掌控，甚至连自己的情绪都不会掩饰。

尚佐家的用人也发现自己家的少爷变了，他变得会笑，偶尔用人做错事，他也不再恶狠狠地辞退，而是鼓着腮帮子轻微地责骂一句。这样的转变让尚佐家的气氛渐渐变得愉快起来，连尚佐的爷爷也觉察到了这种变化。

尚佐的爷爷和朔家的老爷不同，他是一个非常时髦的老爷子，因为以前喜欢《上海滩》这部片子，以至于到现在他都梳着油亮油亮的头发，脖子上必定围着一条白色围巾，头上也常戴一顶黑色的帽子。虽然年纪已经很大了，却非常健康。他坐在真皮沙发上，手指有节奏地敲着桌面："尚佐身边是不是多了什么人？"

旁边的秘书将几份资料放到了他的面前："前些日子尚佐高中实验班转来了四位学生，少爷这几日和那四位转学生走得比较近。"

老头子接过那几份资料，看到朔连城的名字时愣了一下："这不是朔家的孩子吗？听说他是朔家未来的继承人。这个孩子怎么会来尚佐高中读书？朔家在洛兰科斯学校里捐了很多钱，就是为了让这个孩子有个好的学习环境。"

"是的，董事长。这四个学生，都是从洛兰科斯转过来的。"秘书接了一句。老头子听了差点儿跳起来："都是从那个男校转过来的？可……这里面不是有一个女孩子吗？"

"董事长，这位苏央然当初是女扮男装进洛兰科斯念书，似乎是因为她的弟弟苏彦的身体不是很好，所以她的父母一直让她跟随在弟弟身边照顾他，上高中时苏彦考入了洛兰科斯，他们便让她也念了那所学校。后来因为身份暴露，便从洛兰科斯转学到了少爷的学校。她的成绩非常好，是最有希望考入名牌大学的学生。"秘书把苏央然的成绩单递到了老头子面前。老头子有些意外："老话说，女子念书会比男子差一些，可看到这个孩子，就知道那些老话都是骗人的。这样的成绩，不是普普通通的用功就可以取得的呢。"

秘书点了点头："是的。在洛兰科斯，她的成绩也是数一数二的。"

"以后要多照顾他们一些，尚佐这孩子从小被我惯坏了，如今能够遇到这样的朋友，应该会带他走上更远更高的路。或许，今后他们也能够成为事业上的伙伴……"抑或，事业上的敌人。

第五节

“你不要老是跟着央然！她会很烦的！”教室里，朔连城又在对着户嚷嚷了，户黏着苏央然，非要把桌子搬到她的桌子边上。朔连城气得咬牙切齿，恨不得宰了这个家伙。另一边的尚佐也非要挤进来吵架，把他们两个都骂一遍，然后等着他们骂回来。

苏彦的位置原本是安排在苏央然身边的，但是因为那三个家伙实在太吵了，苏央然怕影响到苏彦，就让他搬到了另一边去。他就坐在那里，每天看着苏央然……窗外的阳光斜斜地照射进来，她这个短发公主，被一群王子围绕在中间，他们为她吵闹，为她争执，为她打架。

自己不知道什么时候就会突然离开这个世界……那个时候，苏央然也不会寂寞吧。她是一个多么光芒四射的人啊，无论到什么地方，总能够吸引那么多人关注她。

而自己……或许会被淡忘吧。

眼睫微微颤动，他要低下头去，忽然苏央然的视线转了过来，她冲苏彦微微点头，然后又埋头继续做功课。

苏彦怔在那里。他并不知道，其实苏央然一直关注着他，几乎每隔一个小时就会抬头看看他，害怕他出事，担心他身体又不好……而这样的注视，却让苏彦近乎热泪盈眶。如果，如果他不是她的弟弟，也许根本得不到这样的关注；如果他不是她的弟弟，他也会像其他人一样，拼命地想要留在她的身边，却无法得到她一丝关注；如果他不是她的弟弟，也许他根本就没有办法走到她的身后，只能看着她越跑越远，越跑越高，一直消失在天涯海角。

他爱极了这个身份，却也恨极了这个身份。他知道，所有人都知道，他只是因为“弟弟”两个字才有资格留在苏央然身边的，没有了它，他什么也不是。

“姐……”他的嘴唇轻轻颤动，想要说话，声音却细若蚊蝇，根本没有人会听得到。苏彦有些沮丧地再次低下头来。忽然，有一片阴影笼罩下来，他抬起头，苏央然就站在他的面前，她注视着他：“嗯，怎么了？”

苏彦一下子僵住了：“你，你听见我喊你了？”

“是啊。”苏央然觉得有点儿莫名其妙。她幻听了吗？

“不，我……”苏彦有些哽咽，“我喊你了，我只是……只是……想喊喊你而已。”

喊喊她而已？这么无聊？苏央然有些生气地撇嘴：“我很忙的好不好，而且走来走去很累的。以后没事别乱喊，我这几天腰疼，老妈每天都逼着我去阳台晒梅干菜。现在我是坐下去就不想站起来。”

“嗯。”苏彦扬起一个笑脸，“谢谢姐。”

“谢什么啊，莫名其妙。”苏央然弹了一下他的脑门，回到了座位上。

快要放学的时候，尚佐忽然跟苏央然提了一个建议：“上次你请我吃了晚饭，这次要不要去我家吃晚饭？我家有好几个大厨，做的菜都非常好吃。”

苏央然一回头：“你是在问我吗？”

“除了你还有谁请我吃过晚饭？”尚佐真想打她，但是他忍了，“我们家的厨子做菜真的很好吃……而且，我可是很少请别人去我家吃饭的。他们，他们也可以去……”

说到这里的时候，尚佐故意别过头去，他有些害羞。朔连城冷哼一声：“谁要去你家吃饭？你以为就你家厨子厉害？我家厨子也厉害。央然，去我家吃饭，我可以派直升机直接载你去，明天一早再把你送回来。”

“你，你以为我想请你吗？要不是看在央然的面子上，我才不会请你们两个浑蛋！”头一次请客吃饭居然被拒绝了，尚佐的脸都白了。

苏央然看了一眼尚佐，第一次帮着他说了话：“知道了，我会去的。”

尚佐一惊，他抬起头有些高兴地看着她，朔连城撇撇嘴，很想骂什么，却又骂不出来，只能哼哼唧唧道：“真没意思。”

“连城你也会去吧？”苏央然问了一句，朔连城立刻应道：“我会去！”

“哼，刚才还说不去，现在后悔了吧？”尚佐呛他，朔连城却也不理睬。

于是，放学后，一辆林肯轿车载着五个人前往尚家最大的别墅。尚佐的爷爷得到消息说尚佐的几个朋友要去家里吃饭，激动得立刻从公司赶回家。他很想见见那几个孩子，特别是苏央然。怎料他还没有坐上车，尚佐就打了一个电话过来：“爷爷！今晚你不要提早回家。我有几个朋友要来吃饭，你如果回来，他们看见你会被吓坏的！”

尚佐的爷爷有些伤心，立刻辩解：“怎么会被吓坏，爷爷又不可怕！”

“爷爷你的头发太难看了，不要回来，听见没有。如果他们今晚住下来，爷爷就去叔叔那边住一晚吧。”

尚佐的爷爷欲哭无泪：我这是被孙子嫌弃了吗？难道我真的要去换个发型？

尚佐家大门口。华丽的铁门徐徐开启，两边的管事和用人整齐地排列着，他们毕恭毕敬地对着驶进来的轿车鞠躬：“欢迎少爷回来。”

尚佐可得意了，谁家都没有这样的排场吧？怎料朔连城冷哼一声：“真傻气。”

连户也接了一句，哦不，一个字：“傻。”

尚佐真是要气疯了！这两个浑蛋，待会儿一定要在他们的饭里放很多很多辣椒！

第二章 苏彦动手术

第一节

尚佐家的厨子果然准备了很多好菜，在回家之前，尚佐就已经打过了电话。他们一到家，洗了手就可以直接吃饭。因为苏央然偏爱家常菜，他特意请了城里对家常菜比较拿手的厨师来，五花肉要选肥嫩多汁的，青菜要选叶短青梗的，西红柿要颜色鲜红，萝卜则要外形饱满表皮光滑，这些厨师精心挑选了新鲜的食材，烹制出了一道道可口的家常菜。

红烧肉、糖醋排骨、小炒牛肉、鱼香茄子，普普通通的菜，因为是千挑万选的食材，加上精致烹饪，让吃惯了大餐的朔连城都忍不住多吃了些："这厨子……不错啊。"

尚佐一哼："我们家什么都是最好的，如果不信，等会儿带你们去见识见识。"

一个小时之后，尚佐家豪华套间的浴室里。

淡蓝色的池水波光粼粼地翻滚，两边的人造瀑布"哗啦啦"流淌着，周围全部是镀金的浴器，而且在这间浴室另一边的房间里，什么笔记本电脑、平面电视、iPod音乐播放器、立体声音响、Xbox电玩、装满了饮料和零食的冰箱，一应俱全。这根本就不是浴室，而是一个娱乐设施非常齐全的温泉游泳池！

苏央然平静地站在那水池前，好半天才转过头："尚佐。"

"嗯？"

"你家果然很有钱。"

"还好。"

苏央然听到这句"还好"，有些不想接话，他家不是有钱，而是钱多得根本没地方花！一个浴室都比游泳馆豪华！

于是，原本打算吃了晚饭就离开的四人，又留下来游泳了。最郁闷的是，这个浴室还有男女隔间，苏央然去了另一头，尚佐、朔连城、户以及苏彦就留在了这一头。可怜尚佐的爷爷，在公司里等了好久好久，心里纠结着为什么自己的宝贝孙子还不给他打电话。

众人玩闹着，不知不觉就到了深夜，苏央然考虑到如果这么晚回去，父母必定睡了，他们明天是要上班的。况且身边还有一个苏彦，他显然已经困了，如果尚佐不觉得麻烦的话，倒不如在他家留宿一晚。

尚佐其实心里早就有这个想法了，他是第一次带朋友来家里玩，要是他们觉得很舒适甚至愿意住一晚的话，他可是非常得意的。更何况苏央然……

尚佐的视线移了过去，苏央然就坐在客厅的沙发上喝红茶，她的校服已经被拿去洗了，尚佐的衣服都太大了，她基本上穿不了，只好套了一件白衬衣，很大的那种，就这么松松垮垮地穿着。她的头发已经有些长了，头发上的水滴落到后颈里。

发觉自己竟然目不转睛地盯着她看，尚佐的脸都红了，他立刻回过头，拼命地拍打着自己的脸。

苏彦看了看时间，伸手拉了拉苏央然的衣摆："我们今晚不如留在这里休息吧，我有些累了。而且现在回去爸妈也睡了。"

苏彦这样一说，尚佐立刻应和了一句："是啊，我们家房子很大，空房间也很多。每个人安排一个房间是没有问题的。"

朔连城虽然讨厌尚佐，但是今晚的确太迟了，回去也不方便，所以没有开口，只等苏央然答应。

苏央然不知道心里在想什么，发了半天呆，忽然她抬起头来："有双人间吗？"

双人间？拜托，虽然他家房间多，可也不是开旅馆的啊！还分什么双人间单人间的，肯定是一个房间一张床啊。有谁家里一个房间放两张床的？简直是莫名其妙！

"苏彦身体不好，晚上我担心他有什么事情，我没有办法照顾。你们家的房子隔音太好了，不像我们家，只要喊一声，就可以听见。所以我想问问有没有两张床的房间，这样我可以照顾他。"苏央然解释道。

尚佐这才明白，他急忙道："这样，我们家有些客房是有书房的，我让人搬一张床到书房里，就像套房一样，央然也可以照顾到苏彦。"

苏央然觉得可以，便点头同意了。

房间安排好之后，苏央然抱着睡衣到了房间里。这房间十分宽大，有一个落地窗，窗外是美丽的夜景，还配有独立的卫生间，卫生间旁边就是尚佐说的书房，房间里有冰箱、电视机，还有台式电脑，一应俱全，那一张特别搬进去的床，倒是显得有些突兀了。

"今晚你和苏彦就住这里好了，另外那两个，我带你们去你们住的房间。"尚佐扭过头看了一眼身后的朔连城和户，忽然阴森森地笑了一下，"小心点儿哦，你们住的地方，以前可是发生过很多可怕的事情呢。我们家的用人经常说，那个地方总是会有敲墙壁的声音传出来，他们还看见过穿着白衣服的人在房间门口走来走去。"

朔连城听了倒吸一口气，户却早已经困了，揉着眼睛看他："快点儿去，我要睡觉了。"

第二节

尚佐家的床很舒服，被子也非常软。苏央然换了睡衣躺在床上，她探头往外看就可以看见苏彦。苏彦或许是真的很累了，已经熟睡过去，他微微皱着眉头，好像很不舒服的样子。

苏央然突然发现，他的脸色不知不觉间变得如此苍白。记得当初刚进洛兰科斯的时候，他还精神得很，可是如今，身体却是越来越差了。

父母只说不能再让他剧烈运动，也不能让他有太大的情绪起伏，否则会出事。

苏央然在很小的时候其实怨恨过他们，那么重男轻女，一点儿也不关心她，只关心苏彦。后来渐渐长大，这样的怨恨也淡去了。两个孩子之间，到底偏向谁一些，到底重视谁一些，其实都无所谓，毕竟苏彦是与她血脉相连的弟弟，她疼他是理所当然的。

只是有时候还会小小地嫉妒一下，特别是当父母的眼光从自己身上掠过，只注意到苏彦的时候。

她觉得，她已经做得够好了，一直在努力，一直在奋斗。她不断地表现自己，就是为了可以让父母的目光停留在自己身上多一点儿，但是他们的目光总像清风一样掠过自己。所以，她有些疲惫了，也好几次想要放弃这样的努力。

可她毕竟是孩子，还想得到父母的喜欢。

“有时候，我真的很嫉妒你呢。”下了床，她走到苏彦身边坐下，伸手轻轻将他的被子拉上去。

苏彦依旧是皱着眉头，睡得很不安稳的样子，或许还在做噩梦，嘴唇轻轻颤动，却没有发出声音。苏央然擦了擦他额上薄薄的一层汗，转身要回到自己的床上去，忽然苏彦像是梦魇一般轻唤出声：“央然……”

央然？他一向是喊她姐的，就算转学到了洛兰科斯，也是喊她哥的，从来没有这样直接喊过她名字。苏央然心里有点儿不爽，因为弟弟直接连名带姓地喊姐姐的话，很显然这个弟弟不太尊重姐姐，于是伸手恶狠狠地捏了一把他的脸，痛痛快快地回到自己床上。

半夜，苏彦醒了，脸上莫名有些痛，他一头雾水地坐了起来，看到苏央然四仰八叉地躺在床上。

她的睡相一直都不好，以前露营的时候，苏彦跟她睡在同一个帐篷里，差点儿就被她踹了出去。他挣扎着从床上站了起来，走了几步，只觉得眼前一片黑，根本无法站稳，跌跌撞撞地摇晃了几步，伸手抓住床沿坐了下去。

待到缓和过来睁开眼睛，才发现自己竟然坐到了苏央然的床尾。

好好的被子被扭成乱七八糟的形状，他用力拽了拽，把被子抽出来给苏央然盖好。只是做了这么简单的事情，他的心脏就跳得飞快，额间都是冷汗，感觉浑身的力气都被抽空了一样。

手指紧紧握住了被沿，他捂着胸口，压抑地喘息。

苏央然听到了声音，一下子睁开眼睛坐了起来："你怎么了？快去躺着，身体不舒服吗？我去帮你叫医生！"

"没事，姐，我没事。"苏彦拉住她的手，不让她走，"我坐一会儿就好，只是……有些累而已……"

"累？你又没有干活，怎么可能会累。肯定是身体不好，是不是很难受？我看你脸色铁青，得立刻去休息才行。我还是帮你喊医生过来，尚佐家有一个家庭医生……"苏央然还想说什么，苏彦的头轻轻地抵到她的肩头："我只是累了，姐，没关系的。"

苏央然呵出一口气，她不再多说什么，只是轻轻抚着苏彦的后背，让他顺顺气："爸妈带你去医院，医生到底说了什么？"

"没说什么。"苏彦风平浪静，脸上没有显现更多的表情，"后天我会再去一次，还有一些检查要做，再验验血。"

为什么要做这么多复杂的检查？难道……苏央然吃了一惊，她连忙推开他低头询问道："你要做手术？"

苏彦点点头："嗯，不是很大的手术……姐不用担心的。前些日子已经做了检查，医生说以我的身体状况还是尽快动手术的好。只要动了手术，我的身体就会好起来的。而且，医生说他会运用最先进的介入治疗手术帮我医治，不会有问题的。"

"胡扯，心脏病的手术会是小手术吗？爸妈那么快就答应了？万一医生手一抖怎么办……啊呸呸呸，我不乌鸦嘴。我是说，就不能做全面的检查，等到确定万无一失了再动手术吗？"苏央然差点儿就急得要跳起来。

苏彦笑了笑："姐，手术哪有万无一失的，总会有些风险。而且，你弟弟我从来不做坏事，老天不会让我死的。"

"老天要是看得见，就不会有那么多好人被害死了。好人未必能长寿。"苏央然抱怨了一句，她握住苏彦的手，"那你为什么不干脆留在医院里，还要来上学做什么？你的身体明明已经很差了。"

苏彦本来想说，是为了不让苏央然担心，也不希望因为自己身体的事情让苏央然再次休学进医院照顾他，可是话到嘴边又一下子改了口："我不想总是一个人，在学校里可以认识更多的朋友。"

第三节

这个晚上，苏央然和苏彦聊了很多。其实他们以前并不多话，偶尔交流也只是为了一些很平常的事情，譬如说递个杯子，拿块毛巾。但是这天，他们竟然坐着聊了三个多小时，一直到天蒙蒙亮，苏央然才强迫苏彦再躺下去睡一会儿。

和爸妈比起来，苏彦是更听苏央然话的，因为从小待在苏彦身边的，就只有苏央然了。对于他来说，她既像姐姐，又像母亲。

那些已经过去许久的画面，尽管泛了黄，却依旧在他的脑海里。苏央然站在小木凳上握着重重的铁锅为他煎荷包蛋，苏央然蹲在门口抱着一个大水盆为他洗衣服，苏央然叉着腰命令他把剩余的饭菜统统吃完，苏央然坐在床边为他扇扇子，苏央然牵着他的手走在黄昏的小道上……如果这些画面可以拍成照片，那或许会有很厚很厚的一本相册，上面都是他与她的画面。

所以，如果可以让他在死前许下一个祝福，他会把这个祝福送给苏央然。

祝福她一辈子……都可以拥有幸福。

手术日期临近，其实他是很害怕的，那天从医院回来，他一直神情恍惚，却在她面前装作无所谓的样子。

他常常在想，人死了，到底会变成什么，到底会去哪里呢？

苏央然还活着，他还能够看见她吗？他还能够陪伴在她身边吗？

如果许愿有用的话，他希望自己在离开这个世界之后，可以变成一颗小贝壳，留在苏央然的身边。一直看着她，看着她考上大学，看着她毕业，看着她找到合适的工作，看着她结婚，看着她生下孩子，看着她的孩子也渐渐长大，渐渐拥有了自己的家庭……

他只有这个愿望了……如果手术失败，他离开这个世界的话。

“你没有睡吗？”一整夜，苏彦都是睁着眼睛的。苏央然觉察到了，走到他那边，蹲坐下来。

苏彦立刻揉了揉眼睛：“没有，刚醒。”

“骗人。”苏央然捏住他的鼻子，“你的眼睛已经黑了一圈了，刚睡醒怎么可能是这副样子，还想骗我……是不是很担心，害怕做手术？”

“嗯……”终于承认了，声音却细若蚊蝇。苏彦觉得有些丢脸，拉起被子遮住自己的脸，苏央然抿了抿嘴：“在你做手术之前，我留在医院陪你吧。反正应该没有几天，等你健健康康出院了，我再回去上课。”

其实她是心甘情愿为苏彦停下脚步的。估计全天下，都没有像苏彦这样乖巧的弟弟了。从来不哭闹，从来不任性，从来都是为她考虑。虽然每次考虑之后所做的事情，都要她来收拾残局，但是苏彦是真心在帮苏央然。就像故意报考男校，也是为了不让苏央然为难。

他会把最好的零食藏起来留给她，会故意说喜欢穿旧的衣服而逼迫爸妈给她买新的，会拼命念书和苏央然考同一所学校，以防止母亲又让苏央然进她不愿意去的学校念书，会小心翼翼地跟在她的后面尽量不给她带来麻烦。

这样的弟弟，哪里去找？

那些电视上脾气又臭又爱惹事的弟弟，那些电视上总是抢姐姐东西抓姐姐头发的弟弟，那些电视上总是给姐姐带来麻烦的弟弟，从来跟苏彦没有半点儿联系。

唯一遗憾的是，他的身体真的很差，差到甚至让苏央然怀疑，他到底是不是他们家的孩子。不过没关系，这并不影响苏彦在她心中的地位，她一直很重视他，甚至比任何人都重视。

苏彦的眼帘微微颤动着，他苍白的脸透出一丝殷红："姐，手术结束之后，我们去海边，好不好？"

"海边……"苏央然皱了皱眉头，"去海边干什么？我们这里到最近的海，坐车也要三四个小时，手术结束，你得回家休养才行。"

"小时候我们去过一次，姐记不记得，当时我们捡了很多贝壳。可是因为太重，爸妈不让带回去，只挑了一个最轻的。"苏彦用手比画了一下，"这么小，白白的，海螺形状。可是在乘船回码头的时候，我弄丢了。"

苏央然当然记得，那是他们去南麂岛旅游的时候，在海边捡的贝壳。那次旅游之后，她就真的不想再去第二次了！为了看海上日出，她四点起来，结果只看到一个鸭蛋大的太阳，而且当时的海平面都是雾气和云，根本没有那种太阳从海底托出来的感觉。太阳很烈，苏彦不敢下水，她也没有游泳，就陪着他在沙滩上晒了一个下午！唯一得到的礼物就是那个贝壳，结果还被弄丢了。

自从那一次之后，她就对大海失去好感，所以听见苏彦提到海，她立刻就头痛起来："你想要贝壳吗？"

"嗯。"苏彦点了点头。

苏央然很勉强地纠结了一下："那姐姐帮你网购一个过来吧。现在网上什么都能买，买贝壳之类的根本就是轻而易举的事情。"

苏彦听完很无奈，不再答话。

第四节

苏央然还真的网购了一个贝壳回来，而且和他们曾经捡到的那个贝壳有些相似。白色的，海螺形状，只是稍微大了一些。贝壳很便宜，按斤算的，她只买了一个，快递费却要十几块。买的时候苏央然很纠结，但是想想总比再去海滩受罪的好。

拿到贝壳的那一天，正好是苏彦动手术的日子。家人在医院里等着，她中途跑回家一趟，就是为了取这个贝壳。

苏央然急急忙忙赶回来的时候，苏彦已经被几个护士弄到了活动病床上，要送进手术室去。她拿着贝壳飞快地跑到他身边，将手里的东西塞给了他。

“苏彦。”

“嗯？”

“要平安无事。”

“好。”

活动病床渐渐推远了，父母都焦急地跟了上去，只有苏央然还站在原地。她看着苏彦的身影一点点消失在走廊的转角，护士们小心翼翼地推着，明明走得不快，可是一眨眼工夫，就消失得无影无踪。

旁边就有长椅，她坐了下来。这里是B超检查室的门口，几个挺着大肚子的妇女正一同坐在椅子上等着进去检查。她们絮絮叨叨地念着各自家里的事情。其中一个说她已经是第二胎了，家里有一个女孩，婆家希望能够有一个男孩，所以她又怀了一个，如果生出来的还是女孩，估计会不受宠呢。另一个妇女则是第一次怀孩子，显得很紧张，倒也不在乎肚子里的到底是男孩还是女孩，只要生出来就好。

苏央然有一句没一句地听着，忽然一个妇女伸手拍了拍她的肩：“你那么年轻，也做母亲了啊？”

她嘴角抽搐了两下：“不……我只是在这里坐一会儿。呃，我弟弟在前面手术室里动手术。”

几个妇女见她跟她们不是一路的，也就不再搭理了，苏央然觉得无聊，便直接站了起来，朝着手术室的方向走去，爸妈肯定就在手术室的门口等着，只是这家医院的手术室外没椅子，要站的话得站很久吧。

到了手术室门口，苏央然果然看见他们站在那里等着，老妈焦急地来回踱步，一刻也不肯停歇。

苏央然想要走上去安慰他们，却听见老妈对老爸说道：“当初如果不是因为央然，苏彦也不会这样……我可怜的孩子啊……”

什么意思？这是什么意思？如果不是因为她，苏彦就不会这样？为什么老妈会说这样的话？她可没有做过对不起苏彦的事情！原本就要走到他们身边了，听见这么一句话，她立刻又躲到了墙壁后面。

老爸倒是没说什么，只是拍了拍老妈的肩：“等苏彦手术结束再说吧，你也不要在这种地方乱说话，要是被央然听见了……这么些年，她做得还不够多吗？为了苏彦，她已经非常努力了。就算作是补偿吧。”

补偿？这越说越离谱了！好像她欠着苏彦似的。这么些年来，是她一直在努力照顾苏彦，她为了他好几次差点儿连命都没了，她为了他复读了一年，她为了他连最好的女校都没有去！就算父母偏心，也不可以说这样的话伤害她！她不是铁打的，她也会伤心啊！

“再努力照顾苏彦，可他已经是这副样子了！当初如果不是因为央然，我们家苏彦也不会得这样的病。你家和我家，上上下下有谁身体会那么差的？还不是因为央然！说到底，她根本就不是我……”老妈还在絮絮叨叨，突然老爸重重地呵斥了一句：“够了，这里是医院，你适可而止行不行！万一被央然听见了，她会怎么想？况且那时候她还小，是你自己的责任，却要怪罪在孩子身上。”

“你要帮着外人说话！她害得苏彦变成这副样子，我们照顾她照顾得还不够好吗？苏彦用的，她苏央然难道没有吗？她再努力，再帮着苏彦，也已经把我们的孩子变成这副样子了！”老妈依然不依不饶地吼着。

倚靠在墙壁后面的苏央然已经整个人僵在那里了。

什么叫作“帮着外人说话”？外人？在父母眼里，她竟然是一个外人！而且苏彦是他们的孩子，难道她苏央然就不是吗？为什么要说这种话？为什么要说苏彦的身体那么差是她害的？她到底做了什么事情？

明明身为姐姐为弟弟做了这么多的事情，应该是骄傲的，可是今天突然听见母亲说了这些话，满满的责备，满满的抱怨，苏央然觉得全身都变得冰冷了。她痛苦地咬住牙，她想要出来质问他们，却又害怕听到真相。

母亲这样说必定是有原因的，难道她真的做了什么伤害苏彦的事情吗？因为这样，他们才那么讨厌她，那么厌恶她，才让她用自己一生的时间来向苏彦赎罪？

她的拳头紧紧握着，犹豫了片刻打算离开，谁知正好碰见以前在小学里做过校医的女老师，因为苏央然很优秀，女老师一直记得她：“央然？”

第五节

“央然？”听到有人叫她的名字，原本站在手术室前的父母立刻走了过来，结果真的看见苏央然倚靠着墙壁，脸色有些苍白。她尽量让自己镇定下来，然后转头对着小学老师笑了笑：“周老师，好久不见了。记得我小时候常常受伤，都是您帮我包扎的。”

苏央然应了，那个女老师才放心同她讲话：“可真是女大十八变，越变越漂亮了。我差一点儿就认不出是你了。你小时候实在是太皮了，为了你那个弟弟跟高年级的学生打架，弄得浑身是伤的。”

“呵呵，那个时候还小，不懂事。”苏央然一直扬着笑容，其实脸部的肌肉都已经僵硬了，根本放松不下来。

苏央然的父母也上前来同老师打招呼，几个人客套一番之后老师便离去了。只剩下苏央然，还倚靠着墙壁，保持着同一个动作。

“央然……刚才那些话，你妈妈只是开开玩笑而已，你别放在心上。”最先开口的是父亲，他很少会跟母亲呛声的，但是刚才为了她，声音几乎提高了八度，重重地呵斥了母亲。苏央然其实有些感谢父亲，虽然他也同样偏向苏彦，但是至少他一直在维护她，也一直看着她的努力。

可是刚才母亲所说的话，真是伤透了她的心。她不知道自己什么时候在母亲心里已经变成了外人，也不知道为什么母亲只把苏彦当作自己的孩子，而不把她当作自己的孩子。

是因为小时候她做了什么事情，才让苏彦的身体变得虚弱吗？苏彦现在进手术室，都是因为自己吗？如果是这样的话，她真的很想知道，到底自己做了什么，才让一个母亲说出那么残忍的话！

“妈，”她抬起头，脸上尽量带着笑容，“以前发生过什么事情吗？”

“没有，央然，你不要想太多了。”母亲还没有回答，父亲立刻插进来一句，他将她拉到了手术室门口，“现在苏彦还在里面动手术，我们最先担心的应该是他的安危才对，别的事情以后再说吧。”

别的事情……苏央然回过头看着一直默不作声的母亲：“果然是有别的事情吗？以前，是不是我做错了什么，才让苏彦的身体变得这样虚弱？妈，你告诉我……妈……”

她轻唤了母亲几声，却得不到一点儿回应。

“妈。苏彦是我弟弟，从小到大我都一直小心翼翼地护着他。是不是以前我真的做了什么让苏彦变成这样？”苏央然猛地抬起了头，“你们能不能告诉我？能不能直接告诉我？”

她六岁就会打扫房间，七岁学会做饭，父母每天都出去工作，她就乖乖待在家里照顾苏彦，洗衣服，干家务，烧饭。后来上了小学，她还是每天早早起来，先把菜买好，烧了早饭，再带着苏彦去上学。回家了，不做功课，第一时间就是做饭……她努力着，尽管父母偏心苏彦，她也觉得照顾比自己小的弟弟是应该的。可是……

他们依然只喜欢苏彦，依然只看着他一个人。如果真的有什么过错，能不能让她知道！

“真的没什么，刚才我跟你妈是在说别的事情。”父亲显然不想再谈论这件事，他揉了揉憔悴的脸，“央然，你弟弟现在还在病房，我们现在什么都不要说了，等他出来，我们等他出来……”

父亲的憔悴让苏央然握紧了拳，不忍心再问下去。母亲也低着头，不说什么。她只能压抑着心中涌起的难受和悲伤，不再说话。

难道是自己小时候真的做了什么不可饶恕的事情？父亲闭口不谈，母亲又说了那样的话……若真是这样，可那也是小时候的事情，她是一点儿记忆也没有！

而且她想不明白，她到底能够做什么，居然会让母亲如此厌恶她，厌恶到说她是外人，厌恶到恨不得以她的性命换取苏彦的性命！

她的神色有些恍惚，缓缓抬起头，看向手术室的门……

门内只有心电监护仪发出的“嘀嘀”声。手术室很冰冷，旁边都是乱七八糟的机器。无数细长的管子里流动着红色的血液。苏彦平躺在手术台上，手里握着那个小小的、奶白色的贝壳。

如果，如果手术无法使他活得更久，或者手术失败了，他希望自己的灵魂不要那么轻易地消逝掉。他希望自己可以活在这个贝壳里，每天陪伴在苏央然的身边。

他的要求是那么渺小，渺小到只要上帝轻轻一勾手指，就可以满足他。

所以……请求上苍……请求上苍让他留下来，哪怕留不住生命，也希望他的灵魂可以活在贝壳里，可以活在苏央然的身边。万一苏央然把贝壳弄丢了呢？那么他会努力，用尽自己所有的力量回到苏央然的身边。无论她弄丢多少次，他都会回来。

麻醉剂的药效渐渐上来了，他感觉不到心跳，感觉不到呼吸，感觉不到胸口的起伏。他只能平躺在那里，看着苍白的照灯。

“你可以睡一会儿，或者把眼睛闭上。十分钟后手术就开始了。”听见医生开口，苏彦更是握紧了手里的贝壳。

好……

第三章 无法靠近的遥远

第一节

时间有时候流逝得很慢，苏央然甚至觉得自己已经在这里等了一个世纪。苏央然和父母都保持着同一个动作等待着，直到手术室的灯终于熄灭，几个护士推着病床出来。

苏央然的爸爸妈妈立刻扑了过去："苏彦怎么样？我的孩子他怎么样？手术成功吗？手术顺利不顺利？"

"您请放心，这样的手术我们医院每天都要接手四五个，绝对不会有问题的。病人现在需要休息，你们要给他一个安静的环境。"医生脱下了手套。苏央然悬着的心终于放了下来。

爸爸妈妈早已经等得虚脱了，老妈在听到苏彦安然无恙之后，直接跌倒在地上。苏央然立刻跨出几步一把将她搀住。

感觉到身后的力量，她转过了头，看到是苏央然，眼眶顿时湿润了，伸手便将她抱进了怀里。这一刻，之前的痛苦和悲伤仿佛一下子烟消云散，她知道，他们是一家人，一直都是一家人。

病房里，苏彦安静地躺着。他手里一直握着那个贝壳，小小的，仿佛稍微一用力就会被捏碎。爸爸妈妈就守在他的身边，看着心电监护仪上不断跳动的曲线，病房里安静得连一根针掉落在地上都可以听见。

不知道过了多久，爸爸忽然抬起了头，他看了一眼苏央然，微微颤动嘴唇："央然啊。"

"我知道，爸。"苏央然打断了他的话，她抬起头，脸上扬着笑容，"你不用解释，我都明白。你们是我的亲人，是生我养我的父母，之前我不该那样对你们说话的。"

爸爸眼眶有些湿润："以前的事，我们会慢慢跟你说的。"

"没关系……我不知道小时候我到底犯了多大的错误。但是现在我已经长大了，我会永远陪伴在苏彦身边，并不是因为我要弥补他什么，而是因为我是他的姐姐，我们是家人。家人陪伴在家人身边，家人为家人做任何事情，都是理所当然的。"苏央然微笑着。

家人陪伴在家人身边，家人为家人做事。因为我们是家人，所以这都是理所当然的，没有谁为了谁，只有谁守护着谁。苏央然为苏彦做的这些，是因为她愿意，她心甘情愿。

听到这些话的老妈，竟然捂住了嘴，她的眼泪大颗大颗地往下掉，与往常凶神恶煞的她完全不一样："央然啊，其实……"

"好了，苏彦还在休息，我们不要在病房里说话。央然，你跟你妈回去煮点儿吃的，等苏彦醒了，一定会饿。"老爸突然插进一句话打断了刚才的对话。苏央然点了点头，便拉着老妈离开了。在离开的时候，老爸一直紧紧地盯着老妈，生怕她说漏嘴似的，老妈脸色苍白，也什么都不多讲了。

回家之前，她们去超市买了许多菜。苏央然一直想问以前发生的事情，但是老妈脸色不好，她问了两遍也不肯说，于是苏央然放弃了，想等苏彦身体好些了再问，现在也急不来。更何况无论发生过什么事情，她依然是他们的女儿，苏彦也依然是她的好弟弟。

苏彦醒过来的时候身边只坐着他的父亲，他手指才动了一下，原本倚靠在沙发上的男人便立刻到病床前："小彦，你醒了。"

"嗯，姐呢……"苏彦勉强地抬起头，他醒过来第一时间就是寻找苏央然。

男人安慰道："你姐和你妈回去给你做吃的了，医生说手术挺成功的，以后会渐渐好起来。你也要省省心，别再剧烈运动了。在洛兰科斯的时候，你参加了跑步比赛是不是？赛前还练习了好几天吧？"

苏彦垂下了眼帘："我只是……只是想要再努力一些……姐总是那么强，我害怕自己走得慢了，就无法赶上她的脚步。"

"你是你，你姐是你姐，不用太在意。以后你们会有各自不同的生活，不必非要牵扯在一起。等你出院了，你姐若是还想去那个女校念书，我们就让她转学吧。这么多年了，央然也为你付出了很多。"男人若有似无地呵了一口气。

苏彦不再说话了，他很想说：好，让姐姐去做她喜欢的事情，让姐姐去选择她自己的生活。可是他又不愿意她真的离去。他希望她能够在他身边，他希望一睁开眼睛就可以看见她。

"爸。"

"嗯？"

"爸，我想出国。"

"什么？"

男人听到自己这个虚弱的儿子突然说了这样一句话，有些震撼，他睁大眼睛："你要出国？以你这样的身体，出国可不是好事，万一又发生了什么事，到时候谁来照顾你？"

"婶婶不是在国外吗？我想出国……在国外念书，上大学。"苏彦盯着身上的白色床单，"国外医疗条件很发达，我不会有事的。我也想好好锻炼自己。"

第二节

这件事情还是暂时搁下了，男人记在心里，但是现在却不放心儿子离去。毕竟他刚动完手术，如果要出国的话，那也得等以后再说。更何况，就算他同意了，孩子妈妈也不会同意的。毕竟，他是他们唯一的儿子，除了他，他们已经一无所有了。

苏央然和老妈做了一些吃的，比较清淡，她们回到医院的时候，苏彦已经醒了，父亲就陪在旁边。老妈激动地走上前去拉住他的手："醒了醒了，太好了……觉得怎么样？还会不舒服吗？肚子饿不饿，要不要吃点儿东西？"

"妈，我想出国。"当苏彦第二次开口说这句话的时候，男人的脸色一下子难看了起来："这件事情以后再说吧，你妈还在这里。"言外之意就是，他也许会同意，但是他妈是绝对不会同意的。

果然，听到"出国"这两个字，老妈眼睛都瞪圆了："出国？为什么要出国？你才几岁？而且你现在身体这么差，你出国去做什么？到时候生病了，谁照顾你？我们就你一个儿子，你还要离开我们！"

"妈，还有姐陪在你们身边，等我在别的国家修完学业就可以回来。"苏彦有些听不下去了，什么叫就他一个儿子，那苏央然算什么？她难道就不是他们的孩子吗？难怪姐总是生气，总是羡慕嫉妒他，连他自己都快要羡慕嫉妒自己了。中国重男轻女的思想就这么根深蒂固吗？姐为这个家所做的比他多得多，他们再对他这么好，他甚至想找一个洞钻下去算了。

"不行！你现在才动完手术，你的身体那么差，还要去国外丢人现眼吗？"老妈的语气显然是重了。苏彦一下子怔在那里："在你们眼里，我原来很……丢人现眼吗？"

"好了，苏彦，妈只是担心你。我们辛辛苦苦回家帮你煮粥，你先把粥喝了，好好休息，有什么事情以后再说。"苏央然立刻打断了他们的对话，再这样下去，就真的没完没了了。不过她也很意外，苏彦一向对父母很温顺，从来不会提出过分的要求，这次他突然想出国，而且那么坚定，看样子他是铁了心了。

不过怎么会这样呢，之前不是好好的吗？难道动了一个手术，人的性格也会变吗？

苏央然一开口，苏彦就安静多了。他默默地吃起粥来。

老妈大概也是第一次被儿子这么冲撞，眼眶红红的，扭过头就离开了病房。老爸嘱咐苏央然看着弟弟，自己则追了出去。

苏央然坐到了床边，给他倒了一杯水："为什么？"

"嗯？"苏彦抬起头。

“不用装傻，你知道我要问的。”苏央然道，“为什么要出国，你知道爸妈有多担心你，你若是出国了，他们一定会伤心的。”

苏彦不回答，白皙的手指握着汤勺，不断舀动着饭盒里的粥。

白色的窗纱外是一片金灿灿的艳阳天，病房里安静得仿佛是冬天的田野，连一丝声音都没有。不知道过去多久，苏央然终于打破了这样的寂静：“你先好好养身体，等你身体好了再告诉我原因。如果这个原因我接受，我会帮你劝妈和爸，让他们送你出国。”

这件事情就这么过去了，老妈回来的时候苏彦也没有再提要出国的事。老妈也不吱声，就当他从来没有说过，依旧把水果、饭菜端来，精心照料着她的儿子。而苏央然也暂停了学业，每天都要来医院照顾他。

尚佐听说苏彦动了手术，立刻把整个水果店和花店的东西买了下来，雄赳赳气昂昂地来看望他，结果被苏央然轰了出去，那些水果和花也一个病房一份地全部分掉了。

尚佐立刻不高兴了，回家大闹了一番，他的爷爷怎么劝也劝不住。

“苏央然那个浑蛋！我好心买了那么多的水果和花送给她弟弟，她凭什么不接受，凭什么教训我？换作别人，我还懒得送花送水果！我是看在她的面子上才去看望她弟弟的！”尚佐砸着花盆和茶杯，“你猜她怎么说？她竟然骂我是蠢货，还说我买那么多鲜花是要把苏彦熏成香包吗？我是好心，我从小到大都没有主动看望过别人呢，她苏央然算什么，凭什么这么教训我？气死我了，气死我了，我以后再也不会跟她多说一句话了！”

旁边尚佐的爷爷想要安慰他，可无论怎么劝他都不听。就在他快要把整个屋顶都掀翻的时候，管家忽然捂着手机走了过来：“少爷，是苏小姐打来的电话，您要接吗？”

“我……”尚佐咬了咬牙，“废话，给我啦！”

管家很想问之前是谁说以后再也不会跟她多说一句话的。

接起电话，尚佐的态度立刻转变，他声音也温和了很多：“干吗？不是嫌弃我送了那么多花和水果吗？还打电话过来做什么？”

“都是因为你送的那些花和水果，其他病房的人现在每天都过来跟我们道谢，苏彦现在需要安静，每天吵吵嚷嚷的，还有一对夫妻天天来苏彦的病房聊天，我们已经快烦死了。你得想办法把这件事情处理了。”苏央然在电话那头显得很不悦，“要不是你，我们病房才不会这么吵，你快点儿处理好，别老是给我们添乱。”

苏央然没有多说什么，电话被“啪嗒”一下挂掉了。

尚佐气得快要摔凳子了：“喂，喂喂？浑蛋，你凭什么先挂我电话？你凭什么指责我？浑蛋！我以后再也不会跟她多说一句话了！”

第三节

尚佐可怜就可怜在他总是对苏央然的要求无可奈何。明明知道他其实根本就不用管她不用理睬她，但是只要她稍微对他勾勾手指头，他就像小狗似的屁颠屁颠摇着尾巴靠过去了。尚佐的爷爷看着自己的孙子被别人摆布，心疼得要命，又无可奈何。

如果没有弄错的话，他最宝贝的孙子，极有可能是喜欢上苏央然了。不过年轻人嘛，谈谈恋爱吵吵嚷嚷也是正常的，过不了多久就会遗忘这段感情了。想当初他们那个年代，哪像现在这么开放。

滴答，滴答……

窗外不知道什么时候下起了雨。透明的玻璃窗倒映着尚佐的脸，他还在发火，砸东西，旁边的管家一脸无奈地看着他。

而医院里，苏彦也正看着这透明的玻璃窗，雨点打在上面湿漉漉的，好像窗户流了汗。苏央然安静地坐在另一头，她正在削苹果，苹果皮一点儿都没有掉，完好无损地耷拉下来。削好了苹果，她抬起头："苏彦，吃水果。尚佐买的，还有一大堆，不赶紧吃的话，可是会烂掉呢。"

苏彦转过身来，接过苹果，指尖触碰到苏央然的手背。他看着她的手，白皙的手指上已经生出了茧，从很久以前就是这样。而他，就像一个大少爷，肆意地剥夺着苏央然的时间和青春。这段时间，他思考了很多，也明白了很多。特别是当他握着手里的贝壳，被推进手术室的时候，他忽然有一种想法，如果自己就这么死了，如果自己就这么离开了这个世界，或许苏央然就不会觉得有任何负担了吧?

可是最终他还是舍不得，舍不得离开她，舍不得离开这个世界。

人一旦要面临死亡了，就会开始害怕，开始恐惧吧。只是他心里很明白，他恐惧的不是死亡，而是恐惧自己会从她身边离开。

这样的恐惧其实很可怕，因为迟早有一天苏央然会找到属于自己的工作，拥有相伴一生的人。她会结婚，会生孩子，会彻彻底底地离开他，彻彻底底地不需要他。到那个时候，他又会何去何从？他实在太依赖苏央然了。

这样的依赖，让他觉得自己如果这样一辈子下去，会不会永远无法长大，永远无法独立，等到苏央然离开的时候，他会绝望，会痛苦！于是他打算逃跑，打算出国，打算走得远远的。为了苏央然，也为了自己。

苏彦轻轻咬了一口苹果，那股淡淡的清甜蔓延进唇舌，不知道过了多久，苏彦放下了还没吃完的大半个苹果，坐回了床上："姐，如果我执意要出国，你会生气，会怪我吗？"

“我说了，你给我一个出国的理由，如果这个理由能够说服我，我可以劝爸妈让你出国。如果没办法说服我，我是万万不会同意的。别说我不同意了，老妈是打死也不会答应的。”苏央然有些郁闷地放下正在削的第二个苹果，“你怎么还在琢磨这件事？”

苏彦垂下了头，他背过身去躺在病床上，干脆一句话也不说了。

苏央然本想安慰安慰他，毕竟她也是希望苏彦可以独立的，如果他真的想出国，那倒也是一件好事。虽然她也会担心他，但毕竟苏彦已经不小了，连小鸟都要离开巢穴学会飞翔，更何况是苏彦呢。

可她还是需要一个理由，足以安慰父母，足以安慰自己。

因为这件事情，家里的气氛一直很尴尬，没有像往常一样，一家人高高兴兴地高谈阔论。

苏彦身体快要好了的时候出院回了家里，依旧是由苏央然照顾，并且会在下个星期重新去学校上学。以他们的成绩想要赶上学校的进度，那是轻而易举的。苏彦也十分聪明，在洛兰科斯的时候课业已经超前一个多学期了。

朔连城和户总是来看望他们，当然了，他们还算是正常的，朔连城每次来一般就带一篮水果，一束鲜花，而户就带一包糖，还说是管家非要塞给他的，如果去看病人不带礼物，那是很不礼貌的——言外之意就是本来他是打算空手来的。

尚佐吃力不讨好，送了一堆反而遭人嫌，可又憋不住，还是来看苏彦，其实主要是为了看苏央然。结果才走到门口就碰到了刚从屋里出来的朔连城和户。

朔连城一看见他就嫌弃地笑了笑，尚佐的脸立刻通红，瞪着眼睛吼道：“笑，笑什么笑？我很可笑吗？”

“不可笑吗？把整个花店和水果店的东西搬到医院，你为什么不把果园买下来送给他们？”朔连城揪着尚佐做的蠢事不放，还扭头问户：“你觉得他可笑不可笑？”

户非常淡定地看了尚佐一眼，张嘴吐出两个字：“哈，哈。”

尚佐走进苏央然家的时候已经气得不行了，那两个浑蛋，居然联合起来嘲笑他。以前朔连城都是跟户对吵的，他在旁边煽风点火很是有趣，可这次情况不同，他就不乐意了，不是不乐意，他简直快气疯了。

打开门看见苏央然在拆水果，他看见水果就头痛：“我来了。”

“苏彦在里屋，你进去陪陪他，我给你们切水果。朔连城也拎了一篮子水果来，估计到明年也吃不完这些水果了。”苏央然一句话里三个“水果”，把尚佐刺激得快要崩溃了。

他好不容易镇定下来，进了里屋，看见苏彦就坐在床头。苏彦的房间干净整洁，两侧放着书架，书架上放满了各种书籍，有村上春树的《挪威的森林》、一个韩国作家的《我有破坏自己的权利》，还有一本《北岛诗集》，以及一些简单的装饰品，床头甚至有一两个玩具熊。之前尚佐也进过苏央然的房间，苏彦的房间和苏央然的比起来，显然是要精致很多。

苏彦看见尚佐进了屋子，脸上扬起淡淡的笑容："你来了……刚才朔连城他们也来看过我，你有遇到他们吗？"

"废话，我还没有进门他们就出来了，碰了个正着，还被他们嘲笑。真是讨厌！"尚佐气愤极了，恨不得把那两个浑蛋给宰了。

苏彦笑了笑："你那么讨厌他们吗？"

"废话，他们两个浑蛋哪个不惹人讨厌。总是挑我的毛病骂我嘲笑我，要不是我涵养好，早就把他们揍一顿了！苏彦，你身体快点儿康复，学校里没有你们，真是无聊透顶。我整天都不知道该干什么，上课也昏昏沉沉。"尚佐向来是一个有什么说什么的人。可接下来苏彦问出来的这句话却让他一下子红了脸，然后局促地站在原地。

"你喜欢我姐吗？"

第四节

“啊？”尚佐挠着头，一副不知道应该怎么回答的样子，他纠结了半天，才慢腾腾地开口，“喜，是喜……喜……”

“难道你不把我姐当好朋友吗？如果当她是最好的朋友，一定不会讨厌她，是喜欢她的吧？”苏彦暗暗觉得好笑，尚佐大概是想歪了。

尚佐也立刻反应过来，挠脑袋换成了拧衣角：“那是当然，朋友之间嘛，你姐人还不错，我是挺喜欢的。是朋友之间的喜欢，没有别的意思。是吧？就是朋友之间的喜欢而已……哈，哈哈……是吧？”

“嗯，”苏彦担心如果他揪着这个问题不放，尚佐又要崩溃了，于是转移了话题，“我以后会出国留学，到时候姐姐得靠你们照顾了。”

“出国留学？你？”尚佐简直像是听了一个天大的笑话，“就你这身体还出国？你也不怕你妈也打了包跟着你去吗？”

“我妈在这里有工作，放弃工作会很难维持家庭的，她不会跟着我去。”苏彦早就打算好了，并且也一直坚持着，“我出国主要是为了锻炼自己，因为这些年我一直依靠姐活着，我不希望今后也这样生活。或许等我从国外回来了，身体会比以前更棒。而且，历练回来的我一定不会让姐担心了。”

尚佐忽然不说话了，因为他知道苏彦并不只是说说而已，他在告诉他这些话的时候，表情非常坚定。

“你同你家人说了吗？”

“说了，只是暂时没有同意。姐答应我，只要我给她一个令她信服的理由，她会支持我。”苏彦睁开眼睛，他看着尚佐，“我希望有一个理由，一个能够让父母放心的理由。所以，我希望你可以帮我。”

“怎么帮你？”难道要他给他编造一个理由？他的语文从小到大都没及格过！

苏彦沉默了片刻，手指握紧被角：“尚佐高中是你爷爷开办的学校，你可不可以拜托你爷爷，举行一次考试，第一名能够拥有去国外留学的机会。出国的钱我们会自己负担，不会麻烦你们。我会努力拿第一，只要姐没有办法参加这次考试，我就可以赢。”

“这倒是个办法。钱其实没什么关系，如果你要出国留学，我们给你出钱又算什么，我连花店水果店都买了，还会差出国的钱吗？就是高中举办出国留学的考试……我得跟爷爷商量一下。我们高中向来是以高考为重的，怕爷爷不同意举办这样的考试。”尚佐虽然任性，却也有自己的分寸，“不如这样，就说我们尚佐高中跟国外一所中学联盟了，国外那所学校提出交换生的活动，费用都由我们承担，选学期末成绩最好的学生作为交换生，送去国外。如果是这样，那些学生的家长，还有尚佐高中的老师，应该都不会有什么意见了。”

苏彦第一次发现，原来尚佐也是一个很谨慎的人，他淡淡问出一句：“会不会很麻烦？如果太麻烦的话……”

“不麻烦不麻烦，我连花店和水果店都买过，还有比那事更麻烦的吗？你姐还让我一个病房一个病房地送，又让我一个病房一个病房地央求他们别吵你休息。我已经被她折磨得头都大了。这点小事根本不在话下。”尚佐拍了拍胸脯，他这话反而让苏彦更觉得不好意思了。

不过，姐也是难得会使唤人，她向来有什么事情都自己做，看来姐还是蛮喜欢尚佐的，不然不会这么使唤他吧？

尚佐离开之后，苏央然就开始收拾客厅。父母已经去上班了，在苏彦身体彻底康复之前，她就充当保姆。其实就算苏彦没有生病，充当保姆的，也一直是她。长姐如母，苏央然诠释得很好。

所幸苏彦也算是一个很乖巧懂事的弟弟，从来都不让苏央然费心，只是他的身体太差，苏央然必须天天陪在他的身边，父母才比较安心。

但苏央然就好像一只被绑了翅膀的蝶，在透明玻璃罩里疯狂地挣扎，它以为挣脱了绳子就可以获得自由，却不知道玻璃罩仍囚禁着它。苏彦想要出国，一半是为了苏央然，一半是为了自己，因为这个玻璃罩，囚禁的不仅仅是苏央然，还有他。

他要打破这个囚禁他们的东西，飞向更高更远的地方。

虽然他知道，他一定没有苏央然飞得高，飞得远……但是他无怨无悔。

尚佐答应了苏彦的要求之后，苏彦再也不在家人面前提这件事情，老妈很高兴，以为苏彦想通了，不去国外了。

隔了一个星期，苏彦康复之后和苏央然一同去上学。结果学校里的学生正热烈地议论着尚佐高中和美国佛罗里达州的一所中学结成了兄弟学校，并且那边的学校提出各自派遣一个学生作为交换生，到对方学校里留学。

“我觉得，过不了多久学校就会把尚佐少爷派过去了，这么好的机会，他们怎么可能会放过。”“嘁，尚佐少爷要出国留学还不简单，干吗非要弄这么麻烦。”“是啊是啊，他们家有的是钱。”“我也好想去国外哎。”“你得了吧，就你那成绩，全校倒数十名以内的，学校要交换肯定也是交换成绩好的学生过去，你？交换去山沟沟里还差不多。”“去你的！”走廊上，教室里，一群人叽叽喳喳地讨论着，这个话题似乎掀起了一大片风浪，全校的师生都很关注。

当苏央然和苏彦回到学校的时候，那些学生一下子安静了，纷纷看向他们。他们两个是学校成绩最好的，学生们都猜测如果交换生不是尚佐，那么很有可能就是他们两个中的一个。

苏彦很感谢尚佐，他果然雷厉风行，那么快就办好了这件事情。但如果他和苏央然一起考试的话，他必定赢不了她。但是他是她的弟弟，他就是她的弱点，加上父母那么宠自己，有的是办法让苏央然无法参加考试。

尚佐中学也不提用何种方式选拔交换生。

一个多星期过去了，就在很多学生都怀疑交换生的名额已经内定了的时候，月末的考试就来临了。尚佐原本想等期末的，但是他怕苏彦等不了，他提前和苏彦打好了招呼，决定以月末的这次考试成绩为准，选拔交换生。

第五节

高中考试是十分普遍的，周考、月考，学生们自然不会想到这次的考试就是用来选拔交换生的。虽然苏央然总觉得有些不对劲儿，但看看周围又是那么正常。

以往实验班的学生都是在同一个教室里考试的，月末考试的那天，他们居然都被零散地安排在了其他班级里。苏央然和苏彦也分开了，苏央然被分在一个不安分的学生比较多的班级里，苏彦则在实验班旁边的那间教室。

考试考到一半，一个老师突然进了考场，她焦急地对着苏央然说道："苏同学，你父母打来电话，说你弟弟已经在医院里了，让你快点儿去一下。"

"啊？苏彦进了医院？他怎么会突然出事？"苏央然一头雾水。

那老师也一头雾水："我也不清楚，我是接到你父母的电话所以来通知你的。"

教学楼一直那么安静，如果苏彦昏倒了被送去医院，应该会有声音才是，苏央然有些疑惑，怎么会半点儿声响都没有？不过既然是父母打来了电话，那必定是真的了。反正只是一次普通的月考，就算倒数第一也不要紧，期末考得好一些就行了。如此想着，她便停笔离开了考场。

赶到医院的时候，苏央然发现老爸老妈在医院前台询问，他们不知道有多焦急。看见苏央然来了，立刻询问道："苏彦在哪个病房你知道吗？你考试有那么重要？为什么你连弟弟病倒了都不知道？当初就不应该让他这么快就去学校的，这下出事了！"

老妈急得满头是汗，苏央然也弄不清状况："我和他不是一个考场的，所以不知道苏彦出了事。他真的病倒了吗？学校的老师说是你们给我打的电话。"

"是苏彦给我打了电话，说他在医院。我以为你也在医院，赶到医院问前台，前台说没有这个病人。我以为是弄错医院了，想问小彦，可是小彦的手机关机了。我只能找你，哪里知道你在考试，便让老师催你来医院了。"父亲说着，又去前台问，可是护士查遍了今天进医院的所有病人的病历，都没有找到苏彦的名字。

苏央然也有些焦急起来："会不会去了别的医院？爸，你真的接到小彦的电话了吗？他不会还在考场上考试吧？"

苏央然的猜测果然没错，当她急匆匆地赶回学校时，苏彦已经从考场里出来了。第一门课的考试已经结束，苏央然算是交了白卷，就算她再聪明，也是无法超越苏彦这次的成绩了。

老爸老妈已经被吓得脸色苍白了，特别是老爸，他伸手就想要给苏彦一巴掌，可是手扬起来就被老妈拉住了："苏彦没事就好，苏彦没事就好，你不要怪他了。"

老爸气愤地甩了手："你骗我们做什么？知道你妈妈有多担心你吗？"

苏彦默不作声，他不是一个会说谎的人，编造理由，已经让他十分难受了。苏彦不说话，老爸又生气起来，幸亏苏央然安慰了一句："好了，没事就算了。也许刚刚苏彦身体真的不舒服，只是没有去医院而已。爸，别跟他计较了。"

"是啊是啊，孩子才出院没多久，也许身体真的不舒服。苏彦，我们不考了，我们回家吧。"老妈真是心疼坏了，要拉他的手，谁知苏彦竟然后退一步："我要留下来考试。"

他如此坚定的眼神，让苏央然一下子怔住了。

难道这次月末考试关系到什么吗？苏彦为什么要这么坚持，还骗他们说自己身体不好进了医院，害得自己没有办法参加第一场的考试……等等！他是故意的？他想得第一名？

苏央然的视线在他身上停留了一会儿，老妈还想劝他回家，可苏彦主意已定，就是不肯走。苏央然只能当中间人，两边说说好话，于是老妈便决定留在学校陪他一同考试，等苏彦一从考场出来，就带他回家。

苏央然也重新回到了考场。接下来的几场考试她发挥得不错，但是第一名是不用想了，能够不掉到前十名开外就很不错了，毕竟她有一门算是交了白卷。

考试结束之后他们回了家，苏彦进房间复习功课，苏央然跟了进去。她坐到床边看他："苏彦，你是不是有什么事情瞒着我？"

手里的笔停了下来，苏彦并没有转过头，他不敢看苏央然的眼睛："姐你在说什么？我怎么可能有什么事情瞒着你？"

"是吗？那你为什么谎称自己进了医院，是为了确保这次考试你能得第一？你是知道的，只要我考试考砸了，以你的成绩拿个第一名是绝对没有问题的。苏彦，你最好不要瞒着我，我不喜欢你在我背后搞小动作。"苏央然说话的语气重了一些。

苏彦脸色一白："我没有搞小动作，姐你不要说得这样难听。"

"我说得难听？难道你没有在背后搞小动作吗？如果不是你，我这次第一场考试怎么可能会交白卷？你是想要拿第一吧？为什么非要拿第一？尚佐高中应承了你什么事情？如果你不说，我就去问尚佐。我最讨厌别人搞小动作，你别让我讨厌你！"苏央然要站起身离开，苏彦一下子拉住了她。他几乎是低吼着重重将她拉了回来："我就是想要拿第一！"

苏央然僵住了。

苏彦继续说道："因为尚佐高中会把这次月末考试成绩第一名的学生选作交换生送去国外，所以我要超过姐得到第一名！我知道，以我的成绩根本没有办法赢过你，只能用这个方法，我不希望自己总是依赖你，总是让你为了我妥协！所以我要得第一，我要出国去，我要自己一个人生活！我不想再成为你的累赘——"

"你不是我的累赘！"苏央然一下子打断了他的话，"我从来没有把你当累赘！你是我的家人，你是我的弟弟，我照顾你保护你是理所当然的，也是我心甘情愿的。你不要自作多情地把自己心里想的事情强加在别人身上！我不是一个会勉强自己的人！我是因为真心想要保护你才守在你身边的。"

"姐……你在撒谎……"苏彦握紧了她的手腕，他低着头，桌面上摆放的那只白色贝壳被台灯照得通透，"你说过……如果不是因为爸爸妈妈，你根本不会去洛兰科斯照顾我。姐，你是因为爸爸妈妈的话，才想要保护我；你是因为爸爸妈妈的吩咐，才留在我身边的。如果不是因为我，姐，你可以去更好的学校，念更好的高中，你会考上很棒的大学，成为一个很厉害的人。而不是停下脚步，陪着我这个无能的弟弟慢慢走！"

"苏彦你还要在这个问题上钻多久的牛角尖？我已经说了，这跟你无关，是我自己愿意照顾你。你逃到国外去，原来只是为了不麻烦我吗？"苏央然真是无奈了。

"不——"苏彦这一次回答得要比前两次都快，"我去国外，是因为我要真正独立起来！我不想要再依靠别人而活着，那会让我觉得丢脸。"

去国外是因为他太依赖她。他害怕有一天她的离开会让自己发疯，他害怕自己永远都无法从这样的依赖里挣扎出来！所以他要逃跑，他要逃得远远的，他要让自己清醒过来！

苏央然冷漠地抽回了手："既然如此，你自己去说服爸妈，我不会再帮你什么了。"

她能够做的，已经做得足够好了，身为一个姐姐，身为一个家人……她觉得自己，没有任何事情亏欠他。

第四章 身世之谜

第一节

苏彦下定决心了。在尚佐高中月考成绩公布之后，他就立刻与父母说了交换生的事情。整个尚佐中学一片哗然。谁也不知道原来这次月考就是在挑选交换生，而苏央然因为缺考一门，没有办法占据第一名的位置，尽管她的其他几门课的成绩十分出色，也被拖到了十名以后。

老爸老妈从来不知道，平常如此温顺的苏彦，坚定了一个信念之后竟然会如此坚持。老妈几乎伤心欲绝，甚至责骂苏央然："你平常成绩不是很好吗？为什么这回成绩那么差？你们是商量好的是不是？你们商量好的，就为了让苏彦出国。你是不是一直讨厌苏彦，恨不得把他立刻赶出去？你好狠啊，央然，你可是姐姐啊，你怎么可以做这样的事！"

苏央然一句也不回。老妈现在的心情她能够理解，老妈把所有责任都推到她身上她也可以理解。苏彦的离去的确让她难受，所以她不辩解，至少可以让她觉得是这个不乖巧的女儿把自己乖巧的儿子赶到国外的。

可苏彦却受不了了，他从来没有这样生气过，他将苏央然护在身后，几乎是用责骂的口吻对自己的母亲吼："是我自己决定的事情，你不用每次都责怪姐！她这次成绩不好也是因为我使诈让她缺考了一科，我离开这个家就是不想总是依赖你们，总是依赖姐。你们以为让姐照顾着我就是为了我好，可你们知道我有多么难受吗？我一无是处，自己什么都不会干！我以为我可以保护好姐，可后来才知道我根本就是一个废物！是你们让我变成一个废物，是你们让我连独立的能力都没有！我不要再做这样的人，所以我要出国，我要自己一个人生活！哪怕累了，病了我也会自己一个人解决，不需要你们总是为我操心。"

老妈呆住了，她捂住嘴坐到了椅子上，无声无息地落泪。大概是怎么也不会想到自己如此宠爱的儿子竟然会对着她发那么大的脾气，也从来没有想过自己带给他那么大的压力。苏央然一直都默不作声，既然苏彦要自己独立，苏彦觉得自己可以用这副柔弱的身体独自行走，那么她便不会再帮他做任何事情。哪怕他跌倒了，她也不会去扶他一下。

这是他自己选择的，未来他便要自己去走。

老爸平常很少抽烟，但因为苏彦的事，他还是忍不住抽了一根烟。站在阳台上看着天空中的白云，它们不断涌动着，却没有一点儿声响。苏央然安慰了老妈，给她倒了一杯茶，就走到阳台上。老爸身边烟雾缭绕，粗糙的手指间夹着一支烟："央然，这些年，苦了你了。”

苏央然很想说，没什么苦不苦的，她已经习惯了。人就是这样，习惯了这样的安排，时间久了就会觉得理所当然，只要不压迫得太离谱，甚至会以为这样的生活是幸福的。更何况，照顾苏彦，本来就是她这个姐姐应该做的。

“小彦是铁了心要出国了，我们也没有办法阻止他。”老爸长舒了一口气，将手里的烟头点了点，那些灰褐色的尘埃落到了地面，“可他一个人出国我们实在不放心……”

苏央然嘴角抽搐了一下，不会要她出国去陪着他吧？

“你陪着他去那边的学校看看，顺便帮他安排一下，如果真的万无一失了，你再回来。”老爸憋了半天说出这么一句。

苏央然真想从阳台跳下去：“爸，苏彦也应该试着独立了。他这次出国，就是为了甩开我们。我今后不可能一辈子跟着他的，他总要学会照顾自己。我也不可能永远跟在后面帮他吧？而且以他的个性，这次应该是不会让我去陪他了。爸，其实苏彦很能干的，你们一直认为他身体虚弱，总是做不好，他现在才会如此叛逆。何不松手放他独自生活试试？或许等个三四年苏彦回来，他已经变得很坚强了。”

老爸长呵一口气：“你说的在理。让我再想想。你去安慰安慰你妈，她如今肯定是难受得要命了。”

老妈的确是难受得要命。苏彦回房间去整理东西了，苏央然坐在客厅里想要劝她，却不知道应该怎么开口。她怕自己说错话，老妈又想出一些奇怪的主意来。可她还没有开口，老妈就已经想出乱七八糟的主意了。她一把拉住苏央然的手腕：“央然，央然……你也一起出国吧，你去陪苏彦，你去陪着他。钱妈妈会帮你付的，你只要在国外好好照顾他，让他早些回来。”

“妈，我——”苏央然还没有回答，老爸忽然从阳台一脚跨了进来：“不要再麻烦央然了！那个小兔崽子既然那么想出国，就让他去，让他自己去！缺胳膊断腿了也是他的事！是他自己不知好歹非要去外面混，那就让他去！让他去！”

第二节

连老爸都这么说了，老妈自然也没有任何办法。尽管在家里一直都是老妈脾气比较大，老妈说什么是什么。但真正的一家之主，还是老爸。

学校公布了交换生的名单，果然选上的是苏彦。

苏央然知道一定是苏彦央求了尚佐做这种事情的，否则月考之前学校怎么可能会不告知大家这次考试的重要性。尚佐竟然瞒着她为苏彦出国做铺垫，真是可恶。哪怕是找她商量一下呢，难道她就那么不值得信任吗？

苏央然实在是太生气了，在学校里三天都没有理睬尚佐。尚佐觉得很委屈，每天都主动找她说话，并且辩解："是你弟弟非要我这么做的，跟我一点儿关系都没有。因为他是你的弟弟，我才答应的。而且苏彦也已经到了这个年纪了，你不能总照顾他，他也要出去闯闯的。这次交换由我们学校安排，你放心，绝对不会有问题。在美国那边的学校也会有专门的老师照顾他，保证不让他受到伤害。况且出国的钱都是我们出的，苏彦不用付一分钱，多好的机会……央然你要是还生气，我就让校长把这次交换生的名额给换了，就算被全校的人辱骂，我也不希望你生我的气。"

苏央然依旧不理睬他，急得尚佐直挠脑袋。其实苏央然并不是因为尚佐帮了苏彦而生气，她只是觉得他们一点儿都不信任她，做这样的事情也不提前告诉她。或许她会帮他们呢，或许她可以想到更好的办法，或许她会找到别的途径让苏彦去国外念书。

无论如何，这种被蒙在鼓里的感觉，真的十分让人讨厌。

尚佐一直在纠结，他不知道苏央然是为了什么生气，问了很多，甚至问苏央然是不是因为没得到第一名而不高兴，可是她就是没有任何反应。他急得打电话回家问爷爷，爷爷很严肃地回了他一句话："唯女子与小人难养也。"

苏央然自然没听见尚佐爷爷的话，不然会气得更厉害。不过无论她怎么生气，苏彦去国外留学的事情已经被定了下来，并且随着时间的推移，一步一步接近了离别的时刻。

苏彦的行李已经打包好了，换洗的衣服、日用品、路上吃的东西，还有各种证件。原本这些东西是要苏央然帮着苏彦整理的，但是苏央然无动于衷，她已经说过不会再帮苏彦做任何事情了，就自然不会提供任何帮助。他要独立，就得从现在开始。

老妈要插手帮忙，也被老爸阻止了。她只能抹着泪看着苏彦一个人整理了好几天，累得够呛。

每到晚上，大家都入睡了，苏央然就会起来，她重新打开那些行李，一样一样翻看里面的东西。如果少了什么，她会帮忙添进去。如果有重复的，就整理出来。

就在苏彦要走的前一天晚上，她在客厅里偷偷摸摸地整理他的东西，老妈也从房间里走了出来。她也想为苏彦查看一下最后整理的情况，当她看见苏央然的时候，心放了下来：“一切都还好吧？”

“嗯，少了牙膏牙刷，还有学校签到的证件。我已经帮他放进去了。还有，他放了十七条内裤在箱子里，不知道他要干什么。”苏央然平静地答了一句。

老妈笑了笑，眼里噙满泪：“他是担心国外买不到这样的内裤，穿不习惯。”

苏央然嘴角抽搐了一下，恐怕也只有苏彦会做出这种事情来。

查看了行李，一切都正常，苏央然把那些行李重新放到了客厅的角落：“妈，你去睡吧。我已经帮苏彦看过了，不会有什么问题的。”

“央然啊，我想跟你说说话，我们去阳台坐一会儿。”这是第一次，老妈这么语重心长地对她说话，苏央然忽然心一揪，她猜测着，可能老妈是要告诉她小时候发生的事情了。

到了阳台，老妈坐在藤椅上，苏央然搬了一条小木凳坐在旁边，她见母亲这几日憔悴了许多，很自然地伸手为她捏起了肩膀，敲起了背。

老妈微微闭上眼睛：“那是在你一岁多的时候……恐怕你都已经不记得了。小彦还没有出生，在我的肚子里。你患了风疹，来我们家之后，我竭尽全力照顾你，却不料被你传染了风疹病毒。那时候我怀小彦才三个月，等你病好了，我去医院做检查，医生询问了我身体的情况，才知道我感染了风疹……医生说，孕妇妊娠头三个月患风疹病毒，之后出生的婴儿，先天性心脏病的发病率较高。那时候我很着急，吃了一些药，结果却让小彦的身体更差了。后来小彦出生，身体非常虚弱，但是初期没有先天性心脏病的征兆……我以为这件事情就这么过去了，身体虚弱我们可以吃药，可以锻炼，谁知到了现在……他这病还是来了。”

说到这里，阳台上吹过的风都变得冷飕飕的，老妈哽咽了一会儿，又继续说道：“所幸他的病还不严重，还能治……小时候我便怪你，因为你的风疹，害得小彦身体变得那么差……其实真正应该怪的是我，是我没有保护好小彦。”

原来，以前还发生了这样的事情……

苏央然微微颤动了一下眼帘，敲背的手也放缓了：“妈，你说我患了风疹来到家里……那之前我在什么地方？”

这话一问出口，老妈差点儿从藤椅上跳起来，她连忙拍了拍自己的嘴，神色有些慌张：“啊，我是说……我是说……那时候你去外婆家住了几天，那风疹大概是在外婆家得的。所以也不能怪你，都怪我们没有照顾好你。”

第三节

苏央然有些怔住，妈妈怎么反应那么大？她也只是随口问问。更何况既然是小时候她住在外婆家得了风疹，也是老爸老妈把她放到外婆家的，为什么怪了她那么多年。她那时候还那么小，得风疹也不是自己愿意的嘛。

不过算了，都是一家人，过去的事情就过去了，她照顾苏彦也是自己愿意的，又没有被强迫。只能说，自己就是喜欢照顾人的性子。

第二天，天蒙蒙亮，苏彦就已经起来了。老妈亲自下厨，给他做了最后一顿早饭。玉米粥、咸鸭蛋、一根金灿灿的油条。油条是老妈亲自炸的，非常好看，而且很香。苏央然昨晚帮苏彦重新整理行李，有些累了，所以睡着一直没起来，等她起来，早饭已经吃完了，一点儿都不剩。

她恶狠狠地瞪了苏彦一眼，然后自己进了厨房埋头苦干，一碗华丽丽的年糕就出来了，她鼻子一哼，就高兴地吃了起来。

苏彦订的机票是早上八点起飞的，从家里到机场就得一个小时，所以他们至少要在六点半出发，到了机场还要过安检，十分麻烦。

苏央然的年糕还没有吃几口，老妈就拉着苏彦要出门了，苏央然自然也得跟着，于是她捧着碗坐进了出租车："司机，机场！"

接到赶飞机的客人，司机感到压力很大……

不过让他觉得敬佩的是，无论他怎么急转弯、急刹车、超车……苏央然都十分平静地吃着碗里的年糕，司机很是疑惑，莫非是遇到高人了？

到了机场，苏央然的年糕也吃完了。她端着空碗从车上下来，老妈要帮苏彦提东西，因为东西实在太多了。苏央然一伸手把手里的碗递到她面前："我帮他。"

虽然嘴硬着说以后一点儿也不会帮他，可她还是帮了。就好像很多父母总是对孩子说气话，或责骂、或嫌弃、或挤对，可他们还是无微不至地照顾着我们，并且毫无保留地把自己的爱奉献给我们。这就是亲情，这就是爱。

他们把东西拖到了机场候机大厅，再过去一点儿，他们就无法相送了。苏央然和老妈就站在玻璃门外，看着苏彦自己拖着行李往里面走。老妈的眼泪又流了出来："小彦，到了那边记得给我打电话！还有，如果美国的食物吃不惯，可以找中国餐馆吃……还有，好好保护自己，好好照顾自己。如果觉得很难生活下去，就回来……妈妈会来接你的。"

苏彦挥了挥手："嗯，妈，姐，你们回去的时候路上小心。还有，告诉爸……我一

定会变强，一定会变强了再回来！”

变强了……再回来吗?

苏央然目送着他离去，看着他消失在转角处，然后回过身在心中默默地为他鼓劲儿：那就加油吧！她会等着他变强，等着他变成一个真正的男子汉！到时候，他就是真正的苏彦，顶天立地的，不用任何人帮助就可以撑起一片蓝天的苏彦。

苏彦走了，家里仿佛一下子空了，什么都清净了。老妈不再每天絮絮叨叨的，苏央然也省了很多事。她开始把大部分精力放在自己身上，成绩很快又提高了好几个层次。因为成绩出色，她连跳了两级，直接升入高三。尚佐望着她泪流满面，因为没有办法再跟她待在同一个教室了。

朔连城也开始埋头苦学，他要追上苏央然的脚步。这边他们拼死拼活地学习，那边户却轻而易举地跳级到了苏央然的班级。

他竟然留了一手!

平常看他成绩不怎么样，考试的时候还睡觉，可是谁能想到他的成绩竟然那么好!这个臭小子居然阴他们！浑蛋!

日子就这么一天天地过下去。苏彦在美国常常会打电话给他们，他的英语越来越溜了，每次在电话里一开口就是很流利的英语。

苏央然平静地学习着，前进着。其实她走得不快，但是很多人发现，自从苏彦出国之后，她就好像完全变了一个人似的，如同囚禁在笼子里的鸟儿得到了自由，如同悬崖峭壁上的花儿自由绽放。她全身都散发着光芒，灿烂耀眼，似乎她的身体里涌动的力量得到最大限度的激发，朝气蓬勃。

户也不再每天都浑浑噩噩地睡觉，他开始认真起来，上课仔细听讲，下课认真写作业。以前他写作业从来都是只看一眼，如果能够得出答案就写出答案，得不出答案就空着，或者写一句“不知道”。老师找他谈过很多次，但对这个金发小子没有办法。如今苏央然在飞速前进着，他知道如果自己不努力的话，一定也会有一天无法跟随在她的身边。以前的苏彦是一根铁链，他束缚了苏央然，如今铁链消失了，苏央然必定会发生翻天覆地的变化。

她开始进入大家的视线，开始频频出镜……以前她得了各种奖状或者各种优秀称号，都是不会接受采访的，因为她很忙，她要照顾苏彦。如今她空闲了，市里的采访、省里的采访，甚至是全国的采访，她都有时间接受了。

各种头衔压在了她的身上。最聪明的学生、第一学生、数学最优秀学生……有时候在本市的报纸上，都可以看见关于她的报道。许多名牌大学的大门，已经向她敞开了。

这原本应该是值得高兴的事情，可是看着报纸上登出的苏央然的照片，家里的父亲已经皱起了眉头："这些照片……会把那些人引来的……实在是太明显了。尽管央然真的很出色，可她不能总是出现在报纸上，现在甚至连网上都有她的消息。"

老妈倒是不以为然："都过去那么多年了，变成什么样都有可能，谁会知道这是以前的那个孩子。"

第四节

城中别墅花园，几盏路灯的光轻轻跳动了一下，然后瞬间亮了起来。

天黑得特别快。正前方有一栋富丽奢华的别墅。别墅正前方的少女雕塑喷水池，传出“哗啦哗啦”的声响。

月光照射过来，透过别墅巨大的落地窗，洒在一条铺满地毯的走廊上，在走廊的尽头有一间亮着昏黄灯光的房间。

推开门，左边的墙壁上悬挂着一幅巨大的油画，油画上是一个发间戴着百合花的女子，站立在花园的蔷薇墙旁，脸上扬着格外温柔的笑容。

在房间的另一边，一个坐在皮椅上戴着金丝框眼镜的男子缓缓转了过来，抬起了头。那个站在门口的女佣浑身颤抖，手里还端着温热的水和一排药片：“先，先生……小姐她……她……她已经去世了。”

“什么？”手里的笔一下子拍在了桌子上，他几乎是用最快的速度走下了楼梯，推开大门，朝着那间用玻璃建造起来的温室走去。

大门口已经围了很多人，他走进去的时候看到几个医生已经拉了白布要往一个穿着淡红色长裙、眼睛早已闭上的少女身上盖去。

他冲上去一把抓住了白布将它扯了下来：“夏莉！夏莉！”

重重地抓住她的肩膀，他用力地摇晃着，可那个少女却一直闭着眼睛，不肯睁开。脸上的血色几乎在这瞬间褪尽，他用力地将她抱起来：“夏莉，看着爸爸！夏莉，你看看爸爸！你看看爸爸！夏莉，醒过来，夏莉！”

“先生，小姐她已经……去了……”旁边的一个医生忍不住想要将他拉开，再这么摇晃下去，这遗体都要被摇晃坏了。

谁知那男子转而质问医生：“你们怎么不医好她，你们怎么不医好她！你们不是名医吗？不是很厉害吗？为什么不医好夏莉！你们已经医了那么多年了，你们已经医了那么多年了啊！”

“夏，夏先生……小姐的病……原本就是无法根治的啊。”那医生战战兢兢，拼命解释道，“小姐小时候遇了难，大脑受到压迫，无法调节神经去控制身体的各项功能，加上她的思想也因伤同常人有所不同，没办法配合治疗，如此一来，更是无法救治她了。我们……我们拖了这么多年，已经尽力了啊。”

男子已经握紧了拳头，看着躺在床上已经停止了呼吸的女儿，他恨不得把那画上的女子扯下来狠狠地打上一巴掌！她太狠了，真的太狠了，为了逃离他，为了不要他的孩子，竟然抱着两个孩子一同跳了江！夏莉虽然被救了起来，却因为脑部受了碰撞，痴痴傻傻，疯疯癫癫，到最后还是被老天给收了去，而他另一个女儿，更是消失得无影无踪。他一直追查了那么多年，几乎快要把整条江都打捞遍了，却没有任何消息……

“准备后事。”他重重地甩了手，背过身去，不敢再看自己的孩子一眼。

温室里有无数的花，地面的草蔓延至玻璃墙边，茂密的树丛间的那张床上，躺着一个肤白如玉的少女。

她曾经来到这个世上，与另一个姐妹一起。

她曾经呼吸着这个世间的空气，尽管痴痴傻傻。

她曾经梦到许多美好的画面，在那些画面里，有一个少年总是跟随在她的身边，她照顾他，保护他，为了他而活着；在那些画面里，她成了一个很厉害的人，成绩出色，体育出色，还受到很多人的喜欢；在那些画面里，她女扮男装去男子学校念书，还结交了一群朋友，每天都过得很充实……

她好希望，自己也可以走出这个玻璃罩，走出这个地方，去外面的世界。可是她的脚上一直拴着一根链子，怎么也没有办法出去。

爸爸说，她不能出去，会丢人现眼。可是她很想出去，真的很想出去……忽然有一天，一个男孩被带了进来，他穿着精致的礼服，眼神不屑地看着她：“夏家的人真是可笑，就算要联姻，也不应该用一个疯子做筹码，看看这痴痴呆呆的表情，谁会娶你？”

男孩嘲笑她，然后头也不回地离开了这个玻璃罩。她想站起来追出去，却发现距离越来越远……而现在，她终于自由了，终于可以离开这扇玻璃门。

身后还有人哭泣着，吵吵嚷嚷的，她却什么也感觉不到。她看到自己透明的手指，一道阳光照射下来，那是多么温暖，多么舒服，就好像梦里那个与自己长得一模一样的女孩的笑脸，也是如此温暖。

终于，自由了。

三个月后……

“先生，这是今天的报纸。”家里的地毯已经换了颜色，所有鲜亮的装饰都被撤了下来，坐在皮椅上的男子胸前别着一朵白花，他消瘦了许多，脸上也多出了一些胡子茬儿。摆了摆手，他吩咐女佣把报纸放下。待女佣离去之后，他呆呆地望着桌上的相框。

一个一个的，都离自己而去了吗？这一辈子，他真的要孤单生活了吗？他长长地叹了一口气，视线转到了今天的报纸上，忽然像是注意到了什么，一下子站了起来。他猛

地拿起了报纸，报纸上一个少女正举着一张奖状，站在一排学生中间，文章标题是“全国作文大赛颁奖典礼召开”，而那个少女的脸，竟然和夏莉一模一样！

他原本有一对双胞胎女儿，十几年前出了事故，她们的母亲带着她们投了江，他唯一救起来的只有夏莉，而另一个孩子，他苦苦寻找了几年都得不到一丝消息，最终放弃了寻找。

难道她……难道她……是他另一个孩子？

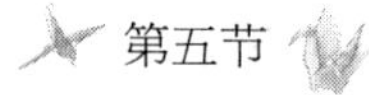

第五节

苏央然最近有些烦躁，也不知道是因为天气太闷热还是别的什么原因，晚上总是睡不好，早上又得早早起来，所以一直精神不振，连上课也经常走神。有一天午睡的时候她甚至做了噩梦，她梦见自己躺在一张淡红色的床上，头上盖着白布，就好像死了一样。旁边站着很多人，他们说着话，可她一句也没有听清楚。

她惊醒过来的时候午睡时间已经过去了，甚至第一节课都下课了，她额头上都是冷汗，脸色苍白。

身后的户递了一包纸巾过来："你，白日做梦了。"

苏央然有些无语，好吧，听说白天做的梦和现实是相反的，梦里的那个她身体好像一直很虚弱，按说自己有这么强健的身体，是绝对不可能因为什么病而死掉的。最多就是在救人的时候英勇就义了。

而她这样的个性，向来都是能不管闲事就不管闲事，能睁只眼闭只眼，就睁只眼闭只眼。虽然她很想做电视连续剧里的女主角，什么事情都管，遇到坏人就冲上去大声嚷嚷，看见帅哥就摔他一跤，踢他一脚，跟他大吵大闹，然后发展一段因为吵闹而渐渐升温的爱情……可现实和理想总是背道而驰的，她还是一个十分理智的人。

好吧，那就别在意这场梦了。像她这样的人，不好也不坏，应该不会那么快被老天爷收了去吧。

恍恍惚惚地度过了一天，她的神智终于有些清醒了。放学之后她在学校门口的小卖部买了一瓶饮料，正打算回家，突然三四个黑衣男子从旁边蹿了出来，直接擒住她的手脚往外带。

苏央然哪会那么容易让他们抓走，直接一个过肩摔将身后的一个男子摔在地上，然后下蹲一招扫堂腿。身前两个男子也被撂倒了。她还不罢休，一脚踩在其中一个男子的胸口上，男子伸出拳头要打向苏央然，苏央然飞快地做了两个后空翻，避开袭击，来到他们身后，双手重重地击打在他们的后背。

那几个黑衣人没料到苏央然看上去瘦瘦小小的，居然有这么大的力量，今天的捕捉行动显然失败了，他们无计可施，只能立刻逃走。

苏央然不追，但是眯起了眼睛：这些人是谁？她好像转校之后，就没有得罪人吧？实在是奇怪。

回到家，意外的是，她父母居然都在。以前他们不到六点半是不可能到家的。因为他们下班至少也要五点半，加上有时候加班拖一拖时间，等公交、挤公交，到家也是六点半以后了。所以晚饭一般都是苏央然做的。而今天，父母居然奇迹般地很早就回来了，并且做了一桌丰盛的饭菜。

“今天怎么了？”苏央然有点儿难以置信，“领导给你们放假了？”

“你这个傻丫头，忘记了吧？今天是你的生日啊！”老妈端着菜从厨房里出来，“你连自己的生日都不记得了。”

啊，是啊！今天是她的生日。她的生日要比苏彦早七个月，以前自己也常常忘记自己的生日，但是爸爸妈妈都是记得的。如此想着，心里更是暖暖的，她坐到了椅子上，高高兴兴地看了看一桌的好菜：“有买蛋糕吗？”

“废话，你爸一下班就先去拿蛋糕了。那蛋糕还是他设计好，让蛋糕店的人照做的。”老妈笑容满面，她今天烧了很多拿手菜，香菜西红柿蛋汤、糖醋鲫鱼、糖醋排骨、青椒牛肉……其实他们家条件虽然算不得很好，却也还不错，至少每天吃的菜品还是很多的，今天苏央然过生日，更像是摆上了满汉全席了一样。

苏央然拿起筷子偷吃了一口糖醋排骨，她抬起头来：“我爸呢？干什么去了？”

“他去买饮料了，回来的时候忘记带了。”老妈说着又进了厨房，看样子是还要再做一些菜。

饮料啊，最近新出了很多口味的饮料，那个芒果汁似乎挺好喝的。苏央然期待着。

她就这么坐在客厅里等，一边看着墙壁上的时钟一边偷夹菜，吃了将近一个小时，她忽然意识到情况有些不对。超市就在离他们家不远的地方，来去最慢也只要十几分钟，可这都已经过去了一个多小时，怎么还没有回来？难道半路遇到熟人了？

老妈也觉察到有些不对劲儿，她做好了最后一道菜从厨房里出来，一边擦手一边对苏央然说：“给你爸打个电话问问，怎么还没有回来？”

“哦。”苏央然站了起来，走到旁边的柜台上拨了一个号码，奇怪的是电话才响了两声就被挂掉了，她愣在那里。正打算再打一个，电话突然打了回来，她连忙接起电话：“喂，爸……”

“央，央然……”电话那头的老爸，声音竟然有一丝不对劲儿！

第五章

她并不是苏家的女儿

第一节

苏央然整个人警惕起来，她焦急地问："爸，你在哪儿呀？买个饮料怎么买那么久。我和妈都等你半天了。你再不回来我妈又以为你在外头有相好的了。"

电话那头的人一直重重地呼吸着，苏央然可以感觉到，她老爸现在应该很紧张，难道是遇到抢劫的了？身后有人威胁着？她突然想起白天遇到的几个黑衣人，一下子握紧了拳头：莫非跟白天那几个人有关？他们劫持她不成就想要劫持她老爸？

"央，央然……爸，爸这里有点儿小事。你和你妈先吃饭吧，我把事情处理好了，就会回来的。"老爸似乎犹豫了一下，然后说了这样一句话。

苏央然更是奇怪了，这个时候了还能有什么事？就算真的有事也应该先跟老妈说一下，至少"妻管严"的老爸以前都会这么做的，可他今天什么也没说。难道真的出事了？

"爸，喂，老爸——"苏央然还想问什么，可电话却已经被挂断了。

老妈一头雾水："怎么了？你爸干什么去了？他电话里说了什么？"

"呃……哦，老爸说钱没带，就跟超市老板说要赊账，那超市老板不肯，就吵了起来。我现在过去给他送钱吧。"苏央然明显感觉到情况不妙，她立刻从座位上站了起来，穿上鞋就跑出了家门。

老妈还在后面絮絮叨叨地抱怨："真是的，那个超市老板平时不是都肯赊账的吗？我们又不是不还，那么小气。写个借条也可以啊！都那么多年了，整得好像我们不还钱似的，真是太过分了。下次我宁可多走几步路，也不去他们家买酱油了！他们家酱油还那么贵，真是小气。"

可怜的超市老板，苏央然也是无奈才会找这个借口，还请老板以后多多担待，反正老妈也很少逛超市，买酱油这种事也向来是她做的，不用担心。

苏央然走出门之后，一连给老爸打了三个电话，可对方就是不接。等她打第四个电话过去时，竟然直接被挂断了，客服美妙的声音传了过来："对不起，您所拨打的电话正在通话中……"

通话什么啊！央然真想把手机给砸了。她怒不可遏地一脚踹到旁边的电线杆上，电线杆"咔嚓"一声差一点儿就倒了下来。苏央然正怒气冲冲，白天找过她的几个黑衣人又来了，他们就躲在转角的阴影处，看见她过来，立刻现了身形："苏小姐，夏先生请您走一趟。"

"夏先生？我不认识什么夏先生！不去！"苏央然恶狠狠地吼出一句，扭头要走。

黑衣人开口阻止她："苏小姐，您的父亲也在夏先生的私宅休息，您不去看看他吗？"

苏央然脸色骤变，迅速扭回头："你说什么？"

"您的父亲，也在夏先生的私宅里。"

空气像是瞬间被冻结，苏央然想到刚才被故意挂断的电话，等了半天都没有等回来的老爸，终于意识到情况确实有些不对。她微微握了一下拳，压下心头的怀疑与怒火："你们找我到底有什么事情？"

"请苏小姐跟我们走一趟，到那儿自然会有人告诉你。"

她咬了一下牙，缓缓点了头："好。"

她与被关在温室里的小姐长得一模一样，却浑身充满了力量，眼睛里随时带着光芒，只要看你一眼，就可以让你感到无限的压力。轿车里，对面一排黑衣人频频用余光瞄苏央然。他们见过温室里的小姐，四肢很瘦弱，皮肤苍白得可怕，稍微不小心就会留下一个瘀青，眼神常常是痴痴呆呆的，看不见一丝光芒。而眼前这位小姐，与温室里的小姐明明长得一模一样，却好像拥有一个千锤百炼的灵魂，这个灵魂经受过地狱烈火的淬炼，如同凤凰涅槃，散发着光亮。

这辆黑色的轿车在路上行驶了很久，苏央然估计了一下，至少有三个多小时。再开下去，估计就出省了。她现在有点儿头痛，老妈肯定等得不耐烦了，但是又没什么借口拖延时间……你说买瓶饮料怎么就这么多事呢！

她不耐烦地瞪了对面的几个黑衣人一眼："喂，到底到了没有啊？我可是很忙的，没时间陪你们瞎折腾！"

黑衣人暗暗感叹：这位小姐脾气不好。

其实苏央然一直是一个很文雅的孩子，语气冲成这样说明她忍无可忍，并且她的耐心已经到了极限，随时都可能爆发。

就这样一路吵吵嚷嚷，又过了一个多小时，车子终于驶进了一座城里，并且很快到了一栋有十几层楼那么高，前院如同一个公园那么大的别墅里。除了他们的车子以外，旁边正好还有另外一辆加长型的白色轿车驶进来。两辆车速度差不多，这边的黑色轿车忽然减慢了速度，让那辆白色轿车先走。

苏央然眼睛一眯，冲着司机大喝一声："超车！"

"是，是……"司机吓得腿都在抖，他立刻使出漂移车技，直接从白色轿车后面以一个S形转弯超到了前面，并且以最快的速度冲到别墅正门口。

白色轿车里的人不悦地摇下车窗："搞什么？夏家的人一个个都是疯子不成？"

“少爷，看，是夏家的小姐！”轿车里的司机看到前面黑色轿车里下来的人，有些吃惊地伸手指道，“夏家小姐不是一直被关在温室里吗？她怎么出来了？病医好了吗？”

虽然夏家从没有对外界说明过夏家大小姐精神有些问题，但是大家早已经了然，也均心里有数。如今突然看见夏家大小姐如同常人一样从车里出来，还很正常地跑进别墅里，难道是病医好了？还是夏家大小姐是疯子的传说是假的？

第二节

坐在车里的少年也是一怔，他微微直起身子朝着别墅的大门看去，那个少女已经走进了白色大门里，一副气势汹汹的模样，不像以前那般柔弱。难道她的病真的医好了？

“与我们无关的事不必去管，走吧。”沉默了片刻，少年摇上车窗。

再说到苏央然，她一走进别墅就有两个女佣过来为她领路，并且恭敬地唤她夏小姐，苏央然真想揍她们：“别胡乱给别人改姓！我姓苏，不姓夏！你以为我是大明湖畔的夏雨荷吗？演《还珠格格》呢？”

女佣惶恐得要跪下来，苏央然完全没有怜惜的意思，直接抓起一个女佣的衣领就拖着走上了楼：“告诉我，我老爸在什么地方？别磨磨蹭蹭的，我可没有那么多时间等！”

女佣被勒得差点儿喘不过气来，她勉强伸出手指着一个房间，那里亮着昏黄的灯光。

苏央然立刻松开手赶了过去，才推开门，就看见老爸安然无恙地坐在一张沙发上，手里还捧着一杯红茶。另一边站着一个男子，约莫四十岁，戴着一副金丝眼镜，眼神冷冷淡淡的，却在看到她的一瞬间点亮了：“夏莉？”

“神经病。”苏央然正在气头上，伸手拉起老爸就要往外面走。男子立刻上前几步拦住她：“抱歉，你与我死去的女儿长得十分相似，她的名字是夏莉，我看到你就好像看到她一样。”

“大叔，你把我弄过来不会是因为我和你死去的女儿长得很像，你想收我为干女儿？告诉你，我就一个爸，不会认第二个。”苏央然本来就心烦，路上已经急躁得要命了，此刻脾气更是差得不行。

那男子微微皱起眉头：“看来在这种人家里长大，家教果然不行。等以后你回来了，得从头开始教才是。”

家……家教……苏央然嘴角抽搐了一下，她正想抬头骂人，男子忽然从旁边拿过来一个相框，直接放到了她的面前。当她看清相框里那个女孩的容貌时，整个人都僵住了……真的，真的是一模一样……照片上的女孩躺在淡红色的床上，脚边拴着一条链子，眼神空洞地望着前方。她的脸、头发、眼瞳的颜色，甚至是身材比例，都与自己一模一样！最可怕的是，这个女孩曾经是她在梦中见到过的，她还三番四次地以为那就是自己！

“她叫夏莉，是我的大女儿。三个多月前，她去世了……在十几年前，她还有一个双胞胎妹妹，因为坠入河里，一直没有找到。”男子大约是很急，他松开相框之后又从旁边递过来一份东西，“这是夏莉的档案，包括血型、DNA（脱氧核糖核酸），全部都在里面。如果没有猜错的话，你和她是同卵双胞胎，你们的血型应该是一样的。因为，你……”

“莫名其妙！”苏央然忽然大声地吼出一句，打断了他的话。男子很诧异，愣在那里。

大概是以前的夏莉从来都不会发这样的脾气，而苏央然的性格，与他所预料的，是完全相反的。他以为如果两人是双胞胎的话，性格也会差不多。虽然夏莉疯了，但她还是一个很温和的孩子，而苏央然，完全跟温柔搭不上边。

当初他的几个手下告诉他，苏央然把他们都打趴下的时候，他甚至都不信！可如今，看到这副模样的她，不信也得信了。

“别突然整出一些有的没的要我认祖归宗，我的老爸只有他一个，我的老妈也还在家里等着给我过生日！今天中午是你派人来抓我的吧？知不知道除了警察以外强行抓人那叫绑架？这一次我不和你计较，就当作什么事情也没有发生，如果还有下一次，我一定不会放过你们！”苏央然拉着老爸从房间里出来，头也不回地走下了楼梯。

她半路上遇到一个刚要上楼的少年，少年身后还跟着一个中年管家。因为两个人上下楼挡住了各自的路，苏央然毫不客气地瞪了他一眼：“好狗不挡道！”然后直接从他身边穿过，走出了大门。

那少年还愣在原地，他看着她走远的背影，有些难以置信地回过头：“管家，那真的是夏家小姐吗？”

“是的，少爷。”中年管家淡淡地应了一句。如果从容貌上来看的话，的确是夏家小姐。

“她疯得越来越离谱了吧？”少年几乎是冷冷地丢出这么一句，不然怎么会像个疯子似的从楼上冲下来。

苏央然一路拖着老爸出来，然后在半路打了一辆出租车回家。她的脸色很不好，手机已经响了很久了，她却没有接。

老爸也一言不发，她干脆把手机拿起来丢给他：“你跟老妈解释，我不知道该怎么说。”

老爸呵出一口气：“回去再解释吧。”

然后，又是一片寂静。

过了半个多小时，他们还在车上，老爸慢腾腾地开了口：“那个人说的其实没错，

十几年前，你——”

“我知道。”苏央然张了张嘴，她只应了一句，却不知道接下来应该怎么说。她知道，她早就有所察觉。从母亲告诉她，她小时候得风疹开始，到那个男人拿出那个女孩的档案……两个没有血缘关系的人，就算长得再像，也不会像到这种程度。

“十几年前，我们在河边，捡到了……”老爸沉默了片刻，还是再次开了口，“那天下着大雨，我下了夜班回家，抄近路路过江堤，听见你的哭声。”

第三节

那个时候城市并不像现在这样繁华，江两岸的房子都是平房，江边都是泥沙或石块。他从江堤上走下来，听到江边传来哭声。他当时想起一些鬼怪之说，吓得准备跑，但那哭声实在可怜，他忍不住去江边查看。

苏父整个人像被无形的线牵引着，一直走到了岸边，看见了当时只有一岁多的苏央然。他连忙跑了过去将她抱起来，小小的苏央然因为感觉到了温暖，居然就慢慢止住了哭声，趴在他怀里盯着他看。

周围没有什么人，也没有孤儿院，他只能抱着这孩子先回了家。

家里的妻子正好也怀孕了，看见丈夫带着一个孩子回来了，有些惊讶。他对妻子如实讲述了这段相遇，两个人商量第二天再去问问江边的人，或打听一下孤儿院。

妻子给苏央然洗了澡，又换了一件衣服，安抚着她睡去。

可是半夜里，她却突然哭了起来，怎么也安抚不好。他们急急忙忙起来，连夜送她去了医院。医生一开始什么也没有检查出来，只说可能是冻着了，配了一点儿药。他们熬了一夜，第二天一早，又四处打听有没有孤儿院。

两人终于打听到一家福利院，听说那里收养着被遗弃的孩子，但是距离很远，他们担心如果现在送过去，苏央然还发着烧，万一半路病重，实在太可怜了。留她下来这话苏父自己不敢说，因为他白天是要工作的，没办法照顾一个陌生的孩子，而自己的妻子，也怀着孕。

可是没想到，自己的妻子先提了出来："这孩子这么小，现在送去可能路上就夭折了。我们先养几天，等她病好了再送去。"

就这样，妻子肩负起照顾她的责任，因为她生了病，白天和晚上，妻子都衣不解带地照顾着。可是一连几天过去了，苏央然的病却越来越严重，甚至身上发起了疹子。他们觉得不对劲儿，这不可能是简单的发烧，便再次送她去医院，这一次医生诊断出来，她得了风疹。

这病并不难治，却要没日没夜地陪着，为她降温，喂她吃药。孩子实在太小，又养了几日，那么乖，那么听话，他们不忍心让她痛苦，就带回家里继续医治。终于在第四天，她的烧退了，身上的疹子也淡去了。

等她的病完全好了，两个人抱着她坐着三轮车到了十几公里外的一家福利院。走到门外，两个人却根本迈不开脚步，把这个孩子送进去。

"要不我先进去看看情况，如果环境好，我们就把孩子送进去。以后，我们也可以常来看看。"妻子先开了口。

他点点头，抱着孩子在门口等。

妻子以想做志愿者的名义进了福利院查看，他就一直抱着小苏央然等在门外。小苏央然乖乖的，大大的眼睛望着对面。忽然，她扭过头，看着他：“爸爸……”

那一瞬间，仿佛有一股电流击中了他的心脏，他难以置信地低下头，看着怀里的这个孩子。那一声“爸爸”，就这么扎在了他的心里，深深扎了进去。

他舍不得，舍不得将这个孩子送进福利院里。

那一天，可以说是他人生中最漫长的一天。他害怕福利院里很好，害怕妻子出来对他说“我们把孩子送进去吧”，他就这样站在门口，几乎是度日如年。不知道过了多久，妻子终于出来了，只是神色并不好，抬头看见他，轻轻摇了摇头：“里面……简直不是孩子可以待的地方。那里面的孩子，很多都是脑积水，或者天生痴呆的，只有两个阿姨，根本照顾不过来，我看到有些孩子身上都脏得一塌糊涂，连屎尿都没有人清理。”

他深吸一口气：“那，这孩子……我们先带回去吧？我刚才都听见她喊我爸爸了。”妻子一怔，有些惊讶：“真的？她喊你爸爸了？”

“是啊，我当时还吓了一大跳呢。”

“呀，”妻子一下子抱起了小苏央然，低头开始逗她，“我没有听到。再喊一声，宝宝，再喊一声。”

“妈……妈。”

“啊，真的喊了！”

就这样，他们还是留下了她，给这孩子取了名叫苏央然。虽然后来发生了很多事情，因为当时她得了风疹，传染给了妻子，妻子怀孕三个月期间感染风疹病毒，导致苏彦的身体很差。但他们一直觉得，能够遇到苏央然，能够拥有这个孩子，是幸福的事。

哪怕偶尔会有抱怨，哪怕偶尔也会有指责，但苏央然，是属于他们的孩子。

老爹平静地将十几年前发生的事说了出来。苏央然这时才明白，当初在医院里，母亲所说的话的意思。

原来，以前还发生了这样的事情……

“央然，其实……我们从来没有当你是外人，你一直都是我们的女儿。我也——”老爹似乎还想多说几句，苏央然却摇了摇头，她扬起一个笑容，挽起他的手：“没事，爸，我都明白。走吧，我们回家。”

回家。

“妈在家里等我们，我们回家。”

第四节

回到家里之后，他们想尽办法要编造一个谎言给老妈，但是老妈并不相信。她几乎快急疯了，老公出去买个饮料不见踪影，女儿出去送个钱也不见踪影。菜也凉得一塌糊涂，天都快亮了。

苏央然一直安慰她，告诉她只是不希望她担心，所以才不接她的电话。要是她说自己被人绑架了，老妈估计更着急了。可谎言她又实在是编不出来……

菜被重新端进厨房热了热，蛋糕也被一家子热泪盈眶地吃掉了。

他们是凌晨才进房间休息的，但是苏央然知道，他们必定睡不着。因为老爸还要给老妈一个解释。这个解释，也让躺在床上的她无法入眠。

而在另一栋别墅里，送完客的男子，重新坐回了皮椅上。旁边一个管家给他端上了一杯咖啡，这个管家年纪看上去已经很大了，一直在他身边服侍，也见证了十七年前那一场悲剧。夏川城，他的主人，从很小的时候就开始独自生活了，父母在他年轻的时候因为出了车祸，再也没有回来。管家支撑起夏家所有的产业，勤勤恳恳带着夏川城拼搏在这个充满危机的世界里。所幸夏川城十分聪明，很早就开始学习处理公司的事务，人更是比周围的孩子早熟许多，他从来都是沉默寡言，但是一开口便可以让下属吓得无法动弹。于是管家也开始把自己揽过来的事情一点儿一点儿还给夏川城，并且看着他将夏家的事业一点儿一点儿扩大。在他十六岁的时候，遇到了那个女孩。

然若慈。

那是他第一次喜欢一个人，并且深爱一个人。然若慈是公司一个职工的女儿，因为父亲早上赶着上班没有带盒饭，她便自己做了盒饭送过来。便是在那个时候，她在电梯口遇到了夏川城。

当时的然若慈，真的是一个非常温柔的女孩子，公司里所有认识她的员工，都夸奖她是天下最有孝心的女儿。她脸上常常挂着微笑，仿若冬日里悬挂于天空的太阳，温暖地照进每一个人的心。

夏川城喜欢她，并且很快与她成了朋友。原本以为这一对金童玉女会喜结良缘，夏家并不需要联姻，他们的产业已经足够全面、足够大了，所以管家也很赞成他的主人可以和那个温柔的女孩结为连理。

然而结果让所有人都大跌眼镜，然若慈交了男朋友，在她考上大学的时候，她将这个消息告诉了家里。她的父亲很害怕，问她："你不是……和夏总裁……"

“川城？我和他只是朋友。”然若慈的这句“只是朋友”，很快传到了夏川城的耳朵里。他大怒，直接辞退了她的父亲。

然父没有了工作，便无法维持生计，他去了许多家公司，却没有一家敢收他。到最后，连她的男朋友也受到牵连，他就读的大学将他劝退，他的父母也失去了工作。男孩子害怕了，与然若慈提出了分手。

一个曾经笑容满面的女孩，从此再也不会微笑。她伤心欲绝，家庭经济条件也越来越差，她想立刻死掉，可是害怕家人也无法存活下去。于是她向夏川城求情，并且答应嫁给他做他的妻子。

婚礼很快就举行了，尽管夏川城得到了他想要的人，却再也无法看到她的笑容。

一日一日过去，然若慈也一日比一日消瘦，在她怀孕的时候，身体更是虚弱到好几次都昏倒了。好不容易生下了一对双胞胎，他以为有了孩子，她会释怀的。却没有想到在孩子不到两岁的时候，这个平时看上去温柔如水的女人，居然有那么大的勇气，抱着她们跳江自杀！

也因此，夏家两位小姐，一位失踪，一位从此痴痴傻傻，再也见不得人。

“少爷……”在这座别墅里，也唯有那位管家会喊夏川城少爷，“那位寻回来的小姐，似乎并不愿意——”

“她会来的，”金丝眼镜被缓缓摘了下来，男子擦了擦眼角，将眼镜搁到一边，“她还不知道她想知道的事情。也许一开始会不在意，但是时间久了，她总会有想知道的时候。连叔，夏莉去世的消息是一直封锁着的吧？”

“是的，少爷。”管家答道。

“等她回来了，她就是我唯一的女儿，夏莉。”

“是，少爷。”

苏央然现在每天上课都心不在焉的，她脑海里都是那个躺在淡红色床上的少女，还有那个戴着金丝眼镜的男人对她说的话。从那天晚上老爸的表情里可以知道，从老妈早上起来红肿的眼睛里也可以知道，很显然，她的确不是他们的孩子。

就好像你一直在吃一个苹果，等快吃完了别人告诉你这是一个橘子，这话听起来可笑极了，你又不得不接受，因为这确实是真的。以前自己还一直怀疑苏彦不是他们所生的孩子，这下倒好了，其实自己才不是！

可她身体一直很棒，这是遗传了老爸老妈的啊……好吧，没准那个金丝眼镜男身体也很棒。

所以现在到底算是怎么一回事？她跟苏彦没有血缘关系？她以前还天天念着：因为血浓于水，所以她照顾他是理所当然……那现在她是不是可以找苏彦把以前她照顾他所花费的那些时间给要回？

而且，她居然还有一个双胞胎姐姐？是姐姐吧？虽然她已经去世了，可看到那个明明不是自己，却长得跟自己一模一样的女孩躺在床上的照片，苏央然心里还是发怵的。

她忽然有一种冲动，她想去那座别墅里，看看自己的姐妹生活的地方，看看她曾经过的到底是什么日子。

似乎，她的名字是夏莉吧？

难道以后她要改名叫夏央然？

第五节

这几天，苏央然的身后总是时不时地闪过几个黑衣人，无时无刻不在提醒着她，她还有另一个老爸活在这个世界上，并且有一个双胞胎姐妹，虽然她已经去世了，但她曾经和她一样，真实地存在过，生活在另一个地方。

她原本想置之不理，但许多疑问不断涌现出来，她的生母是什么模样，她的双胞胎姐姐生前又过得如何？熬了七八天之后，她终于无可奈何地对着身后的人说："带我去见他吧。"

再次相见，苏央然显然平静了很多。那一天因为老爸被人带走令她情绪不安，加上路途中又浪费了很多时间，她害怕老妈担心，又害怕老爸出事，车速又那么慢，所有忐忑的情绪都堆积起来，使得她有些失态，语言也粗俗了很多。这一次她同样来到这座别墅前，走进大门，两个女佣有些畏惧地向她鞠躬："小，小姐……"

"请带我去夏先生办公室，好吗？"灿烂地扬起一个微笑，她声音温柔地对女佣们说道。

女佣们完全僵住了，前不久她们见到她的时候，她那表情就跟恶魔差不多，现在突然笑容满面，不知道为什么女佣们觉得更加可怕了。就好像有一只疯狗第一次见你的时候咬了你一口，第二次它再冲你摇尾巴，你也无法放下对它的畏惧。

所以，第一印象是很重要的，苏央然的第一印象已经没了，再想挽回也是很难的。

女佣们把她领到了夏川城的卧室前，那里也算是一个办公室，室内有另一扇门，门后面就是休息的地方。

苏央然还没有推开门，里面就传来了一个声音："进来吧。"

"吱呀"一声，门被推开了，苏央然跨了进去，然后平静地坐到了夏川城对面的沙发上。她姿态优雅，完全不像第一次见面时那样粗暴，脸上甚至还挂着淡淡的笑容，这样的笑容与夏莉很像，只是她的微笑更加充满力量："夏先生，您好。"

"不用这么生疏，在血缘上来说，我毕竟是你的父亲。"夏川城感觉得出来，苏央然并不是一个他强迫她就会顺从的人。夏莉的性格继承了她母亲的温柔，而苏央然，继承了她母亲的刚强。从她看他的眼神就可以感觉得到，她不是一个会因为威逼利诱就妥协的人。

苏央然也不反驳，毕竟事实摆在眼前，况且这世界上也不会有人那么傻找个没血缘关系的人硬要认作是女儿。

她看了一眼桌台上放着的相框，里面穿着蕾丝睡衣的温柔少女，正笑盈盈地望着她："她……是怎么去世的？"

"小时候掉进江里，救起来时脑部受到过重击，所以大脑神经受到损伤，无法正常地控制调节身体，这病已经拖了很多年，她三个月前去世了。"夏川城尽量让自己情绪稳定一些，可一谈到夏莉，他的声音仍会颤抖。

曾经，他以为她是他和深爱的妻子所留下的唯一结晶，他用尽了全力保护她，照顾她，听着她喊出一句"爸爸"的时候，他高兴得几乎要疯了。可到最后，她还是离开了他……那么平静，平静得好像她一直在等着这样的结局，等着从他身边逃离。就好像从前的然若慈，那么决绝，那么不顾一切。

那时候他心高气傲，只要是自己喜欢的人，哪怕用尽手段也要抓在手里。他强娶了然若慈，与她结婚后，她一直很平静，平静得如同一摊水。他以为只要自己对她比以前更好，她就可以接受自己，甚至在她怀孕之后认定，有了孩子，她一定会觉得幸福。

可他错了。她对他的恨和厌恶已经深入骨髓，每一天都在加剧这样的恨。到最后，他逼得曾经那么温柔的一个人做出如此疯狂的事情，他逼得她宁可抱着孩子跳江也不愿意留在他的身边。

她视他为毒蛇猛兽，而他爱她爱得疯狂。

他记得那个时候的然若慈一天比一天消瘦，脸色一天比一天苍白。他聘了七个护士看护她，请了专门的医生每天守在她的身边，终于等到她虚弱地将两个孩子生了出来。那一天，是他人生中最幸福的一天。他跪在她的床边，握着她的手亲吻着，紧紧贴在自己额间："若慈，谢谢你，谢谢你带给了我两个世间的珍宝。"

他太害怕，害怕这个瘦弱的女人会因为生产而葬送性命，这一生里有了这两个孩子，无论男孩女孩，他都觉得足矣："以后我们就好好的，不再生了。"

不想再看到她痛得撕心裂肺，不想再看见她如此疲惫，不想再看见医生为了保胎而让她喝那么多安胎药……

有了两个孩子之后，他每天都会尽量提早回来，来到她的身边，与她说说话，抱一抱孩子。他想着时间一定可以冲淡一切，减轻她的痛苦，让她淡忘自己曾伤害她的家人与爱人。

时间不正是这么厉害的东西吗？他以为一定会是这样的，却在然若慈抱着两个孩子站到了桥栏外时，才知道……

并不是这样的。

有些伤痛，会刺入心底，并且随着时间推移，越扎越深。

第六节

记得那一天，大雨滂沱，雨水“哗哗”往下砸落。她抱着两个孩子消失了，整个别墅的护卫都在四处搜寻！

夏川城往日的冷静与镇定荡然无存，他发疯似的寻找：“若慈在哪儿？不是让你们看着她吗？找不到就全部不用回来了！”

当有人传来消息，说在桥头看见她时，他感觉全身的血液都要倒流了。他不顾一切地追了出去，远远看见她立在大桥的栏杆外，雨水冲刷着她瘦弱的身体，可她的眼中仿佛有一团火焰在熊熊燃烧。那样炙热，那样滚烫。

“若慈！你要做什么！”他几乎是怒吼着，在大雨中朝她伸出手来，“那里不是你应该待的地方！给我回来！”

这个温柔似水的女人就这样回过头，眼睛直直望着他，如同看着一个魔鬼：“这里不是我应该待的地方，那么哪里是我应该待的地方？那栋别墅吗？那个牢笼吗？夏川城，你毁了我的人生，毁了我的一切！”

他看到她脸上的怨恨、愤怒、绝望，这些年来，他以为自己已经很了解她，以为自己已经明白了她，可是到头来自己却完全不知道，她竟然有如此刚烈的一面！

最后，他看见她转身一跃，抱着手中的孩子从桥上跳了下去！

他冲上去跳入水中，大雨倾盆，雨水和河水模糊了视线，他拼命用手去抓勉强能看见的人影，发了疯似的要把她拉住！

可到头来，他只抓住了其中一个孩子的衣兜，却与她和另一个孩子彻底失之交臂。

“掉进江里吗？”听到夏川城的回答，苏央然微微颤动了一下眼帘，“是那个生我们的女人，抱着我和夏莉一起跳进江里的吧？”

夏川城一怔，他抬起头，看到苏央然异常平静的眼瞳，在那深处似乎涌动起了一股暗流，只要稍微一波动，就可以冲破平静的湖底，扬起千层大浪！

“会带着自己的亲生女儿一起自杀的母亲，不是疯了，就是日子真的过不下去了。不过幸好……”苏央然站了起来，“我还活着。”

她很感谢老天留给她这条性命，虽然并不出色，但是健康。她凭借着这个平凡的身体，一点儿一点儿走上更远的路。她很感谢生了她的女人，尽管她在最后想要杀死她，可她毕竟还是活下来了不是吗？而且是很健康地活了下来。

“给我看看夏莉的照片吧，我想知道曾经在这个世界上活着的另一个我，过的是什么生活。”苏央然抬眼望向夏川城。

夏川城摆了摆手，一个年纪蛮大的管家便从旁边的侧门走了进来，恭敬地对着苏央然鞠躬：“小姐，请跟我来。”

走过白色的围墙，踩过湿漉漉的草坪，就在这别墅的另一边，有一间圆顶的温室楼，在这温室楼里，透过那玻璃窗，可以看见里面茂密的植物，正在生机勃勃地成长。它们并没有因为主人的去世而消沉，反而生长得更加旺盛。

进了温室里，苏央然立刻看见了那张床，很熟悉，因为她在梦里梦见过很多次。

床的下面有许多抽屉，拉开抽屉，一本一本厚厚的相册被翻了出来。管家恭敬地将这些相册递到她的手里，她小心翼翼翻开，一页一页看下去。

那是关于一个孩子的成长记录。

从照片看，这个孩子显然要比别人笨很多，七岁才会走路，十二岁才会开口说话，照片的背面写了很多字，刚劲有力。

你还是那么小，但是没关系，爸爸会保护你！

你又哭了，因为我没有哄着你入睡，昨天的那个故事，你不喜欢听对不对?

走路其实并不难的，今天不行，我们明天再试试；今年不行，我们明年一定可以。

没关系，没关系，爸爸会为你找世界上最好的医生帮助你。

日复一日，年复一年，千言万语都记录在了这里。

别害怕，爸爸在这里。

我的女儿，终于会喊爸爸了。

第七节

更多的时候，夏莉都喜欢仰头看着天空，好几张照片上都是这个姿势。她坐在草地上，或者是大床上，透过透明的玻璃墙，看着窗外的世界。她和苏央然一样，一直想要摆脱周围的束缚，飞向自由的天空。

束缚苏央然的，是苏彦；而束缚夏莉的，是小时候所受过的伤。

所以，她们总是悲伤的，无时无刻不在向往自由。

现在呢？苏央然终于得到了她的自由，苏彦松开手，去了国外。而夏莉，或许也获得了自己的自由，她或许变成了一只白鸽，翱翔在空中；或许变成了一颗蒲公英种子，随风飞扬；或许到了天上，化作一颗星星；或许变作了一片白云，难过的时候下雨，高兴的时候天晴。

这个照片上的女孩子，真实存在过，拥有和她一样的容貌、一样的血型。这个照片上的女孩子，曾经与她血脉相连，心灵相通，她们互相梦到过对方，却都以为那是另一个自己，活在自己心中的自己。

苏央然双手紧紧地抱住了相册，不知道为什么感觉到一阵撕心裂肺的痛，她还穿着尚佐高中的校服，曾经这校服也出现在夏莉的梦里，她变成了一个很聪明、受到许多人欢迎的孩子，她不用再独自被关在这透明的笼子里，脚上缠着链子，无法从这个地方离开。所以，夏莉很喜欢做梦，很希望自己可以变成梦里的人。尽管，她的周围永远都有那一道墙，那一片透明的玻璃……

手臂微微收紧，她压抑着自己的情感不想哭泣，可眼泪却止不住地从眼眶流出来。

不知道过去多久，她就一直这么跪坐着，已经长长的头发散了下来遮挡了她的视线，只有大滴大滴的泪水落下来。

“云少爷，这里是小姐的房间，您不能随意进来。”苏央然心里正难受，耳边却传来了声音。

她抬起头，看见之前在大厅楼梯口遇到的那个少年，他正从温室的正门走进来，夏川城的管家却要将他拦在外面，似乎害怕被他知道些什么。那个少年一直皱着眉头，他拂开管家的手一脚跨了进来，看见苏央然的时候愣了一下，随后面无表情地出去了。管家立刻跟在他的后面：“云少爷，我们小姐前些日子因为身体康复得不错，就安排去了学校，这几日回来收拾一些东西，外面的传闻，可不能轻信。”

少年不冷不热地瞥了他一眼：“我知道。”

其实早在一个月前，外面就传言他的未婚妻夏莉已经身亡了，还说夏川城早就把她给偷偷埋掉了。

他信以为真，便要托母亲将这门亲事退了，谁知夏家那边却半点儿音信也没有。他有些不悦，便借着想见夏莉为由，想要看看传言是不是真的，起初果然被夏川城挡了回来。

若是以前，只要他提出想要见夏莉，他高兴都来不及，根本不会拦下来。就在他以为那传言必定是真的时候，忽然……她就这么回来了。

那一天，也是他决定最后一次验证夏莉是否已经死去的一天，他奇迹般地在别墅门口见到了她。

她活着，而且活得好好的。甚至不再痴痴傻傻，全身都充满了力量。

以前他见过她好几次，她一直都是一个温柔的，只会笑的女孩子。可那一天，她忽然变得那么生气，也不知道是因为什么事情而生气，身后拉着一个陌生人急匆匆地下楼去。下来的时候因为他挡着她的路，竟然被她恶狠狠地骂了句“好狗不挡道”。活到现在，还没有人骂过他这样的话。

而今天，他再次遇到她。她竟然一反常态，跪坐在草地上，手里不知道抱着什么东西，哭得那么伤心，伤心到连周围的植物也好像感受到了她的情绪，纷纷沮丧起来。

夏莉……这个让他意外的女孩，她到底是一个怎样的人？拥有那么温柔的微笑，又会忽然那么生气，还会哭得如此悲伤。

“云少爷……”管家十分担心，虽然他必定已经认为苏央然就是夏莉，但是万一他觉察到有什么奇怪的地方，在外面到处乱说……

“我知道。”少年一下子转过身，“夏莉还活着，我会遵守诺言。”

他在回答这句话的时候，脸上看不出任何表情，却让管家舒了一口气。既然他应承下来，那说明他并不怀疑苏央然是夏莉这件事情。只要他不怀疑，那么外面的传言也会渐渐止息吧。

不过，还是得尽快让苏央然来到夏家，否则传言止得了一时，却止不了一世啊！

与夏莉定亲的那个少年，正是云家的少爷——云洛生。他是未来云家的继承人，为了延续两家的亲密关系，并且为了今后有更好的商务往来，在很小的时候，他就被迫与夏莉定了娃娃亲。他第一次见她的时候就厌恶这个女孩，痴痴傻傻，分明就是一个呆子。他反抗过，拒绝过，但最后妥协了。

只是他依旧十分不悦，哪怕以后他娶了她，也总有一天会跟她离婚。

回到家中，看见自己的几个玩伴已经在娱乐室等他了。他推开门，旁边打桌球的黑发少年迎了上来："怎么样，洛生，看到你那未婚妻了吗？她是不是真的死了？"

"她活着，"云洛生抬起头，"活得很好……"

是的，她活着，活得很好。仿佛整个人蜕变了似的，完全脱胎换骨了。与自己印象中的那个人相比，就像不是同一个人似的。外貌上没有变化，如果非要说的话，可能是换了另一个灵魂——充满力量，散发着光芒的灵魂！

第六章 未婚夫云洛生

第一节

云洛生从来都没有如此烦躁过，那个重生的夏莉，时不时在他脑海里出现。有时候他半夜睡觉也会被脑海里那句“好狗不挡道”惊醒。这是一种奇怪的心情，以前夏莉一直很喜欢他，因为夏莉很少能够看见外面的人，也没有办法去外面，而云洛生是除了用人、医生以外，第一个与她接触的外人，所以夏莉很喜欢他，每次看见他脸上总是会扬起笑容。这么一个原本很喜欢你，看见你就会笑的人突然就变了性子，恶狠狠地辱骂你，甚至完全不把你当一回事儿。云洛生心里的平衡就刹那间被打破了，于是他脑海里经常出现对方的身影，他想不明白为什么会发生这样的事情。

原本他想一直忍着，权当她是一个陌生人。但是心里的不悦却越积越多，越积越大，他终于忍不住再次拜访夏家，提出要见夏莉。

可让他措手不及的是，他居然再次被拦了下来。而且这次的理由与之前的大不相同，女佣如此回答他：“对不起云少爷，小姐不想见您。”

不想见？竟然说了不想见？她以为她是什么人？分明就是一个傻子，疯子！

云洛生自然是气得直接回了家。而站在二楼落地窗后面的夏川城，也正好放下了帘子，身后的管家颇有意味地说了一句：“云少爷似乎对苏小姐很上心。”

“苏央然是一个光芒四射的人，她同夏莉很不同。”这一点夏川城也是认同的。从第一次见到她的时候他就觉察到了，她不是一个可以让人轻易忽略的人，甚至，凡是见过她并且接触过她的人，都会莫名其妙被她身上的一股冲劲儿和韧劲儿吸引。

“这样对我们夏家也好，”管家继续道，“以后等苏小姐来了夏家，她可以以夏莉小姐的身份活下去。云少爷也不会太抗拒这桩婚事，两家一联姻，我们夏家便会更稳定了。”

夏川城微微眯起眼睛，他自言自语了一句：“不会这么简单的……”

云洛生回了家里之后一直觉得很不爽，原本心情就极差了，又被那个女佣回了这么一句，更是气得脸色铁青。但他不是一个会发作的人，只是脸色难看地坐在沙发上，表情十分可怕。他的几个朋友又来了，他们的家族都是与云家在商业上有合作关系的，他们中间有一些比较年轻就有了自己的事业，有一些是云家合作伙伴的儿子，他们在玩这方面十分有一手，各个都很有手段，所以臭味相投，经常混在一起。

他们一进来就看见云洛生板着脸：“喂喂，我们的大少爷洛生，什么事情惹着你了？”

“与你无关。”云洛生不冷不热地丢出一句。

“难道是夏家的那个女儿？啧啧，自从你上一次去了夏家之后就一直是这副样子，今天听你家司机说你又去夏家了？怎么，她惹着你了？”每次先开口的都是那个黑发少年，他的父亲是司法局局长，典型的官二代，平时脾气就十分差，但一般都是一副满脸堆笑的模样，是不折不扣的笑面虎。

云洛生皱了皱眉头：“她和以前太不一样了，许是病医好了，所以清醒了。”

想起自己第一次见她的时候说过的那些话，莫非夏莉是明白了话里的意思，所以不待见他了吗？呵，如果真是这样，那生气也是必然的了。

——夏家的人真是可笑，就算要联姻，也不应该用一个疯子做筹码，看看这痴痴呆呆的表情，谁会娶你？

“清醒了又如何，她对你不敬？”黑发少年拍了拍他的肩膀，“以后她是你的老婆，对你不敬你就折腾她，有什么好生气的？你要是真咽不下这口气，我们就整整她，只要稍微有点儿分寸，不让她出事，想必夏家也不敢拿我们怎么样，如何？”

整她？云洛生回想起那次在夏家别墅与她碰面，她冷漠又高高在上，与从前所见的夏莉完全不同，从前云洛生只当她痴傻，现在她却像疯了似的，若真的去整她，出了什么问题，云家也无法向夏家交代。

云洛生摇了摇头。

黑发少年轻笑道：“怎么，洛生，难道你是怕了？这有什么，万一真出什么事情，不是由我们担着吗？”

云洛生还是摇摇头。

黑发少年虽然不再多说什么，可心里却记下了。敢对他的兄弟不恭，这仇自然得报的，无论对方是什么人。

苏央然表面上很平静，其实背地里，已经去了夏家好几次。每一次她都看看夏莉以前用过的东西，看看夏莉以前待过的地方。这些东西就好像有一种莫名的吸引力，她根本没有办法抗拒夏莉的秘密。

她想知道更多，来夏家就更频繁。她知道她必须停下来，可她根本没有办法停下来。

这一日，苏央然又来到了夏家，因为是周六，她穿着休闲服装，下身平角牛仔短裤，上身是很修身的T恤。头发披散在肩头，她认真地坐在草地上翻看夏莉的照片。才看到一半，一个女佣就急急忙忙地跑了进来：“小，小姐……小姐，云少爷的朋友说想要见你。”

“云少爷？”苏央然努力想了想，忽然有了些印象，“你是说他啊……我与他并不相识，他的朋友我自然也不见。”

她知道云洛生是夏莉的未婚夫，可她不是夏莉，自然不会搭理这种无关紧要的人。

女佣便要回去通报，谁知一双手从外面伸了进来握住女佣的手腕，拦住了她：“这样来回通报不是很累吗，我们亲自过来便可以了。”

苏央然一怔，她皱起了眉头，“啪”一声合上相册，然后从草地上站了起来：“我不认识你们，不想与你们见面。”

第二节

带头的黑发少年微微一笑，他看似非常礼貌，语气也非常温和，但是苏央然明显可以感觉到一股令人讨厌的戾气。特别是他刚刚粗鲁地握住了女佣的手腕，虽然是想拦下她，但是身为一个男人，如此粗鲁地对待一个女士，动手动脚的，让她无法生出好感。她皱着眉头，并不友好地看着他们。

黑发少年缓步朝着她走了过来，却又在距离她两米多的地方停住了："我们只是代替洛生来看看你，若是打扰了，那真是非常抱歉。"

"自然是打扰了，你们还硬闯进来，真不绅士。"苏央然毫不客气地丢出一句，虽然脸上并没有十分明显地表现出不满，但显然让对面几个男孩愣住了。在他们的圈子里，有谁会那么直接地说被打扰了？哪怕真的是被打扰了，也通常会有礼貌地说没关系。

她将手里的相册重新放回了床底的抽屉，然后直起身："你们想留下来便留下来吧，我走了。"

她还算有礼貌地与他们打了招呼，便头也不回，走出了玻璃门。

其实她知道夏川城想要做什么，他并没有公布夏莉的死讯，所以所有人都将她当成了夏莉，包括那个云洛生，还有这几个男孩。夏川城想要让她代替夏莉，今后与云家联姻，并且发展夏家的事业。或许他是真心将她当作自己的女儿，也愿意把自己所有的产业都给她，但是苏央然并不需要这些。

她不点破，是因为她不希望与他翻脸，到时候她连夏莉的玻璃房都无法踏足，所以她干脆就默认了，反正她不辩解，也从来没有说过自己就是夏莉。

她是苏央然，从这个城堡离开，她就是一个普普通通平平凡凡的女孩。

黑发少年第一次受挫，但是他与云洛生不同，云洛生生气是面无表情的，而黑发少年连生气都带着一脸微笑。

"慎，我们要不要教训她一下，这个女生实在是太能装了，他们夏家不就是稍微有点儿钱吗，要不是你爸爸帮着他们，他们还有一大堆麻烦要处理呢。"其他男孩看不下去了，纷纷指责道。

黑发少年扬着笑容："可不能乱来，如果被我爸爸知道我坏了他的财路，他可是会生气的。不过，教训自然得教训，毕竟我章慎，可不是那么好欺负的人呢。"

苏央然被抓了。就在她见过那些男孩之后的第三天，她再次从夏家出来的时候，被门口的一群穿着西装的男人直接拉进了车里。

过程还是挺惊险的，当她手臂被拉住的时候，她的第一反应就是扭头，结果一块布就蒙了上来捂住了她的鼻口。她及时屏住呼吸，将抓着她的人一脚踹了出去，拿下鼻子上的布就要跑，可惜没跑多远药力就发作了，身后的人不断扑上来抓她，她恶狠狠地摔了几个过肩摔之后终于扛不住晕了过去。

所以后来她醒过来的时候算了算，其实自己也挺英勇的，只是对方使了下三滥的手段，她才被抓的。

刚醒过来时，她看不见周围的任何东西，只知道自己被绑着。而且姿势很难看。手脚都被绑在前面，腿蜷缩着，眼睛蒙了黑布，什么也看不见。

苏央然在心里默默地骂了起来，但是她不会骂出声，因为现在情况不明，万一她惊醒了绑架她的人，那就惨了。

虽然姿势很难看，但是挺容易脱身。她手腕轻轻一动，用手指紧紧地扣住绳子，然后拼了命地扭动，手指也不断地在绳间穿梭，花了十几分钟终于把这绳子解开了。

她二话不说用手支撑着坐了起来，拉开脸上的黑布条要解脚上的绳子，结果看见对面一群男孩正饶有兴趣地看着她。特别是带头的那个黑发少年，嘴角扬得都快上天了："我以为夏家的女儿很柔弱，没想到解绳子却有一手，莫非以前被人这样绑过？"

苏央然本来惊讶得想大叫：原来这帮人一直在边上，一个个的都看着她表演挣脱绳子！而且就是这群家伙把她抓了过来！真是可恶，这样很有意思吗？

她本来是想要咆哮出来的，但不知道为什么她忽然之间变得很淡定，然后低头把脚上的绳子也给解了，并且慢条斯理地摸了摸口袋，发现手机没被拿走，立刻拿出来拨了一个号码："喂？老爸吗？我今天在同学家做作业，可能会晚点儿回来，饭已经吃过了。如果我9点不回来的话你们就先睡吧。没事，我会好好照顾自己的，好的，晚安哦，拜拜。"

"啪"的一声合上手机盖，周围的一干人等全部目瞪口呆地看着她：这算什么反应？她不是应该尖叫吗？不是应该害怕得颤抖吗？为什么……镇定成这样？还给家里打电话说是去同学家玩了！

话说回来，夏川城不是一直将她关在温室里吗？怎么可能会放心她住在外面，还扯那么离谱的借口？

看他们没阻止她，也没有任何动作，苏央然又很淡定地翻开盖子按了三个号码："喂，是警察局吗？我——"

这下旁边有人立刻做出反应，夺走了手机，并且挂掉了她的电话。

苏央然耸耸肩膀："好吧，你们打算怎么玩？"

章慎微微眯了一下眼睛，她恐怕是第一个被抓来还能如此淡定的女孩了吧？

第三节

苏央然自然不会担心什么，如果只是这么几个孩子的话。更何况，他们都以为她是夏川城的女儿夏莉，自然不会对她做特别过分的事情。只是她也知道，他们不会那么容易放过她，必定是要玩一些小游戏，或许是非常难办的小游戏，想要羞辱她一番，给她一些教训，然后再放她离开。苏央然可不觉得这几个人会真的伤她，从利益上来讲，他们也不会这么做。

几个男孩都面面相觑，只有章慎扬着笑容："看来你很清楚规矩，莫非以前也被人绑过？"

苏央然很想说：这不用猜就知道这么几个小毛孩干不出多恐怖的事情，可她怕说了他们会恼羞成怒，下手失了分寸，毕竟小孩子都血气方刚，而且不知轻重。她心里如此想着，脸上却带着微笑："清楚。"

打开身后的一道门，一间独立式包厢就展现在她眼前。那应该算是一个小型娱乐场所，里面有一张桌球台，旁边是一个演唱台，正对面就是一排高脚椅，椅子前方就是吧台，吧台后面放着一个立柜，摆满了各式各样的酒和饮品，后台还有许多精致的杯子。苏央然心里盘算着，却不知道这些人准备做什么。

黑发少年姿态优雅地邀请她进了包厢，然后解开衬衫的第一颗纽扣，走到了吧台后面。苏央然还没有搞清楚要做什么，他已经从柜台下取出了七个大杯子，并排放在了桌面上，然后动作流畅地倒入不同颜色的七种饮品，分别是红橙黄绿青蓝紫，大杯上又架着盛着不同饮品的小杯，章慎淡淡一笑，优雅地伸出手指在其中一个小杯上一碰，那些杯子瞬间像多米诺骨牌似的"噼里啪啦"倒下来掉进大杯子里。在坠入的一瞬间，下面的杯子立刻冒起了一层烟雾，五颜六色的液体飞溅到空中，在灯光的映照下，如同彩虹一般。

旁边的男孩们早就闹腾了起来，纷纷鼓着掌。

苏央然嘴角抽搐了下。

"今天我们就玩这个。"章慎从吧台后面走了出来，递了一杯到苏央然面前，"游戏规则就是，排二十个杯子，如果中间一个杯子都没有漏掉，全部掉入了大杯里，你就赢了。"

苏央然扭过头："拜拜……"

衣领却直接被拎住："可没那么容易放你走呢，既然应承了玩游戏，就要让我们玩得尽兴哦。"

苏央然嘴角抽了抽："你们自然觉得好玩，刚才看你露的这手应该练了很久吧？我们可以玩点儿别的，比如说我会你也会的，这样的话还可以比一比。要不然我多吃亏……”

还吃亏……章慎真是觉得好笑。她到底知不知道现在的处境啊？她是在他们手上，还说吃亏不吃亏这样的话。不过他倒也不在意，一个被关在家里的千金大小姐，能会什么厉害的把戏？

“你想要玩什么？”章慎扬起嘴角。

“飞镖。”苏央然毫不犹豫地回答。因为她在墙壁上看见了飞镖靶子，以前她去集市的时候玩过套圈，这个应该和那个差不多吧？

“哈哈哈！”旁边的一群男孩立刻笑了起来，其中一个趾高气扬道，“你是真不知道还是假不知道？想故意输给我们不成？你知道章慎以前被称为什么？飞镖神射手，他十镖中有九镖绝对命中红心。”

十次里面中九次，那至少不是百发百中。苏央然点了点头：“我们可以增加次数，十镖一局，三局两胜。也就是说，我们玩三十次。”三十次，他的命中概率是百分之九十的话，她赢他的概率还是挺大的。

章慎并不作声，只是等着旁边几个男孩开口。如果他应承了，又赢了，就会显得他欺负苏央然，毕竟飞镖曾经是他最拿手的游戏。如今飞镖算是有些过时了，在包厢里玩飞镖既老土又没兴致，所以他也搁置了下来。若真要玩，他至少也有百分之八十的命中率。她这种一直被关在家里的乖乖女，应该没有胜算吧？

“好啊，这可是你说的，章慎，就跟她比，到时候输了可别哭鼻子。”男孩们喧闹起来，“对了，还得立好规矩，输了怎么办？”“输了的人给对方当一天用人！”“那别三局两胜了，输一局当一天用人，哈哈哈。”

苏央然真想把这几个男孩直接绑起来从楼上丢下去，不过她忍了，不跟这些家伙计较，而是面带微笑地抬起头：“谁先来？”

章慎伸手接过一个男孩递过来的飞镖：“我先玩一遍给你看看吧。”

他直接飞出一镖往靶子上射了过去，果然命中红心。旁边的男孩们立刻高兴地鼓起了掌。章慎连着又射了九镖，只有两次到了九环，其余都在红心里面。

果然很厉害！苏央然暗暗想着。章慎已经把飞镖取了下来交到了她手里：“已经生疏了，所以只中了八次。我可以给你三次尝试的机会，等你稍微熟练了点儿，再进行比试。”

苏央然抿了抿嘴：“好。”

章慎，显然是在给她机会。她以前只玩过套圈，如今这飞镖，还真得找找手感。

苏央然也不含糊，她迅速射出一镖，偏差很大，飞镖扎在了墙壁上。男孩们笑得前仰后合。可当她再飞出一镖的时候，飞镖已经准确无误地扎在了靶子上。

第四节

那些男孩也只是哼了一声："射中靶子而已，要射到最中心才算赢。""就是就是，看看她那模样，是第一次玩飞镖吧？""女人就是会夸海口。""到时候看我们怎么整她，哈哈哈。""章慎，给她点儿厉害看看！"

"嗖——啪！"第三次，当她射出飞镖的时候，脸上已经扬起了笑容。手还悬在半空中，但是她知道，这一次一定是命中红心的。

果不其然，她手里的飞镖准确无误地射中了红心。男孩们全部目瞪口呆地站在那里，其中有几个依然嘴硬："只是运气好而已。""就是就是，一定是运气，怎么可能会那么准。""下一次又不行了。"

他们这样说着，章慎只站在旁边，一言不发地看着苏央然。

在刚才那一瞬间，他看见了她指尖的光芒，周围流动的风，还有她眼睛里的光亮。他知道，在那一镖没有射出去之前他就知道，她会命中红心的。

她知道技巧，只是从未使用过这样的道具；她聪明，能够很快掌握方法；她专注，在做某一件事的时候，会忘记周围所有的事物；她自信，如同从来都是站在顶端的胜利者一样，总是俯视他们这些站在下面的人。

接下来的游戏，苏央然完全是轻而易举地就赢了章慎。她没有一次失误，就像机器，甚至比机器更加完美，三十镖，百发百中。

这下，那些男孩都一声不吭。他们不知道应该接什么话，原本还想说苏央然是作弊，可那镖和靶子，都是他们提供的，根本不可能作弊。而她，就如同一位女皇，站在他们中间，脸上张扬着笑容："如何？"

"你赢了。"章慎道。

苏央然耸耸肩膀："按照约定，现在我可以走了，下次再见。"

她挥了挥手就要转身，谁知身后的人突然一把抓住了她的手腕，将她直接拉了过去："我可没有说，你赢了游戏就可以走了。如果这么简单就可以从我的地盘离开，想必也不会有人惧怕我们章家了。"

苏央然眉头一下子皱了起来："你要动真格的？"

章慎嘴角一弯："有何不可？"

苏央然沉默了片刻，边上的男孩不知道为什么忽然有些紧张起来，他们曾经带了很多女孩子进这个包厢，也欺负过很多人，可没有一个让他们感觉到这么强的压迫感。苏央然是第一个，所以他们都不敢动，只是站在原地看着章慎。

过去了三四分钟，苏央然忽然轻快地回了一句："好吧。"

她忽然转身动作迅速地握住章慎的手直接扭到了后面，将他整个人按在了桌台上，苏央然笑靥如花："好玩吗？"

周围所有人都大吃一惊，他们万万没料到苏央然竟然有这么大的力气，正当几个男孩要冲上来压制住她的时候，苏央然只扬了一下头："你们再上前几步试试，明天他的胳膊不能用了可不怪我。"

几个男孩都僵住了，他们确实受了惊吓。

章慎脸色苍白："你不敢的。"

"你可以试试，看我敢不敢。不是要动真格吗，难道你还怕了不成？"苏央然越生气，脸上就越平静。她以前经常打架，却从来没有一个人胆敢这么玩她："知道我最讨厌什么吗？就是说话不算话。如果我输了，你们要我做什么我都会照做，但是你们输了，放我离开是当初约定好的，你们既然要反悔，就怪不得我手下不留情了。"

章慎咬了咬牙，刚要开口说什么，忽然包厢的门被推开了，云洛生和一个戴着金丝眼镜的男人闯了进来。夏川城一听说苏央然被劫了，全身的冷汗都冒了出来，他已经失去了一个女儿，绝对不想再失去一个，所以他立刻动用了关系调查，然后命令云洛生来找这些男孩。

原本夏川城担心苏央然可能会出事，谁知她居然居高临下地压制着章慎。

苏央然一见有人来救，立刻松开手若无其事地让到一边，然后拍了拍身上的灰尘："我们刚才只是在做游戏。我扮警察，他扮小偷，警察抓小偷而已……你们不要误会。"她可没打算真的把章慎的胳膊怎么样。

夏川城并不相信，但憋了半天只回了一句："是吗？"

他的视线移到旁边那群男孩身上，男孩们早就吓得说不出话了，根本没敢回答。

章慎倒是平静地从地上爬起来："是的，夏先生。我们在途中碰到夏小姐，便请她到家里来坐一坐，后来闲着无聊，便玩起了游戏。"

分明是说谎！但是夏川城此时又不能揭穿这个谎言，他是个绅士，忍耐力又很好，只是脸上的表情有些阴晴不定。过了许久才道出一句："下次请她玩，须得到我办公室报备过才行。女孩子家，可不能说带走就带走的。"

"是。"

这件事情还算是平静了结了，只是夏川城带苏央然离开时，云洛生留了下来，说是要替夏先生好好训他的伙伴。他对苏央然诚恳地道歉，苏央然皮笑肉不笑地丢下一句："云少爷不必如此，是什么样的人，才会有什么样的朋友，他们是为你教训我而已。"

第五节

沉默，所有人都不敢说话。章慎手扭伤了，家里的医生还在给他包扎着。云洛生坐在一旁一言不发，过了许久，他缓缓抬起头来："你们以后别惹她。"

男孩们不敢吱声，章慎脸上依旧带着笑，其实心里像是在下刀子："你怕她？"

云洛生转了转杯子里的冰块："她没那么简单。"

曾经的夏莉，是一朵关在温室里的娇花，她柔弱，娇嫩，不堪一击。可现在的夏莉，并不像是长在温室里的，而像是生长在悬崖边，经历了风吹雨打，哪怕是狂风大浪，都无法将她击倒。云洛生见了她几次，心里已经有数了，她并不是好惹的人。只是他不明白，为什么人的变化可以这么大。

在这么短的日子里，夏莉的改变可以说是翻天覆地。难道病好了，性格也不一样了？

夏川城带走苏央然之后，将她领到了办公室里，他坐回皮椅上，脸上看不出表情："你知道他们将你当作夏莉，我们也故意将你当作夏莉，你却不反驳？"

苏央然耸耸肩膀："我要是反驳了，解释清楚了，反而会惹来更多麻烦。何况从血缘上来说，你的确是我父亲，你有权有势，法院要将我判给你，轻而易举。我只是做了折中的选择，你想要我如何扮演我便如何扮演，但我必须是苏家的女儿。"

"听说苏家的人待你并不好，从很小开始你就学会了做饭，并且照顾他们的亲生儿子。"夏川城看了一眼手边的资料。

苏央然眯了眯眼睛："总比一个从来没有见过面，连一口饭也没有喂给自己的亲人好。"更何况，如果苏家父母真的对她不好，就不会每年生日都为她烧那么多的菜，还买那么大的蛋糕。自然，她也承认，父母对苏彦要比对她好得多，但是她早已经心满意足了，别人对亲生孩子都可能会重男轻女，更何况她还是捡来的。能够让她吃饱穿暖，还让她上学，经常给她买衣服，又为她过生日，这样的养父母，哪里去求？

夏川城的嘴角抽搐了一下，他发现无论什么时候跟苏央然争辩，都是最不理智的行为。于是，他沉默了很久，大概是在思考她所说的话，过了十几分钟，夏川城抬起头来："那你好好扮演夏莉的角色吧。我不强求你回到我的身边，也不想用手段对付你，毕竟你是我的女儿。"

"我知道，"苏央然点了点头，"你有权有势，若是用了手段，我必定是玩不过你的。夏先生，你是一个好人。"

她淡淡地说了这样一句话，其实心里清楚得很。夏川城不是不想用，而是不敢用。苏央然能力并不弱，如果他强行让她做了他的女儿，今后夏家的产业到了她的手上，她心情一个不好就把它们全部玩完了，这也不是没有可能的。

在苏央然转身要离开的时候，她忽然注意到了墙壁上的那张油画：“她是……”

“你的母亲，”夏川城的声音不知道为何低沉了下来，“她是一个很温柔的人。”

“可她看上去很悲伤。”苏央然答了一句。

夏川城一震，他抬起头来看着自己的这个女儿。没有一个人可以有这样厉害的一双眼睛，从那幅画里看出然若慈的心情。画中的然若慈的确很悲伤，尽管她脸上仍旧带着温柔的微笑，可他知道，她痛苦不已，压抑着自己的情感，恨不得将他碎尸万段。

从夏家回来，已经很晚了，老爸一直等在门口，看见苏央然出现，就立刻迎了上来：“你去哪儿了？你妈都等疯了，也不看看现在几点了！”

苏央然立刻略带歉意地挠了挠头：“我在同学家，不是跟爸爸打过电话了吗？”

“可你妈还是不放心啊，你哪个同学啊？才转学没几天，就天天往同学家跑。是那个尚佐高中投资人的孙子吗？”老爸询问着，“毕竟他是男孩子，你总是去他们家也不成体统。以后只做朋友，不要总是随便去别人家里了。”

“嗯嗯，让你们担心了。”苏央然立刻钻进了屋里，她怕进得太迟了，又要被老妈唠叨了。不过今天这顿唠叨，绝对是免不了的。

苏央然家外，一个人影鬼鬼祟祟地飘了过去，手里还拿着一台相机，把他们家前前后后左左右右都拍了个遍。

第二天苏央然上学，在门口被忽然出现的云洛生拦住了，他手里握着昨天派人调查之后得来的照片：“你不是夏莉。”

苏央然旁边还跟着户，户眯着眼睛看云洛生：“央然，最近你身边出现很多来历不明的家伙。”

苏央然有些宠溺地拍了拍户的脑袋：“你先去教室，我有些事跟他说。”

户不高兴了：“你有男朋友了？”

“放心，我那么纯洁，不会有男朋友的。”苏央然无奈。

她如此回答了，户才高高兴兴地进了学校。苏央然转过身：“我没说过我是夏莉。”

“真的不是她……”云洛生上上下下更加仔细地打量起来，“那么，你也不是夏川城的女儿？但你和夏莉长得一模一样，根本没办法分辨。”

“从户籍上来说，的确不是。但是从血缘上来说，是。”苏央然挠了挠后脑勺，“问完我就进学校了，我还得上课，明天要考试，我可不想再拿第二名。”

“你是夏川城的另一个女儿？他的双胞胎女儿终于找回来了？”云洛生有些难以置信，他们是听说过，夏川城有两个女儿，只是因为出了一点儿事故，其中一个女儿丢失了。

第七章
没有血缘关系

第一节

“换句话说……夏莉，真的死了吗？”

其实在得知苏央然并不是夏莉的时候，云洛生心里已经有数了，只是当他听到苏央然真的给出回答，他的心里很是惊讶。

夏莉死了，那个脸上总是漾着温柔微笑的女孩，尽管她痴痴傻傻，却总是用一对清澈的眼睛望着他的女孩，真的死了。他其实很矛盾，一方面希望她是真的死了，一方面又不愿得知她死去的消息。

苏央然倒是比他平静多了，她只是不冷不热地问出一句话来：“你不是希望她死吗？”

她会不知道吗？他是夏莉的未婚夫，而夏莉是一个痴痴傻傻的女孩，有谁会愿意娶一个痴痴傻傻的女孩子？他自然是希望她死的。

所以苏央然从一开始就不喜欢云洛生。

虽然他并没有害死夏莉，但是他心里不正是这么期盼着的吗？这个女孩终于死了，他终于可以不用娶疯子了。而她故意不揭穿身份，一方面是不想与夏川城为敌，另一方面或许就是想让这个少年心里的期盼落空，夏莉活着不是很好吗？她是那么温柔的一个女孩子。

至少从她的相册来看，她从来都没有生气过，一直是微笑着的，如同一个天使。

“央然！”迟到的朔连城又和尚佐杠上了，两辆轿车在学校正门口玩碰撞游戏。苏央然压根儿就不想理睬这两个幼稚鬼，转身就往学校里面走，朔连城看到她连忙奔下来跟在她的后面：“央然央然，老师答应我可以升一年级了，再过不久，或许也可以到你班上来呢。”

尚佐的轿车门被撞歪了，他拼命拉着门把却没办法从里面走出来，只能号叫着：“朔连城，你有种再跟我比试一次，你以为你的司机很厉害吗？浑蛋！赔我的车门！”

只要有他们两个在，苏央然就一直没法清净。

她一边摇着头一边往里走，尚佐终于从车里下来，连忙跟上她的脚步。

云洛生站在门口，有些不可置信地望着苏央然。她到底有什么魅力，可以得到那么多人的喜欢。

刚才那个少年，还有现在这两个人，分明很喜欢她，至少是愿意待在她的身边。她显得如此不耐烦，却偶尔还能够露出一丝微笑，那是宠溺的笑，仿佛围绕在她身边的人是她的宠物，是两只争执的小狗。

关在笼子里的夏莉，和面前这个女孩，是完全不一样的。她成熟、稳重、光芒四射、充满活力，虽然有时候说的话可以气死人，却强大得如同一棵树。

站在落地窗前的夏川城双手负在背后，他望着远方沉思着，视野中的事物时而模糊，时而清晰。管家进来禀报了云洛生的事情之后，夏川城只是一笑而过："不必担心，他不会揭穿她的。"

管家有些不明白了，夏川城转过身来："云洛生是一个很好胜的人，他遇到比他强势的人，就绝对不会罢手，更何况苏央然年龄与他相仿，她已经引起了他的注意，他才会去调查她，如今哪怕他知道她并不是夏莉，也不会轻易揭穿她的身份。因为他想要赢她，在没有赢之前，他不会让她跑掉的。"

的确，云洛生并没有揭穿苏央然的身份，他甚至还提醒了夏川城一句，连他都可以调查到的东西，如果有人怀疑了，必定可以调查到。言外之意是希望夏川城尽快抹去苏央然这个身份的存在，将她带入夏莉的世界。

而夏川城只是无奈地笑了笑，他何尝不想这样做。可是他根本无法做到，因为苏央然并不是一个很好控制的人，她已经明确提出：在名义上，她是不会做夏家女儿的。

"老爷，小姐不是有一个弟弟在国外念书吗？要不要把消息透露给那个孩子？如果知道家里生活了那么多年的姐姐与自己没有血缘关系，或多或少会开始生疏起来，也会给小姐压力吧？"在边上的管家，突然冒出了这个提议。

夏川城一怔，他原本以为，自己或许这一辈子都无法再拥有女儿了，却在听到管家这个提议的时候忽然心头闪过一丝念想。

是的，要从苏央然身上下功夫逼她回来，还不如打破苏家的平衡，一旦原本的平衡被打破，她在苏家的生活就会变得与以前不同，那种微妙的不同，或许会迫使她重新考虑他的建议。

微微眯起眼睛，夏川城负手转过身："去查一下苏家儿子念书的地方，准备苏央然非苏家亲生的资料，寄送过去。"

"是，老爷。"

苏彦收到信件是在第七天的下午，原本他还在宿舍里写论文，有一个电话打过来，说他有一个从中国寄来的快件，让他接收一下。他以为是从家里寄来的，兴冲冲跑去取，取到的时候，却发现是一封匿名信。

打开信件，看到里面是一张DNA亲子鉴定表，上面附有被鉴定人的身份，被鉴定人是苏央然以及他的父母。

检测单上是一串看不懂的字母和数字，直到看到第五项，他整个人怔住了。上面写着：在上述结果中，被检孩子在D2S11、D18851、D16S539、vWA等基因座不能从被检父母的基因型中找到来源。在排除同卵多胞、近亲和外援干扰的情况下，依据DNA分析结果，不支持被鉴定父母是被检者的生物学父母。

苏彦难以置信地后退了几步，仿佛手中的这张纸一瞬间沉重了许多。他有些呼吸困难，脸色忽青忽白，眼睛死死地瞪着手中的这张亲子鉴定书……良久后，他才缓缓坐了下来。

第二节

他与苏央然，竟没有血缘关系？

这个信息一下子在苏彦脑袋里炸开了，他难以置信地看了一眼桌上摆放的一家四口的照片，心中仿佛有一把个铁锤，一下一下地砸落，一下一下地敲击着他。

苏央然不是他的亲姐姐，她是怎么来到家里，怎么成为他姐姐的？以前从来都没有人跟他说过，他一点儿也不知道这件事情！他以为他们是亲姐弟，可是没想到，他与她根本没有血缘关系，他却在这些年一直以弟弟的身份拖累她、束缚她！

他曾经一直欣喜自己是她的弟弟，因为有姐弟关系，她总是关注着自己，他也可以轻而易举站在她的身边，而不用像其他人一样竭尽全力去靠近。

如今这样的关系被打破，自责、痛苦、难受、欣喜，一时间所有情绪在这一刻涌起，他竟然变得有些不知所措。

等等，欣喜……

心头忽然跃上一种奇怪的情愫，在得知自己与她没有血缘关系的刹那，忽然有一股莫名的心悸，整颗心在这个瞬间“怦怦”跳动起来。与她的过往如同胶片一样在脑海里闪过。

如果他与她没有血缘关系，那是否代表他也拥有机会……可以一直与她在一起。

这个念头就像肆意生长的藤蔓，一下子扎根在他心底深处。苏彦一方面被这个突如其来的念头吓住，一方面又拼命唾弃自己。纵然他与苏央然没有血缘关系，但他们两个人一起生活了这么多年，名义上一直都是亲姐弟，他怎么能有这样的念头？

这段时间苏彦在美国过得并不好，自从知道他与苏央然没有血缘关系之后，他整个人都变了。不去上课，不和同学出去玩，一直都待在宿舍里。他只要一闭上眼睛，眼前就会闪出苏央然的脸，一入梦就会梦见她。

这种感觉让他寝食难安，一连过去十多天，终于在学校发出短期休假令之后，他咬了咬牙，从宿舍里出来——他准备回国，见见她！

苏彦很快订好了机票通知家人自己回国的安排。

爸妈得到消息之后，别提有多高兴了。一大早老妈就拉着苏央然去机场接人。或许是因为苏彦从来都没有独自在外闯荡，在飞机场看到前来迎接的两个人时，苏彦的眼眶一下子湿润了。

特别是看到苏央然，他发觉自从知道自己与苏央然没有血缘关系之后，这种莫名的情愫不断地在心底翻腾。他想平息自己的情绪，不让自己去想，可适得其反，自己更想她，更想见到她。

就像现在，与她见面，他是如此高兴！在美国的日子里，他梦到她无数次，如今相见，他几乎要流下眼泪来。

好想好想她，真的好想好想她。

苏央然要拥抱他，可苏彦却不知道为什么尴尬地躲开了。苏央然有点儿莫名其妙：“干吗，去了美国害羞了？外国不是很开放吗？我还以为你一见到我会照着我的脸亲一口呢。”

她的玩笑更是让苏彦羞红了脸：“姐……”

“好好好，我不开玩笑，不开玩笑行了吧。”苏央然接过他手里的行李，“走吧，老爸下班回来，一定更想和你聊聊。”

苏彦回来了，而且身体比以前棒多了。他的体形也微微变化了，按老妈的说法是，苏彦长大了。不过在苏央然眼里，他依旧是弟弟，虽然没有血缘关系，但是那种羁绊是依旧存在的。毕竟这个臭小子，拖着鼻涕跟在她身后那么多年了。

他带回来很多礼物，一样一样分给家里的人，苏央然得到了一条很漂亮的裙子，白色的，有精美的花边，看着像礼服，却不会过于隆重，可以在平日里穿，是比较休闲的服饰。老妈得到了一盒保健药品，据说吃了不但可以保持青春，还会越来越漂亮。老爸收到的则是一条沙滩裤，花花绿绿的，看得老爸的嘴角一直抽搐。苏彦还解释：这是名牌。

苏央然拿着白裙子进房间换，苏彦在衣袋里发现还剩一条腰带，是搭配那条裙子的，便起身要送进苏央然房里去。他走到门口发现苏央然并没有关门，她换上了那条裙子，背对着门，奶白色的灯光映着她剔透的肌肤，飘逸的裙子衬出她完美的身材。

他知道，他快疯了！

他无法将视线从苏央然身上移开，无法让自己不去注意她！在国外的新学校里，有许多优秀的女孩子主动接近他，可他根本没有办法与她们接触，自从知道他与苏央然没有血缘关系之后，他每天只想着苏央然，从头到尾都想着她。苏央然的笑，苏央然的怒，苏央然生气地对他破口大骂，苏央然温柔地牵住他的手……

“苏彦，这裙子是不是少一条带子？”在房间里的苏央然发觉裙子看着有点儿像睡衣，她猜测着原本应该有一条腰带。

门口的苏彦立刻反应过来，他连忙将手里的腰带递了进去。

苏央然换好衣服之后从房间走了出来，她拉了拉袖子："好像有点儿宽松，不过款式很好看，你觉得呢？"

何止是好看，简直漂亮得不像话！苏彦的脸一下子红了，他有些手足无措，根本不敢把视线放在苏央然身上。在再次见到苏央然之后他才肯定，自己是真的喜欢上了她。他对她的喜欢并不只是局限于亲情的喜欢，如果是，他不会看到她就面红耳赤；如果是，他不会看到她就手足无措；如果是，他不会想要拥抱她！

头硬生生地扭到一边，他不敢再看苏央然了。而苏央然还在纠结这条裙子："应该很贵吧，你难道在那边打工吗？"

"嗯，在一家咖啡厅做服务生，工作蛮轻松的。"苏彦淡淡地答了一句，"我们下去吧，爸妈应该等急了。"

"好，我给他们看看我的裙子。"苏央然挺高兴的，"噌"地跑下了楼，穿着裙子转了一圈，"怎么样？好看吧？"

老妈有点儿想笑："我们怎么就有你这么一个自恋的宝贝女儿呢？"

"哈哈哈，我这叫自信，不是自恋。"苏央然拍了拍胸脯，"我本来就挺好看的嘛，是不是？苏彦，我好看吗？"

"姐最好看。"苏彦低着头道。

苏央然拍了拍他的肩膀："还是弟弟的嘴甜，像抹了蜂蜜。"

"笃笃"，一家人正有说有笑，忽然门口传来了敲门声，老妈擦了擦手跑去开门，看到门外的人，她一下子僵在那里："央，央然……"

她声音略微颤抖，苏央然一惊，转头看见站在门口的人，脸色立刻难看了起来："你来我们家做什么？"

"我有些事情想要与你谈谈。"站在门口的不是别人，正是夏川城。他看了一下屋子里的人，当视线落在苏彦身上的时候，礼貌地微微一笑，"你弟弟也从国外回来了吗？"

第三节

“你要谈什么？如果还是以前那件事情，我已经说得很明白了，不会去你们夏家的。还有，你这种车还是不要开来我们家附近比较好，邻居总是围观，到时候风言风语又满天飞了。”苏央然是十分不悦的。

夏川城不急也不恼：“我想与你谈谈，能让我进去坐一会儿吗？而且，我也没有见过你的母亲，也想与她谈谈。”

苏央然觉得有些不妙，她干脆走到玄关挡在了门口：“有什么想说的跟我说。”

“姐，他是……”苏彦是第一次见夏川城，总觉得这个人有些眼熟，好像和谁比较相像，却又想不起来到底是和谁相像。

夏川城知道眼前这个人就是苏家小儿子苏彦，他侧过头，极有礼貌地对苏彦微微颔首：“你是苏彦吧？你好，我是苏央然的生父。”

生父？苏彦怔住了，那份亲子鉴定书的内容仿佛再次在脑海中闪过！

见苏彦震惊，最先过来安慰他的就是母亲：“苏……苏彦，有些事情我和你爸一直没有对你说……你姐这段时间也才知道，妈妈原本想等你回来再告诉你的。”

她停顿了片刻，微微压低声音：“央然……是小时候被你爸爸抱回来的，这个人，就是她的亲生父亲。”

苏彦还怔在原地，让他吃惊的并不是苏央然的身世，而是这个忽然出现的陌生人，他的到来是不是代表，苏央然就要离开这个家，就要离开他的身边？

另一边，苏央然想打破这尴尬的气氛，她伸手拉了拉老妈的衣袖：“妈，我们先进屋去吧。”

夏川城总算是进了屋，他规规矩矩地坐在客厅的椅子上，身后的老爸推了苏央然一把，让她拿一些水果给夏川城吃。

苏央然心不甘情不愿地从厨房里找了两个苹果、三个橘子，然后动作飞快地削好剥好，并排放在了果盘里。夏川城很惊讶，他知道苏央然很能干，通过档案也了解到她的学习成绩很棒，可他没料到苏央然居然什么都会干，看看这苹果、看看这橘子、看看那一圈没有断的苹果皮。

跟从小到大不曾见面的父亲讲话，苏央然还是很不习惯的。她想尊重他，但是对面的父亲看起来就是一个年轻大叔，还一副金光闪闪的样子。

夏川城跟苏央然一样，哪怕是坐在最破烂的地方，浑身的气场也可以吸引到周围的人。

夏川城语重心长地问了苏央然一些生活上和学业上的问题。在得知她竟然跳级到了高三，马上就要参加高考并且极有可能考入名牌大学的时候，他还是觉得很震惊。她的出色完全承自于他，并且再过不久，或许她会做得比他更好。虽然苏央然和夏莉是同卵双胞胎，但是真的相差十万八千里。

苏央然虽然很不悦夏川城的突然到访，但她还是每个问题都认真地回答了一遍，在夏川城要离开的时候，他从衣袋里取出了一张支票，在支票上写下了一百万的金额："我知道，这点儿钱你们不太在意，也不能弥补我身为一个父亲，却没有办法尽到责任的过失。央然成长得很好，她十分出色。我为当初在私宅里对苏先生的轻言妄语而感到抱歉。我是一个父亲，我的妻子很早以前就过世了，而我另一个女儿也在前不久去了天堂陪伴她的母亲。能够见到央然，我感到很高兴，我也清楚，央然是你们的孩子，不是我夏川城的孩子，尽管她的性子与我有很多相似之处，尽管她身上流着我的血，但她是只属于你们的。这些钱只是为了弥补我内心的一点儿亏欠，今后央然若是考上好的大学，这些钱可以作为她上大学的补助。"

几句话说得苏央然根本无法反驳，若是在平时有人如此大手笔地施舍钱，她估计会气得直接把支票撕了丢出去，可夏川城如此诚恳，又一口一个弥补身为一个父亲却不能尽责的过失，她只觉得自己的心一抽一抽的。

夏川城离开后，苏央然正站在桌边收拾着水果，一直沉默的苏彦忽然抬起头来："姐……"

"嗯？"苏央然看也没看就应了一句。

"姐，我们不是亲姐弟……你会跟着他走吗？"苏彦问得小心翼翼，甚至有些害怕。苏央然放下了抹布："胡说什么呢。你永远是我的好弟弟，不用因为我们之间没有血缘关系就担心我会欺负你，不会照顾你。苏彦，我已经和夏川城说清楚了，我现在是苏央然，以后也只会是苏央然。我一辈子，都是你的姐姐。放心吧，爸妈这么偏袒你，哪里舍得丢掉这么一个会照顾你的女儿。"

"谁偏袒啦？喂喂，谁偏袒啦？"厨房里的老妈立刻探出头来，雄赳赳气昂昂地唠叨起来，"我对你可好着呢，过生日还给你烧那么一大桌菜，你这个小丫头，竟敢说我偏袒你弟弟，看我不教训你。"

"好好好，没偏袒，老妈你向来公正严明，绝不徇私枉法！"苏央然举双手做投降状。

这一天，虽然有一点儿小风波，但最终还是在打打闹闹中落幕了。苏央然和平常一样与苏彦说说笑笑，她从来没觉得这件事会影响到他们之间的感情，毕竟苏彦从小到大都极依赖她，要没有她，他估计还整天躲在家里。

可苏彦却不知道为什么，在家才待了不到三天就突然说要回美国去。

老妈一头雾水："不是说放半个多月的假吗？这么早回去做什么？难得回来一次，机票多贵啊，你来来去去才住这么几天，多浪费啊。"

苏央然倒是大方，她拍了拍苏彦的肩膀："你如果想回去就回去，想来看看我们就来看看我们。现在你姐姐我有钱了，一百万哪，够你坐好多次飞机了，不怕不怕。"

"臭丫头，那钱是留着给你念大学的！"老妈立刻伸手过来捏她耳朵，"你一分都不能乱动。"

"啊啊啊……好好好，不动不动，妈你别捏我耳朵！我已经是招风耳了，你再捏就真的难看了！妈……"苏央然嚷嚷着。

苏彦站在一旁，不笑也不回答，只是转身进了房间收拾东西，苏央然觉得莫名其妙："妈，你觉不觉得苏彦好像怪怪的，难道因为我不是他亲姐姐，他觉得不高兴了？不会吧，我都不介意，他介意什么啊？"

"应该是一时间接受不了吧。"老妈看了一眼被关上的房门，"过段时间就会想明白了，毕竟苏彦那么依赖你。"

房间里，苏彦坐在床头，他拿出钱包里的照片，那是苏央然初中体育比赛时拍的照片，她穿着一身运动服，跑到终点之后高兴地冲坐在观众席上的他招手微笑，甜美得如同一朵盛开的玫瑰。

一辈子都只能是姐姐吗？

第四节

指尖在照片上轻轻地抚过，温柔地，轻盈地。在国外的时候，他常常看着这张照片。上面的苏央然温和、阳光、充满活力。不知是从什么时候开始，无论她做什么事情，无论她得到了什么奖励，第一个知道的人，第一个看到的人，便是他。

她的微笑总是反复出现在他的脑海里，就好像生了根，无论怎么拔都无法将它拔去；她的声音总是反复回荡在他的耳畔，就好像弥漫在空气里，无论怎么挥都无法将它挥去；她的气息总是反复出现在他周围，就好像他们一直那么亲近，他是贪婪的，他想要靠近她，她的温暖、她的活力、她的光芒四射无时无刻不在吸引他。

他以为，两个人没有血缘关系，就可以更靠近。可是……苏央然却一直把他当作弟弟。哪怕没有血缘关系，他也只是她的弟弟而已。

他害怕她会跟着亲生父亲离开，无法再生活在一起，又害怕纵然没有血缘关系，两人还是会被“姐弟”二字束缚……苏彦又欣喜又难受。他就这么看着手里的照片，痴痴呆呆地望着，渐渐迷失了。

苏央然还在外面闹，她不知道为什么心情变得很好，大概是因为夏川城的那句话。

——我也清楚，央然是你们的孩子，不是我夏川城的孩子，尽管她的性子与我有很多相似之处，尽管她身上流着我的血，但她是只属于你们的。

就在苏彦登机的前一天晚上，夏川城公布了夏莉的死讯，并且为夏莉再次举办了葬礼。云洛生微微吃了一惊，他以为夏川城会让苏央然代替夏莉的，可他竟然没有这样做。

葬礼很隆重，夏川城在葬礼上说了这样一席话：“我温柔的女儿去世了，但这并不代表我从此以后就是孤家寡人。我寻找到了我的另一个女儿，夏莉的双胞胎妹妹。她拥有了自己的家，拥有了自己的父母，而我，纵然曾经给予她生命，却无法走到她的生活里，所以，我在此不公布她的身份，期望她在这个世界上能够好好地活下去。至于夏莉和云家的婚事，也就此取消，相信云少爷，一定会找到一个比夏莉更优秀、更好的妻子。”

穿着黑色礼服，胸口佩戴着白花的云洛生的肩膀颤动了一下，他不知道为何忽然握紧了拳头。站在他旁边的章慎有些莫名其妙：“哎，上次我们不是看到他女儿活得好好的吗，还差点儿把我收拾了一顿。这会儿怎么就死了呢？难道是回光返照？”

云洛生压根儿就不理睬他，只是紧紧地盯着殿堂正中的遗照：苏央然，你竟然可以让夏家最强的男人妥协，可真是厉害啊。

夏川城还从来没有对任何人妥协过，哪怕是他的妻子，他也用强硬的手段夺到了手，你是第一个让夏川城妥协的人，也是第一个，让他产生兴趣，想要视为对手的人！

苏彦登上了飞机，老妈在旁边哭得惨兮兮的，苏央然拍了拍她的肩膀安慰她，正好听见电子屏幕上夏川城说的这些话。

说不感动是假的，可她已经拥有了一个家，并且永远都不想从这个家离去。

夏川城是一个好父亲，从他对待夏莉的态度可以看出来，他真的很爱自己的孩子。可苏央然没有办法把他当作父亲，至多只能当作一位长辈。如果可以的话，她愿意喊他一声夏叔叔。

“妈，我们回去吧。”她抱了抱老妈的肩膀，带着她回了家。

而此时此刻的云家，却正在为无法与夏家结亲的事情烦恼。云洛生的父亲云昊天坐在沙发上喝着茶，眉头皱得很紧：“没想到他的孩子去世了。如果可以再等几年的话，至少能让你们结婚。”

“让我们家洛生娶他们家那个痴呆女儿，你愿意我还不愿意呢，死得好！”这边说话的，是云洛生的母亲。

云昊天略微不满地看了自己的老婆一眼：“嫁进云家这么多年了，你还是如此口无遮拦，一点儿也没有云家夫人的风范。幸亏洛生随了我的性子，若是随了你，全天下都要笑掉大牙了。”

女人不说话了，只是心里暗暗地恨着。

云昊天将茶杯放了下来：“他寻到了另一个女儿，却不把女儿纳入夏家，这倒是挺新奇的事情。”

“是那个女孩不愿意做他的孩子。”一直沉默的云洛生忽然开了口。

云昊天微微一怔：“洛生，你见过那个孩子？”

“嗯。夏川城本想用那个女孩代替夏莉，如此便可与我们云家结亲。只可惜那个女孩性子很烈，并且她有养父母，所以拒绝了夏川城的请求。夏川城等了些日子，知道没有办法了，便不再央求她回来。”云洛生说这话的时候心里有些不满，虽然是夏川城被拒绝了，但是有一种自己也被人嫌弃的感觉。因为苏央然应该知道，做了夏莉之后就要同他结婚，而苏央然拒绝了，甚至在校门口用那样的态度与他说话。

“收养她的人很有钱？”云昊天有些好奇起来。

云洛生答：“不，是普通家庭。”

“那可真是一个奇怪的女孩。若是做了夏川城的女儿，夏家的所有产业都会是她

的，她竟然拒绝了。”云昊天若有所思地敲了敲扶手。旁边的女人立刻啐了一口：“不是奇怪，而是傻子。有钱谁不要，换作是我，有这样的一个父亲，巴结都来不及。”

云洛生厌恶地看了一眼自己的母亲，他也觉得很奇怪，为什么世界上会有这么贪婪的女人：“她不是傻子，只是重情，收养她的人待她不错。”

听到从来不注意别人的儿子居然为了一个陌生女孩辩护，云昊天有些好奇地看了他一眼，却什么也没说，只是心里暗暗地做了个决定：他要接触那个女孩看看，若是今后可以为云家所用，倒也不错。

第五节

苏央然心情很好，上一次因为苏彦，害得自己连前十也没进，最近又考了一次，自己成功夺回第一的宝座。后面紧紧跟着的是户，这小子平日里不怎么表现，没想到成绩居然这么好。苏央然忽然有一种小瞧他了的感觉。

而且，最近也不知道为什么，户忽然开始长个子了，以前看着明显比自己矮的户，如今居然跟她一样高了。这种感觉让苏央然很不爽，就好像自己买了一只宠物猪，养了几天变成家猪那么肥了，这是上当受骗！

户从来都是跟苏央然一起进进出出的，学校里的人都知道，户是苏央然的跟屁虫。有时在背后，他们也会如此说。苏央然听见了，自然是很不高兴的，有一次又有几个学生在教室里说这件事情，苏央然和户正好从走廊经过，苏央然听见了，很不悦地推开门直接走了进去，她一掌拍在了桌面上："户是我的朋友，朋友和朋友走在一起难道不可以吗？别让我再听见你们说'跟屁虫'三个字，否则，我有办法整治你们！"

苏央然从来都不手软，她该威胁的时候就威胁，该强硬的时候就强硬。因为她知道，对敌人示弱就是对自己示弱。有些时候你一旦示弱了，别人会觉得你好欺负，会动不动就想要欺负你一下。

以前她和苏彦在班上，苏彦因为身体弱，就经常被欺负，起初苏央然为了保护苏彦，拼命与他们改善关系。后来他们反而变本加厉，更觉得他们姐弟俩好欺负，于是她开始反抗，开始树立威信。她会挥动拳头打人，会用计策整治欺负他们的人。

她为了苏彦，学会笑里藏刀，学会城府，学会戴上面具生活。

所有人都害怕她，畏惧她，便不敢再欺负她和苏彦了。她就是这么一步一步走过来的，从最开始被揍得鼻青脸肿，到现在无论她到哪个地方，都可以很好地保护自己，保护自己身边的人。

那些学生被吓住了，他们纷纷缩了头，不敢再说话。苏央然一把拉住了户的手腕："我们走吧。"

户抬起头，脸上扬起一个笑容："嗯。"

其实户根本不在意别人说的话，他本来就比较懒，而且耳朵里只能听到苏央然和与苏央然有关的东西，别人说他什么，他根本不会去注意，也不知道有人说他是跟屁虫。不过就算真的是跟屁虫又怎么样？他就喜欢跟在苏央然后面，他就是一个跟屁虫！

云家开始调查苏央然的事情，他们派出的人调查得十分全面，包括苏央然身边的朋友。当看到她的朋友列表里居然有朔家、尚家、华家，还有沧弛家的孩子的时候，云昊天的确被吓到了。苏央然居然能与这些家族里的人成为朋友？

云家虽然大，但是和朔家、沧弛家比起来，那还真不算什么。华家在中国的力量不是很大，在国外却有很强的影响力。还有尚家，尚家他们都熟悉，在这个地区，尚家也是和他们云家齐名的。

难怪夏川城放弃了夏莉而留下了苏央然，因为苏央然比夏莉更有利用价值吧。

不过这样一个小女孩，到底有什么能力可以和那么多大家族的孩子做朋友？难道这些孩子都不会觉得她的家庭条件不好吗？难道带她一起出去玩的时候，都不会觉得没面子吗？

觉得没面子的应该是苏央然吧！

游乐园里，苏央然嘴角抽搐，看着朔连城和尚佐很兴奋地在她面前奔跑，他们是没玩过这些东西吗？为什么她看到他们眼睛里发着光？一会儿跑到这边，一会儿跑到那边，还要吃什么雪糕、甜筒，玩什么旋转木马，像个小孩子似的抱着木马笑得傻兮兮的。

旁边几个小朋友看见几个大男孩抱着木马傻乐，都对他们指指点点，苏央然真想扭过头假装不认识他们。

他们还偏偏冲她挥手："央然，央然，好好玩哦，好好玩哦。"

是谁提议周末来游乐园的？她要宰了他！

过山车、碰碰车、旋转木马、冲天炮……那两个浑蛋居然玩了不止一遍！这个游乐园也真是的，怎么有那么多人，玩什么项目都要排队！啊啊啊，她简直要疯了，拿着手里的甜筒就想砸过去！

"央然，我们去那里休息一会儿吧。"旁边的户贴心地提了一句。

苏央然丢下甜筒恶狠狠地踩了踩："下次我再也不来游乐园了！"

"妈妈，那边有个姐姐乱丢垃圾。"旁边某个小朋友拉着妈妈的手。妈妈拖着小朋友就走："别学她，那是坏姐姐。"

苏央然听了懊恼地看了一眼地上的甜筒，一屁股坐在了长椅上。

户伸手递给她一张纸巾："你额头都是汗，擦一下吧。"

"你看看这大热天的，那两个浑蛋还玩得那么疯，真是气死我了！"苏央然咬牙切齿，没有接纸巾。户无奈地靠过来帮她擦，指尖一不小心碰到了她的脸，忽然僵硬了一下，呆在了那里。

苏央然挡开他的手："怎么了？"

“没，没什么……”户收回手去，将纸巾塞到她手里，“你自己擦吧。”

苏央然很不爽，好端端的一个周末，好不容易可以休息，偏偏被这几个浑蛋拖到游乐园玩，她又提不起任何兴趣，朔连城和尚佐倒是玩得挺开心，她都在旁边发呆好久了。

但是，她并不真正讨厌这次游玩，毕竟他们是她的朋友，陪朋友出来玩，是理所当然的。

他们离开没多久，一辆黑色加长型轿车就缓缓从游乐园另一侧的大门开了出来，车里的男人若有所思地看着他们渐渐离去的背影，手里的那份资料上还贴着一个少女的照片：“苏央然吗？似乎要比想象中的有趣呢。”

车上的不是别人，正是云家主人云昊天。他跟了苏央然一日，意外发现苏央然并没有为了接近这些富家少爷而使用手段，相反，她今天看上去似乎十分不乐意来游乐园，只是迫于无奈才勉强陪着他们。而那些富家少爷，无论做什么事情都要拉着她，就好像一群小朋友，非要拖着老师一块儿玩游戏一样。那个待在游戏圈中央的，便是苏央然。

她自然而然地吸引着他们，他们也自然而然地跟她做朋友，根本不需要伎俩，也不需要手段。

原本以为可以和这些富家少爷做朋友的女人，应该是十分有心机的，如今看，有心机的反而是那几个少爷，总是想着法子多靠近她一点儿，可每每都被她踢得远远的，还被嫌弃麻烦，呵呵，真是有意思呢！

第八章 热闹的校园生活

第一节

周末结束之后，苏央然发现学校里不知道什么时候多了一群男孩，那群男孩就是云洛生以及他的那帮朋友。

一群人转入了朔连城所在的班里，朔连城看见那个最漂亮的少年先报了自己的名字，连一句别的介绍也没有，声音听着平平淡淡的，却仿佛拒人千里："云洛生。"

而另一边的黑发少年则一脸微笑，灿烂得像一朵花儿："我叫章慎，我们几个是关系很好的朋友，因为家里的一些原因转学来尚佐高中，希望可以和各位成为朋友，以后请多多关照。"

因为家里的一些原因？是什么原因让一群男孩一起转学？而且这几个人，手上戴着的手表，胸口别着的领夹，怎么看都不是普通人会用的。尚佐中学并不是贵族学校，却忽然同时转来了一群富家子弟，必定是冲着什么人来的吧？朔连城轻轻转动了一下手里的笔杆：只希望不是为了苏央然……这些男孩，看上去一个个都不是省油的灯。

他的脑海里刚刚出现这个想法，那个黑发少年坐下来之后一开口就提到了她的名字："苏央然真的在这所学校吗？伯父为什么非要你娶夏家的女儿啊？死了一个夏莉也就算了，如今又来一个女儿。而且那个苏央然可没有夏莉那么好欺负，上次我差点儿被她扭断手腕，如今还疼着呢。"

云洛生风轻云淡地瞥了章慎一眼："不要在教室里生事。"

章慎耸耸肩膀："我只是不高兴而已。我们原本读的学校好好的，偏要来这种地方，又不是私立的，只是一所普通的高中而已，你看看这教室的桌椅，都破成什么样了。"

"我们学校的桌椅破？浑蛋，你要是嫌东嫌西不想进我们学校就滚蛋，我们还不欢迎你这样的人！"尚佐第一次听到自己的学校被人污蔑，气得直接跳了起来，伸手揪起章慎的衣领就要打下去，朔连城一把拉住他的手臂："对这种人不用动粗，会伤了你的手。"

可尚佐气不过，知道这些人来他们学校是为了苏央然，他就已经够恼火了，如今居然还说他们学校破，他能不生气吗？

章慎挑了挑眉毛，然后瞬间扬起一个笑容；"那可真是抱歉了，我忘记这所学校是尚家投资的呢，尚家的小少爷，您爷爷的身体可好？"

"用不着你假惺惺地关心！"尚佐恶狠狠地丢出一句，"你们要是敢再胡说八道，我就让理事长开除你们！"

“尚家小少爷必定不知道，尚佐高中另一部分投资是由我们章家出的，为了两家和平共处，想必你爷爷也不会因为这点儿小事就把我们开除了。更何况，你爷爷前不久刚投了一个项目，打算开发建设，如果没有我爸爸的帮忙，想必这个项目会被压很久吧？到时候不但赚不到钱，还可能会亏本呢。”章慎就是一只笑面虎，他看上去十分客气的样子，却字字如刀，句句如剑，硬生生地插在尚佐的心上，气得他几乎要出口骂人了。谁知一个人影忽然从教室外面跨了进来，直接挥起一巴掌打在了章慎的脸上。

“啪”一声响，章慎整张脸都被打得偏向一边。他咬了咬嘴唇，眉头一下子皱紧。

尚佐目瞪口呆，看着突然出现的苏央然，她却十分淡定地拍了拍手上的灰尘：“我没有项目在他父亲手里，所以没什么可畏惧的。如果你要开除我，随时欢迎，不过以我的成绩，无论哪所学校都愿意接纳我。做人就要依靠自己的力量，而不是像有些人，需要依靠父母的能力。”

苏央然的出现让教室里原本说话的几个人一下子安静了，他们都很怕她，无论是新转学来的，还是早就在这所学校念书的学生。她的能力在学校是数一数二的，平时很少生气，也不怎么开口说话，但若惹到了她，或者拨动了她某根神经，让她不爽的话，那接下来你就惨了。那几个曾经说户是跟屁虫的学生就被威胁过，还有一些在苏央然转学过来的时候嫉妒她成绩的人也被她一个一个踩到了脚下。

第二节

章慎没有反驳一个字，他回过头来的时候挂着笑，心里却带着隐隐的恨。他厌恶这个女人，厌恶她的光芒四射，厌恶她的强势，厌恶她的力量。她是他见过最厉害的一个女人，很多富家小姐的脾气都很坏，娇生惯养，但她们的强势根本不能与她相比。她拥有强势的资本，而且这个资本是她自己所创造的。她说的每一个字每一句话都让他无地自容，连反驳的机会都没有。

“这里是尚佐高中，可不是你们所念的私立中学。纵然你们交了很多钱，或者给学校投资了很多钱，但是我有能力把你们从这里赶出去。你们有胆子就试试看，最好不要后悔。”苏央然收回了手，她转过身面对朔连城，“你们不必对这样的人手软，也不必因为家族的关系而不敢动手，你们的家族需要与他们合作，他们的家族也需要与你们合作，像这种会出尔反尔、不守承诺的人，就该直接教训他，让他清醒清醒，看看自己现在是在什么地方！”

朔连城被震住了，他从没见过苏央然这么生气，这个叫章慎的，以前必定惹到过苏央然，而且还惹得她很不悦。

——知道我最讨厌什么吗？就是说话不算话。

——如果我输了，你们要我做什么我都会照做，但是你们输了，放我离开是当初定好的，你们既然要反悔，就怪不得我手下不留情了。

章慎知道，苏央然必定是因为上次他们出尔反尔的事情憎恨他了，而他同样憎恨苏央然，这种憎恨就像黑暗遇见了光明，明明知道苏央然没有错，但他还是恨她，讨厌她。因为他一直生活在黑暗里面，当他看见光明笼罩大地，他的眼睛会被刺痛，难受得无所适从。

云洛生一句话也不说，他既不帮章慎，也不帮苏央然。只是冷漠地看着这一切，而苏央然说完，转身要从教室离开时，忽然想起自己是来干什么的，立刻扭过头来，把自己手里的两本笔记本放到朔连城和尚佐手里：“这是我做的笔记，如果你们能把上面的题目全部做一遍，并且准确无误，你们有足够的能力跳级到高三。”

“哇，央然真好！”尚佐高兴地抱着笔记本亲了亲，他翻开封面，发现里面都是苏央然一笔一画写下来的，感动得眼泪汪汪，“我还以为你不希望我们与你同班呢。”

“只要你们别老是在我耳边聒噪，待在哪里都没有关系。”苏央然视线乱飘，她有点儿脸红，总觉得做这种事情一点儿都不像她的性格。但是没办法，这些家伙，一个个比苏彦还要麻烦。明明那么聒噪，不像苏彦会乖乖地、安静地待在她身边，可是她竟然也会有点儿放心不下。

其实她是一个内心柔软的人。

这是云洛生今天所感受到的。就如同那天他看见苏央然伸手摸那个金发少年的脑袋，也感受到了她露出的一种宠溺的温柔。当然，她只有对亲昵的人才会露出温柔。对他们，苏央然总是刁钻刻薄，跟面对那几个少年时完全不一样，她与他们相处时，说的每一句话，做的每一个动作，其实都带着微微的宠溺。

在游乐园里，他们玩得欢快，虽然苏央然很不悦地坐在旁边，可是她还是一直等着，等到他们玩够了才一起回去；在学校上课，她会在意他们的一举一动，也会在意旁人对他们的看法，如果别人的闲言碎语让她觉得不高兴，或者有人要伤害他们，她会第一时间站出来挡在他们面前；她会花很长的时间写下笔记，然后若无其事地丢到他们面前，明明为了记录这些习题，指尖都磨破了皮。

苏央然是温柔的，只是她的温柔与夏莉的温柔不一样，夏莉的温柔一眼就可以看到，而她的温柔在心里，在一举一动里，在一颦一笑间。

苏央然一走，教室里紧张的气氛立刻放松下来，但是很多人还是不敢多说什么，只是埋头做着作业。而云洛生走到了章慎面前："去小卖部买瓶冰水吧，你的脸有点儿肿。"

"啊，真是丢人呢，被一个女孩子打了，而我却不好意思还手。"章慎依旧是笑眯眯的，可云洛生却在他眼底看到了恨。

在小卖部买冰水的时候，云洛生倚靠在旁边的墙上："你别动她。"

章慎一僵，他笑着抬起头来："我可什么都没说，你担心什么。现在是她在动我，可不是我在动她，洛生，她还没过门，你就这么偏袒她了？"

云洛生别过头去："我只是怕到时候受伤的是你。"

"那你就不用担心了，"章慎笑了起来，"对付一个女孩，我还是绰绰有余的，毕竟这么多年下来，还没有一个人是我的对手。"

章慎的手段云洛生见识过，以前那么多人，无论男孩女孩，都栽在他的手里。对方若是抵抗，他就用尽各种办法，让他们乖乖听话。而那个苏央然，她同样不是省油的灯，否则以她这样的性格，这么多年来是根本不可能平安无事的。或许在更早的时候，她也是趴趴撞撞过来的，而如今，她已长成一棵参天大树，底下的根须千穿百绕，深深地抓住大地，无论多么大的风，也无法将它吹倒。

这一天过后，学校依旧平静，章慎并没有因为被苏央然打了一巴掌而在脸上显示出不满，反而很温和地对待身边每一个人，让那些人都渐渐聚集到了他的身边，开始为他说话。也因此，在学校说苏央然坏话，厌恶苏央然的人越来越多了。

第三节

苏央然睁一只眼闭一只眼，她知道章慎就是耍这种手段的人，但是她尽量假装没有看见，这种谣言的确会流传一段时间，但是时间久了，大家自然会分辨出谁适合做朋友，谁不适合做朋友。

真心交往，可不是几句温柔的话，几个微笑就可以的。

一开始，苏央然的确受到了很多攻击，章慎也暗暗加大力量想要扳倒苏央然，但是在两个多月之后，章慎渐渐发觉，原本依附于他的几个人，开始变得不爱跟他说话，也离他越来越远了。

本来以为是苏央然在背地里做了什么事情，可章慎却发现她依旧我行我素，按着她自己的性子对待旁人。

那么问题到底出在哪儿呢？

这一天放学，他刚离开教室，突然想起还有东西忘在教室里了，便回去拿，快到门口的时候听见教室里几个学生在说话："章慎果然是个少爷，他对人的态度是很好，可从来都自以为是。""就是，上次我说我不喜欢喝牛奶，他非说是印度空运过来的，很好喝。塞给我了，结果我还是丢掉了。""他还总是说苏央然的坏话，其实苏央然没有那么坏，他们班有很多同学都很喜欢她。""上次我因为抄作业被老师留下来，罚我打扫操场，我到天黑也没打扫完，结果苏央然路过的时候看到了，还来帮我打扫。""她成绩很好。""我以前跟她借过东西，她都是爽快答应的，从来不推托。有时候她没有，甚至会主动帮我借来。""章慎可不是好人，他只是想把苏央然扳倒而已。"

站在门外的章慎默默地听着教室里那些学生的对话，他忽然意识到自己已经渐渐失去威信，失去这些人的支持。的确，就像他们说的，他对他们好纯粹是为了扳倒苏央然，他是因为想要利用他们才和他们做朋友的。

他们对他来说完全只是利用的工具。

苏央然是真心的，尽管她总是一副无所谓的样子。而他，是虚伪的。这样的虚伪，也许最初可以得到别人的喜欢，但是时间久了，别人自然会看出这不是出自真心，所以那些原本接近你的人，会离你越来越远。

到最后，还是她赢了吗？

既然如此，他只能用别的手段了。他的手指轻轻抚上脸："这一巴掌，我可是一直牢牢记着的，绝对会还给你！"

装着透明液体的药瓶在灯光的照耀下映出奇怪的颜色，章慎躺在床上，握着玻璃瓶。这瓶药，是他命人从一家熟识的诊所里顺出来的安定片注射剂。

这是一种中枢神经抑制药，通常用来治疗惊恐症，或焦虑恐惧失眠，若是剂量较大，就会产生疲乏、头昏，甚至视物模糊、肌无力等症状。

他想象着，如果苏央然被注射了这个东西，她恐怕就不会动，不会说话，任由他摆布了！他可是第一次为了一个女生而心烦意乱到这种地步。无论如何，等把她和他之间的账算清了，他便不会再接触这样的女生，苏央然不是棘手，而是非常棘手。这样的一个女生，果然很麻烦。

章慎就在这样的想象中沉沉睡去。

第二日清晨，他带着这药到了学校里。跟随他一同转学过来的几个同伴也早就对苏央然不满了，在得知章慎准备动手的时候，都高兴得很。也有几个人比较理智，担心动了苏央然，云洛生会跟他们翻脸："慎，到时候洛生那边怎么交代？""毕竟云家让洛生转来这个学校，就是为了苏央然。""洛生应该会怪罪我们吧？"

章慎嘴角一扬，他笑得温柔："只是让她昏迷一下，录一段她出丑的视频放出去。让所有人都看到她丢脸的样子。"

"好主意。"几个男孩听罢，立刻开始商量如何擒住苏央然。

其实擒住苏央然很简单，她是尚佐高中的学生，如果有老师找她，她一定会相信并且前往办公室。章慎立刻动用了家族的关系，逼迫一个老师在下课之后对苏央然说："苏同学，放学之后到老师办公室来一趟，有些试卷想要给你看一看。"

苏央然一点儿也没有怀疑，立马答应了下来。

放学之前她还在忙，因为晚上是她值日。户本来要等她一起回去，但因为今天她还要去办公室一趟，就让户先走了。

很快，天色渐渐黑了，苏央然打扫完之后收拾了一下书包，掩上门前往办公室。

整幢教学楼都阴森森的，大部分人应该都已经走了吧。也不知道老师会不会等急了，或许她把试卷留在了办公室里。

如此想着，她已经走到了办公室门口，里头还亮着灯，她很有礼貌地喊了一句报告，刚推开门，手臂上突然被恶狠狠地扎了一针，她急忙缩回手，发现被扎的地方涌出了一些透明的液体。

办公室里传来几个声音："喂，你会不会扎针啊，别扎到动脉上去。""放心啦，我老爸是医院院长，我经常跟那里的护士混在一起，学学扎针还不是轻而易举的事情。"

什么东西?

苏央然觉察到不妙，也不管手臂上被注射进了什么，扭过头就要跑，身后立刻伸来一双手，捂住她的嘴将她拖进了教室。

头重重地撞到了地面，她想立刻站起来，却感觉浑身脱力，随后脑袋开始晕眩，全身的力气像是一下子被抽走了，连走路都有点儿软绵绵的感觉。她抓着旁边桌台的桌沿想要站起来，却又跌了下去，双腿软得根本站立不起。

苏央然已经整个人都蜷缩了起来，她紧紧地贴着地面，她的额头很烫。她觉得难受，浑身难受，胃仿佛在抽搐，很想吐，可又吐不出来，只觉得整个人都要虚脱了。

“慎，会不会有问题啊？”“我……我也有点儿担心。”从来没有闹出过人命的几个男孩开始恐慌了。

章慎先是皱紧了眉头，他观察了一会儿，觉得苏央然的确有点儿不对劲儿，立刻俯身一把将她从地面抱了起来放到沙发上。

伸手摸了摸她的额头，竟然烫得厉害！

“该死的，不会是顺错药了吧？”从来脸上都是挂着笑的章慎第一次急了。

第四节

慎咬了咬牙，他原本还想看她出丑，可眼下人命关天，若是苏央然死了，夏家不会放过他，云家也不会放过他，他可不想用自己的未来开玩笑，要是那么多家族一同折腾他们章家，章家恐怕支撑不了多久。

他立刻将她抱了起来，飞快地跑下楼去，身后的男孩纷纷跟了下来："慎，你要带她去哪儿？"

"去医院！"除了去医院，还能去哪儿？

他的车子一直都在楼下，司机等了好久都没有等到他出来，正在心里暗暗埋怨着，忽然大门里跑出来一群男孩，为首的就是他家少爷。更奇怪的是，他竟然还抱着一个女孩。那女孩皮肤泛红，额间布着密密麻麻的汗，好像浑身难受的样子。他吓得立刻跳起来去为他们开门，章慎一上车就问他："最近的医院在哪儿？"

"就在前面，市中心医院……"司机怔怔地回了一句。

章慎立刻道："去那个医院！"

"是，是。"司机不敢犹豫，立刻启动车子，直接踩了油门飞驰出去，动作迅猛得好像身后有一只怪物在追赶他。

苏央然被章慎抱在怀里，她浑身难受，不住地扭动着身子，章慎轻轻拍了拍她的脑袋："你别动，我送你去医院。"

这句话大概给了她一些力量，她微微睁开眼睛："我会宰了你。"

都到这份儿上，居然还有力气骂人。章慎忽然有点儿想笑，能够看到她这么弱的模样，倒是也不错。平时的苏央然可都是盛气凌人的，现在的她就好像一只被煮熟了的虾一样软绵绵地趴在他的膝盖上，他捏她的脸，捏她的耳朵，夹她的鼻子，她都没有办法反抗。

苏央然挣扎着想要坐起来，可浑身依旧无力，而且神志更加不清。章慎轻轻俯下身，在她耳畔轻轻地道出一句："放心，不会有事的。"

不知道为什么，听到这句话苏央然一下子放松了许多，眼皮也越来越重，就好像脑子马上要被关机了，她就这么安静地趴在那里，一动也不动了。

苏央然已经睡过去了，只是身体仍旧很不舒服，双手紧紧地揪着他的衣角。其实这个动作很可爱，就好像她十分依赖他一样。只可惜她只是一只生病的狮子，一旦身体康复了，随便一声吼就可以把周围的动物吓跑。

"如果能可爱一点儿就好了。"章慎莫名其妙冒出来的一句话，把旁边一些男孩吓得瞪大了眼睛，他怎么了？脑袋被驴踢到了？

车子总算到了中心医院。章慎立刻将苏央然抱下车，直接送去了急诊室。

苏央然醒过来的时候，听到耳边传来一阵“嗡嗡”声，不是很清晰，大概是离得比较远。等她努力睁开眼睛，才发现原来是章慎站在门口打电话，像他这样一直面带微笑的笑面虎竟然也会动怒：“浑蛋！我警告你，这次顺错药的事你最好尽快给我一个交代，否则我让你在这座城都待不下去！”

连“浑蛋”都出来了，章慎是不是太不注重形象了，他平时不是装得挺好的吗？

“她醒了。”对面横七竖八挤在沙发上的男孩们一见到苏央然醒过来就立刻站起了身。“总算是醒了，要是到下午还睡着，夏家的人肯定要知道了。”“赶快让慎进来，她现在恢复正常了，可是很可怕的。”“可不是我们要对付你的，是慎看你不爽……你别怪我们头上。”“我们是无辜的！”

她还什么都没有说呢，他们干吗一副好像快要被吓死的样子，她又不是魔鬼。话说回来，是他们先动手的好不好？

她用手臂支撑着从病床上坐了起来，男孩们吓得纷纷从病房里跑了出去，生怕苏央然揍他们，外面的章慎已经进来了：“你醒了？”

苏央然平静地看着他，就这么坐在病床上一动也不动，眼睛紧紧地盯着他。章慎被看得浑身发毛：“怎么？”

“奇迹。”苏央然蹦出一句。

章慎更是一头雾水：“什么奇迹？”

“你居然会救我，我以为你会把我丢在办公室里逃之夭夭呢。反正学校办公室里没有监控，你们神不知鬼不觉地开溜，也没有人会发现。”苏央然依旧盯着他，像是打量一个怪物似的打量章慎。

章慎脸上扬起笑容：“自然不能让你死，你若是死了，夏家和云家必定不会放过我，我可不会拿自己的前途开玩笑。”

苏央然耸耸肩膀：“好吧，那你打算拿什么东西堵我的嘴？”

“什么？”章慎脸上的笑容有点儿僵硬。

苏央然坐直身子一本正经：“你看，你劫持了我，我可以添油加醋地对很多人说，章慎对我干了坏事。昨天你们似乎是从正门走的吧？那里可是有监控，应该已经拍到了你们带我出门的影像，而且医院的监控更多，应该也拍到了不少，想要毁灭这些证据，可不是那么简单的。我要是跟夏家的人提一下，他们可以立刻派人来查，虽然我没有受很严重的伤，但你至少应该会受一些惩罚吧？你看起来就是从小到大被家里人宠着的孩子，偶尔被罚一次，应该也不错呢。”

章慎很想宰了这个浑蛋：“我将你带到了医院，救了你的性命！”

“是你想要害我，才让我进了医院。”苏央然答得风轻云淡。

章慎终于发觉当初就不应该惹这个小恶魔，他本以为自己的手段已经够狠了，可这个家伙脑子转得比他快得多，居然还威胁他，他无奈地挤出一句：“你想怎么样？”

“我在学校每天都过得很累，因为食堂人太多了，每天还要排队买饭。轮到我值日的时候，还得扫地扫到很晚，因为是班上的干部，老师还会交给我很多工作，常常累得不行呢。唉！”苏央然故意装作肩膀酸痛的样子，还用手敲了敲背。

章慎咬了咬牙：“说重点！”

“我想要一个每天给我排队买买午饭，还能帮忙打扫打扫卫生，拎拎东西的小跟班。”苏央然嘴角一扬，“当然了，我的要求也不高，只要一个月，就放你自由。在这期间如果我打你电话，你得立刻赶到我面前帮我的忙，想必对章家少爷来说，这些都是小事，应该不难吧？”

这根本就是强人所难！章慎真想揍她一顿，但是他努力克制自己，原本想扯出一个微笑，但是嘴角怎么也扬不上去，反而像在抽搐似的。

“不同意也没事啊，我不强人所难。”苏央然看到章慎这副哭笑不得的样子就觉得好玩，“我可不像某些人，会勉强别人做事。我这人可是很善良的，除非别人同意了，否则绝对不会为难对方。”

章慎真想破口大骂：你没为难我吗？还小跟班？我堂堂章家少爷，什么时候做过别人的小跟班啊！

“知道了。”纵然心里有一百万个不愿意，他也只能憋出这三个字。

苏央然笑眯眯的：“那把你电话号给我，我好给你打电话。对了，你成绩应该不错吧？我可是要帮老师批改作业的，你成绩太差的话可不行呢。力气够大吧？有时候我要给班上的同学买买水什么的，一拎就是好几斤，你要是提不动那可不行呢。”

“放心！我能做到！”章慎一把将自己的手机丢在苏央然面前。

第九章

爱得几乎快发疯了

第一节

于是，苏央然的学校生活更加有趣了。曾经和苏央然对立的章慎不知道怎么回事开始为苏央然做事，帮她排队买午饭，帮她拎东西，还会帮她打扫卫生。有时别人求苏央然帮的忙，苏央然全部让章慎去做。章慎虽然极其不情愿，可又没有办法，只能硬着头皮去做，还得努力维持笑脸。

几天下来，他觉得自己的脸都笑得僵硬了，脸部肌肉跟石头似的！该死的，都是苏央然那个臭丫头！

章慎一直抱怨着，脸上虽然不表现出来，心里已经把苏央然臭骂了好几顿，但是他也渐渐发现，那些曾经在背后说他坏话的人，重新开始接近他了。有时候还会顺手帮他一把，比如打饭的时候帮他把苏央然的也一起买了，比如苏央然让章慎买牛奶，章慎忘记带零钱的时候，他们也会借钱给他。

苏央然常常让章慎帮同学的忙，虽然章慎完成得很好，但他并不是真的在帮助这些人，他只是因为听从了苏央然的吩咐，不得已才帮助他们，而他们竟然将这些事情记在心里，并且偶尔回馈他，这真是令章慎感到意外。

这一天他又被苏央然的电话叫了上来，推开门的时候，苏央然晃着手机坐在位置上，一见章慎进来立刻指着旁边的一个垃圾桶道："今天原本是班长值日，可过几天学校要举办一个作文大赛，班长是学生会的成员，他去忙大赛的事情了，放学之前你帮忙把垃圾倒了，班长就不用跑那么远去倒垃圾。"

班长不用跑那么远，那他呢？他不是也要跑那么远吗？

章慎真是气得咬牙切齿，可他得忍着，还得面带微笑地答应："好，为班长服务是我的荣幸。"

然后他就憋着气去把垃圾给倒了。

当天晚上放学后，苏央然竟然意外地没有要求章慎做什么事情。往常，她一般都会让他帮谁谁谁打扫卫生。原本章慎想走，可又怕之后接到她电话还得来回折腾。

他只好上楼，想去她的教室问问她还有没有要他做的事情，才到门口就听见里面的对话。

"不是我倒的，是章慎啦。我就随便提了一下，作文大赛要开始了，班长又得忙了，他大概在值日栏里看到今天是你值日，所以就帮你倒了一下垃圾。"这是苏央然的声音。

章慎微微侧了一下身，看到那个班长正在整理讲台，他脸上带着笑："我听其他班的人也在说，章慎改变了很多，大少爷的脾气没有了，还时常会帮他们做事。”

“他本性就不坏，只是大少爷做惯了，不懂得照顾别人。加上他从来不把心情摆在脸上，整天都在笑，有时候想哭，也在笑。”苏央然已经收拾好了书包，“这样活着，太累了。”

太累了……吗？

章慎微微一怔，僵在原地。

其实小时候，他并不是这样的性格。他很开朗，很爱笑，如果跌倒受伤了，他也会难过地哭，生气也会发脾气。可是自从父亲的官越做越大之后，他开始被大人束缚着，要控制自己的情绪，要控制自己的表情。他不能透露太多信息给外面的人知道，无论是谁来到家里，他都得微笑着，因为他们喜欢听话并且笑容满面的小孩。

久而久之，他都快忘记什么是悲伤，忘记什么是眼泪，就算心里很不悦、很不爽、很难受，他也是面带笑容的。

苏央然的出现，却打破了他的平静。起初他只是想教训她，却没有想到自己竟然会被这个弱不禁风的女孩擒住，当她将自己按在桌上威胁的时候，他第一次感觉到了害怕。他其实很恐惧，可是脸上依旧微笑着，只是脸色苍白，如同一张白纸。自从那天之后，他恨透了苏央然，他恨不得立刻撕破她的脸。

他知道，她的微笑是真心的，她的喜怒哀乐全部摆在脸上，那么直接地表现着自己的情感，却被那么多人喜欢。

如果他发脾气，他的父母会讨厌他，朋友也会讨厌他，所以他不能这么做。

而苏央然却做了，她做得理直气壮，可她的父母没有生气，她的朋友没有生气，连夏家的人都没有生气，他们依旧疼她，依旧喜欢她，甚至不会觉得她讨厌！

所以他更加厌恶苏央然，他恨不得她能够当众出丑。所以在云洛生要转学到这所学校时，他也毫不犹豫地跟来了。自然，他不愿意透露自己的心情，他只是对别人说：“我们一起去，我们几个常在一起，洛生无论转到哪里，我们都应该在一起的。”

其实他只是为了苏央然！

他开始想办法折腾她，想办法让别人也讨厌她。所以他故意挑衅苏央然的朋友，他知道那两个人就是尚家的少爷和朔家的少爷，他早就调查了苏央然，怎么可能会不认识他们。苏央然出现了，为了帮他们甚至动手打了他一巴掌。

那是他第一次挨巴掌，他恨不得立刻掐死她。

心里除了愤怒之外，还多了一层别的滋味，说不上来，酸涩得可怕。

接下来他用尽手段想要打败她，可是最终大家还是站在了苏央然那一边，即使他开始使用更肮脏的手段，还是没能赢她。落得如今被苏央然呼来喝去，天天为她做事的下场。

他心里是埋怨着的，却没有忤逆她。直到今天，他听到苏央然对别人说的这样一番话。她竟然在别人面前是这么夸奖他的。明明倒垃圾是她命令他做的，可苏央然居然说是他自己心甘情愿的，和当初在背地里说她坏话的自己比起来，她确实要好太多。

户注意到了站在门口的章慎，他伸手拉了拉苏央然的衣角，苏央然转过头看见了他，立刻笑道："哇，章慎，今天我没给你打电话你就来帮忙了，真是勤快啊。"

"谁要来帮忙啊！我只是怕我走了之后你又打电话过来，到时候我还得来回折腾，麻烦死了！"章慎没反应过来，完全是不由自主地吼出了这么一句话，然后整个人都呆住了。

他刚才竟然当着那么多人的面生气了。是的，他生气了，他没有再继续维持他虚伪的笑容，而是愤愤地表达出自己的不满。

苏央然也有些意外，她本来以为章慎还得过很久才能卸下自己的面具，没想到刚才他就已经像正常人一样发脾气。苏央然忽然扬起了一个笑脸，走到教室门口，伸手拍了拍他的肩膀："这样不是很好吗？"想笑的时候笑，想发怒的时候发怒，想哭的时候哭，这样不是很好吗？

"好什么好，一点儿也不好……"章慎原本还想反驳，却一下子又闭了嘴，自从成了苏央然的跟班之后，他发现自己越来越难控制情绪了。

班长很快打扫完了教室，几个人一同收拾了书包离开。

他们走在学校的校道上，两边的树叶被风吹得"哗哗"作响。在他们身后的那幢教学楼的天台上，一个少年抓着铁网，看着下面并肩走在一起的几个人，面无表情。

章慎倒戈，站到了苏央然这一边，这在之后的几个星期里，已经成了人尽皆知的事了。章慎也不辩解，更不说明其实自己是受了苏央然的要挟，才答应给她做一个月跟班。马上一个月快过去了，他依然帮着苏央然，也没有埋怨的意思。苏央然知道，章慎本性不坏，包括其他几个跟他一起玩耍的男孩，本性都不坏，只是从小生活在那样的环境里，造就了他们大少爷的性格。而现在，他们显然已经好多了，并且开始与一些普通人家的孩子交朋友。

这一切，都被云洛生看在眼里。就像那一天他站在天台上，看着他们一同离开一样。章慎那样脾气的人，都可以被苏央然收了心去，也难怪其他人都会靠向她。

苏央然，你到底是怎样的一个人？

第二节

远在国外的苏彦的生活，却是完全不同的模样。

紧闭的窗帘，毫不透风的宿舍里飘着一股沉闷的气味。门口有一个学生焦急地敲着门："苏同学，苏同学，你已经七天没有去上课了，教授让我问你，你到底怎么了？"

无论外面的人怎么敲门，里头都是一片寂静。

门口的同学皱了皱眉头，他扭头问身边的人："他是不是不在？"

"不可能的，宿舍长说他早就进了自己的寝室，已经好几天没有出来了。该不会，该不会出什么事情了吧？"两个同学立刻担心起来，他们连忙去宿舍长那里借了钥匙，打开门，里面是一片阴暗，窗帘全部拉着，没有光亮，房间里的物品摆放得很整齐，像是从来没有人动过一样。

当寝室里的灯被打开的时候，他们看见一个穿着白色衬衣的少年横躺在沙发上，合着眼睛，脸色苍白。

"苏同学？"

"快点儿救人啊。"另一边的人飞快地走上去伸手探了探他的鼻息，"呼吸有点儿微弱，他的脸色苍白，快点儿叫救护车！"

"救，救护车？120吗？国外要打什么号码？我是今天才来这里留学的，我不知道国外急救电话是多少啊。"那同学吓得手足无措。另一个人已经将苏彦从沙发上扶了起来："笨蛋，你可以打校医院电话啊！就算不知道校医院电话，打老师的也一样，快点儿把他送去医院！"

"是，是……"

手忙脚乱的两个人立刻把苏彦背出了宿舍，苏彦趴在一个人的背上，微微睁开的眼睛看着地面的石头一块一块往后退。

他无法忘记……无法忘记她的身影，无法将她从脑海里驱赶出去，无法忘记她轻柔的声音。在得知她与自己没有血缘关系之后，苏彦每日都想她，每日都思念她，每日脑海里都出现她的身影。

——血缘上来说，不算亲姐弟。可你永远是我的好弟弟。

——你不用担心因为没有血缘关系，我就会欺负你，不会照顾你。苏彦，我已经和夏川城说清楚了，我现在是苏央然，以后也只会是苏央然。

——我一辈子，都是你的姐姐。

一辈子，都是他的姐姐。他压抑着自己的情感，可是即便逃到这么远，依旧无法忘记她。

无论是上课、下课、吃饭、休息，他的脑海里都是她的身影！

他喜欢她，他想要拥抱她，想要将她牢牢锁进怀里！

可是他知道，苏央然只把他当弟弟，她不会因为没有了血缘关系而改变对自己的感情，他们在一起那么多年，他太了解苏央然的性格，所以他压抑着，不想让自己成为她的负担，更不想让她知道自己的感情。

这份感情会比姐弟的羁绊更重，如若它被旁人知道，如若它被父母知道了，或许会更加困扰苏央然，或许会让苏央然从此折断双翼活在鸟笼里，再也无法逃脱。

压抑着，压抑着，直到精疲力竭，直到再也压抑不住日渐强烈的思念，他好几次想要撕掉钱包里存放的那张照片，可是根本无法下手。他爱她，这让他几乎要发疯了！他想见她，想拥抱她，想牢牢地抓住她的手不松开！

苍天啊！求求你，求求你将这颗跳动的心取走吧，他再也不要如此难受。

而此时此刻，远在中国的苏央然，根本就不知道苏彦发生了什么事。她回到家，推开门看见焦急的父母坐在电话前一直与谁说着话，她原本还想打招呼，但是看到他们凝重的表情，也不敢随便开口。

直到父亲挂了电话，她才小心翼翼地问了一句：“怎么了？”

“苏彦病倒了。”父亲仿佛一瞬间憔悴了，双手紧紧地抓着沙发扶手，“学校打电话过来，苏彦一连七天没有去上课，他们在他房间发现他的时候，他已经倒下了。不知道他到底发生了什么事情，只知道他好几天没有正正经经地吃饭，现在在美国一所医院的急诊室里。”

老妈急得眼泪都快流下来了：“怎么办，怎么办？苏彦到底怎么了？他的心脏本来就不好，要是又突然复发那可怎么办？我们不应该送他去美国的……我们不应该送他去美国的啊！”

“妈，你别急，既然已经在医院了，医生一定会医好他的。”苏央然心里也“咯噔”一声，苏彦怎么了？是遇到了什么事情，还是学习压力太大了，所以愁成那副模样？

“不管怎么样，我们都得去一趟，央然，今晚你订一下机票，明天我们就去美国，一定要确保苏彦平安无事啊！”老妈死死地拉住苏央然的手臂。

苏央然点头道：“我去订机票，我去订机票。妈，你不要急，苏彦会没事的，现在已经在医院了，医生会照顾好他的。”

第三节

整个空旷的原野，一望无际，眼里是一片肆意生长的绿。

看不见天，连天也覆盖了绿色；看不见脚，连脚也淹没在绿色之中；看不见自己的身子，眼睛被绿色占据。难道自己在梦里吗？

苏彦躺在床上，天花板的吊灯来回晃动，发出“咯吱咯吱”的声音。

在梦里，整个世界都变成了空旷的绿，他看不见自己，只看见那一大片一大片的绿，还有风吹过草地的声音。“沙沙”，“沙沙沙”……忽然，地面不知道为何动了起来，他看见很多藤蔓从地底钻出，朝着一个地方蔓延过去。

视线微微上移，在原本一望无际的原野上忽然出现了一个少女。她穿着白色的连衣裙，闭着眼睛，手臂上缠绕着藤蔓，她被藤蔓的刺刺伤，鲜血流淌下来，染红了她的双脚。

“姐？”苏彦轻轻颤动了一下嘴唇，他想要喊出她的名字，却发现喉咙干涸，他追上去，那个人影却好像永远都与他隔了一段距离，无论他怎么努力，都无法靠近她。他从一开始的走，到后来的奔跑，到最后他用尽了全力去追赶，可人影却依旧在远方。

忽然，少女睁开了眼，她微微抬起头：“苏彦，你要囚禁我一辈子吗？”

“不，姐，不是这样的，姐！姐！”苏彦猛地呐喊一声，然后整个人从床上坐了起来。他大口大口地喘着气，额间全都是汗。

旁边照看他的一个学生见他醒了，立刻给他端来一杯水：“你有那么想你姐吗？我看你做梦，嘴里喊得最多的，就是你姐了。”

“做梦？”苏彦喃喃地开了口，他坐在床上，一动不动。

学生安慰他道：“别担心，你爸爸妈妈已经赶过来了，刚才我替你接了电话。你姐姐也一并过来了，见到她，你的身体应该会康复得更快吧。”

苏彦一听到苏央然会过来，整个人一僵：“他们要过来吗？”

“都在路上了。你姐在电话里可凶了，一个劲儿地责问我们为什么没照顾好你，还问我你是不是谈了女朋友被人甩了。还说你一次恋爱也没谈过，不知道怎么跟女孩子交往，要我好好照顾你呢。你姐真有意思。”那学生笑嘻嘻地说了一句，然后搀扶他躺下，“医生说你身体没什么大碍，但是以后一定要正常吃饭，不要整日把自己关在房间里。你的身体不好，本来心脏就动过手术吧？如果还有下一次，说不定会复发的。”

苏彦一个字也没有听进去，他的脑海里只有苏央然。她要过来了吗？她来美国看他了吗？如今的他，已经不知道还有没有勇气面对她了。

看到她的次数越多，就越无法将她从心里驱赶走，他每天都会想着她，思念她，就好像发了疯一样。

苏彦在美国佛罗里达州就读的学校得知他的父亲千里迢迢从中国赶过来探望他，立刻派了学生会的几个干部来照顾苏彦，否则到时候他们质问学校为什么不看管好自己的学生，他们便会无言以对。

学生会来的三个干部，一个是美籍华人，其余两个是美国人。那个华人是一个非常漂亮的女孩子，她来探望苏彦的时候还带了一些水果和花。才推开门，她就看见少年倚靠在床边，眼帘低垂着，阳光从窗户照射进来，照在他的脸上，让他看起来如同一个精致的玩偶。

她有些惊讶，之前她听过很多关于这个少年的传言，成绩优秀，年纪轻轻就从中国转学过来做交换生，后来因为不吃不喝将自己关在宿舍里好几日，结果进了医院。原本以为他会是一个骨瘦如柴，像漏风蒲扇似的人，却没有想到他竟然这么好看。

“请问，是苏同学吗？”

苏彦听到声音缓缓抬起头来，看见出现在门口的陌生同学，大概猜到了是学校派过来的：“嗯，我是苏彦。”

真的是他！女孩还是有些吃惊，但是她很快反应过来，将手里的鲜花和水果拎进来放到了桌上：“我是学生会干部，今天特意过来看看你。会长和副会长下午才能过来，学校里有些事情要处理，所以他们无法立刻赶过来。”

“没关系，你们来不来，我都不在意。”苏彦淡淡地回了一句，眼睛却不看她。

心口没来由地微微一痛，女孩不知道自己为什么会产生一种十分怜悯他的感觉：“听说，你的家人今天下午就会到机场，到时候我们学生会派人将他们接到医院。如果有什么需要帮助的地方，都可以告诉我们，我们会尽可能地帮你。”

苏彦的眼睛微微颤动了一下：“什么事情都可以做到吗？”

“在我们的能力范围内，”那女孩见他有反应了，立刻笑容满面，“可不要小看我们学生会哦，我们能做到的事情有很多呢。”

“那么，”手边花瓶里的透明玻璃石折射出五彩的光芒，他的话语里听不出情绪的起伏，“能够将一个人，从我的心里驱赶走吗？”

女孩一怔。

苏彦的眼睛只弥漫着一层水雾：“可以让我，不再想她，不再思念她，不再记得她的声音，不再记得她的温度，不再记得她的一切一切……你们可以做到吗？”

传言是真的！女孩子僵在原地，他来到这个学校，发现自己爱上了某个人，却又无法得到她的回应，失恋之后悲痛欲绝，不吃不喝躲在房里七天七夜，最终弄垮了自己。

第四节

“苏彦。”很意外地，原本以为应该是今天下午才到的家人，竟然在上午就来了，而且是在那个学生会干部还没有反应过来的情况下，直接推开了病房门。首先进来的是一个黑发黑瞳的少女，头发披在肩膀上，干净利落，她的肩膀很单薄，走路却十分沉稳：“你身体怎么样？有没有事？”

“姐，”苏彦一见到她，立刻不由自主地挺直了后背，他颤动了一下嘴唇，刚想要说什么，门后面又挤进来两个人，直接把苏央然给挤到了旁边。冲在前头的妇女以百米冲刺的速度扑上去一把抱住了他：“小彦啊，你怎么会那么惨啊？你怎么就进医院了啊？你到底遇到了什么事情啊？跟妈妈说说，有什么想不开的？是学习压力太大了吗？是因为谈了女朋友被她伤了心吗？别怕，如果压力大咱们就回家，如果是女朋友让你伤心了，妈妈狠狠地揍她！”

老妈一边说着一边扫视了一下整个病房，结果正好看见学生会的那个女孩，她立刻恶狠狠地瞪过去。那女孩被吓得连连后退几步：“伯母，您不要误会，我是学生会的干部，是学校特意派过来看望苏同学的，我和他一点儿关系也没有，也不是我让他压力太大的。”

“妈，”苏央然伸手一把拉住了老妈，直接将她拉到了面前，“你不要急，苏彦的身体现在还在康复中，有什么事情等他稍微好点儿了再问，现在他的身体最要紧。”

“是是是，对对对！”老妈立刻反应过来，然后拉着老爸就往外走，“快去找医生问问，苏彦的主治医生是谁？那啥，老公你会说英文吗？”

“老婆，我要是会说英文，我就不会到现在还只是一个小职员了。”老爸头痛起来。

“算了算了，我们用肢体语言，快出去问问。”老妈很着急，就这么拉着老爸出去了。苏央然无奈地扶额：“他们一直是这样，在候机大厅都不安稳，急着要来看你。我没办法，就央求前一班次的乘客，跟他们换了机票。”

苏彦垂下了头：“对不起。”

“没什么好对不起的，你又不是不知道，爸妈一向疼爱你。”苏央然走到了床边坐下，她伸手想要去探苏彦的额头，却被他莫名其妙地躲了过去。

苏央然觉得有点儿奇怪，却没有多想：“到底怎么了？怎么把自己关在宿舍里不吃也不喝？”

苏彦握紧了床单，他一句话也不说，也不解释到底为什么会这样做，面对苏央然，他一下子变成了哑巴。他害怕自己多说一句，自己的心意就会被她多知道一分，他害怕如若自己喜欢她的事情暴露了，或许他们连姐弟也没办法做了。

“如果你不愿意说的话，也没有关系，”苏央然安慰似的拍了拍他的肩膀，“你已经长大了，很多事情也不需要我们解决，你有自己的主见。只是无论如何你都不能伤害自己的身体，因为周围还有那么多人担心着你。你活着，不仅仅是为了你自己而活着，也是为了我们而活着。”

他不是不愿意说，他是不敢说啊！苏彦的悲伤只能拼命往肚子里咽，难道他要告诉她，他之所以变成现在这副样子是因为自己的姐姐？

苏彦痛苦的表情被那个学生会的女孩看在眼里，她总觉得这样的气氛十分微妙，他们是姐弟吗？可是总觉得怪怪的。在她眼里，苏央然对苏彦来说，仿佛超出了姐姐这个身份，简直就像是他的监护人，她成熟，冷静，稳重，而且十分漂亮。这样的女孩子，如果是在他们学校，一定会非常受欢迎的。而苏彦，柔柔弱弱，十分文气，倒像一个被保护得很好的孩子。

实在问不出什么，苏央然只得作罢。

老妈倒是握着他的手一个劲儿地问别的问题，譬如说吃得好不好啊，睡得好不好啊，这里有没有中餐啊，千万不要多吃汉堡三明治，容易堆积脂肪啊之类的。

苏彦对每个问题的回答都是点点头。

学生会的人因为比较忙，那个女孩陪了苏彦一个多小时之后，又去忙其他事情了。苏央然坐在旁边的沙发上，听着父母和苏彦唠叨。苏彦一直很安静，坐在那里一言不发，偶尔抬起头回一两句简单的话，大多时候都像是在发呆。

他一定是有心事。

苏央然与他在一起生活那么久，小的时候还和他一块儿睡过，长大了天天照顾他，他的这点儿心思，她还是看得出来的。只是她不知道，苏彦到底是因为什么事情才变成这个样子的，是因为某个人吗？

第五节

接下来的日子，苏央然几乎每天都和父母一起陪伴在苏彦身边。苏彦总是默不作声，不知道到底在想什么。老妈显然憔悴了很多，苏彦不怎么吃东西，老妈也吃不好，苏彦不说话，老爸心里更是痛苦不堪。

美国的物价要比中国高出很多，在中国赚钱在美国消费是最愚笨的选择，可他们无法在这种情况下回去。

终于有一天，苏央然真的忍无可忍了。

趁着老爸老妈出去找医生谈话的时间，她转身将门反锁了起来，然后表情凝重地看着躺在床上的苏彦。时间一分一秒过去，苏彦没有动一下，他甚至都不敢看苏央然的眼睛。而苏央然，却紧紧地盯着他："回家吧。"

她开了口，声音温软。

苏彦一怔，他难以置信地抬起头："姐……"

他是知道的，自从他走了之后，苏央然自由了很多，她拥有自己的生活，得到了以前他在的时候没有办法得到的成就。那些男孩一定日日都陪伴在她身边吧？那些早就想要接近她的人也在想方设法接近她吧？明明已经得到了自由，为什么苏央然忽然又说出这样的话？要知道，他是鼓起了多大的勇气才将困住她的铁链打开，可是如今苏央然竟然又拾起了那铁链，亲手交到了他面前。

"你一个人在美国，爸妈不放心，我也不放心。如今你已经成了这副样子，我不知道到底是因为什么事情。但是若是再将你一个人留在这种地方，爸妈肯定会更加着急。你也看到了，妈为了你一直吃不好睡不好，那廉价旅社的床也让我很纠结。如果你什么也不肯说，那就跟我们回去，我宁可你天天吵着我烦着我，也不想担心你的生活。"苏央然从来不在苏彦面前掩饰什么，自己想说的话，她就全部说出来，"我知道你肯定是因为什么事情受了打击，不论你是爱上了某个女孩子被拒绝，还是被学校里的同学欺负，总之一句话，你这样的状态，老爸老妈和我，是绝对不可能放心你一个人留在这里的。跟我们回去，回到家你可以吃好喝好，就算内心再纠结至少也能保重身体。"

"姐……"苏彦的嘴唇颤动了一下，他压抑着狂跳不已的心，在她的视线下，他几乎要把自己内心的情感说出来。可是就在这个时候，传来了敲门声，苏央然转身去开门，老爸老妈已经回来了。

"怎么锁门了？央然，你该不会是在欺负你弟弟吧？"老妈立刻心疼地奔过去上下检查苏彦的脸，怕苏央然捏他。

苏央然一脸无奈："妈，我有那么可恶吗？我怎么会欺负苏彦呢？"

"我还不知道你。你小时候捏了他多少次了，要不是你老是捏他，没准我们家小彦会长得更帅，都是被你捏坏的。"老妈碎碎念着。苏央然真是委屈至极："妈，你讲讲道理好不好，小时候苏彦鼻子比较塌，是我一个劲儿地捏，他的鼻子现在才会这么挺的，要不是我，没准苏彦都长不了这么英俊潇洒呢。"

"胡说，小彦继承了我的基因，鼻子怎么会不挺？"老妈立刻反驳。

苏央然举双手投降："好好好，你是我妈，我不跟你吵。"

老妈脸上扬起胜利的笑，然后扭过头看着苏彦，一边揉着他的头发一边劝着："小彦啊，我们不如回去吧？你看，在这里念书和在国内念书也是差不多的嘛。如果你想来国外留学，以后让姐姐陪你一起来。上大学了可以再来的，对不对？你身体不好，如果一个人留在这里，妈妈很不放心你啊。而且，你姐也很想让你回去，马上就要中秋了，全家人在一起不是挺好的吗？"

苏彦抬起头来看苏央然，苏央然也正好看着他，她点了点头，让苏彦答应下来。

可苏彦却犹豫着，手紧紧地握住了床单："妈，姐已经帮了我那么多年，如果我再回去，姐又要每天照顾我，我也想变得成熟一点儿，毕竟姐不可能一辈子都陪着我。"

"怎么会不一辈子陪在你身边，姐姐照顾弟弟是理所当然的啊。"老妈立刻急了，她转过身对苏央然道，"你还打算插上翅膀飞走不成？不陪着你弟弟你要陪着谁去？"

苏央然无奈："是是是，陪着他陪着他，我一辈子都陪在他身边。"

——我一辈子都陪在他身边。

如果说之前的压抑和隐忍只是为了不让自己的这份心意被周围的人知道，只是因为害怕当他说出喜欢苏央然的时候会被苏央然拒绝，那么如今苏央然的这一句"应承"，将会是打碎他好不容易才建造起来的心墙的最强武器。

他以为只要远远地逃开，只要不看着她，自己便会冷静。哪怕不冷静，至少也可以不让自己轻易地暴露心意。而如今，她告诉他，她会一辈子都留在他的身边，无论发生任何事情，无论今后会变成什么样，她都会留在他的身边。

那么是不是代表，他可以小心翼翼地尝试，小心翼翼地将心放在她面前，小心翼翼地告诉她，他喜欢着她。

"小彦？"问了那么多话，自己的儿子却一直呆呆地坐在床上，老妈不知道有多担心。谁知苏彦忽然抬起了头，他原本乌云密布的脸一下子变得晴空万里，甚至可以看到灿烂的笑意从他眼睛里释放："好，我们回家。"

为什么不可以呢？就算是弟弟，他也可以说出自己的心意。

第十章 我不想要你这个姐姐

第一节

这一年的中秋节，竟然是个阴天。苏央然拎着空瓶子出去打白酒，想着早上老妈还在唠叨，中秋节的菜又涨价了，年年涨年年涨，涨得都快买不起菜了。自从苏彦回国之后，饭桌上的菜色立刻丰富了起来，说老妈不偏心是骗人的，但他们对她已经很好了，毕竟不是亲生的，稍微有些偏袒也是正常。别人家的父母对亲生的孩子们还一碗水端不平，更何况是她呢?

苏央然心里也不恼，说真的，她一直觉得自己很幸福，能够拥有这样一对父母，还有苏彦那么乖巧听话的弟弟。

哼着歌儿到了小超市里，她还没开口说要打白酒，那超市的老板就表情幽怨地看着她："央然，你跟你妈说我不肯赊账给你爸爸，还要你从家里取钱过来是吗？"

苏央然心里"咯噔"一下："呃，阿姨，这个可以解释……"

老板一阵狂轰滥炸后，她终于狼狈地从超市里爬出来了，虽然白酒是打回来了，但是她被恶狠狠地教训了一顿。她很想解释说，那一天其实是误会，但她不知道应该怎么开口，总不能说是自己的亲生父亲找自己麻烦，结果把养父带走了吧?更何况她并不希望这件事情外扬，如今邻居们都以为她是苏家亲生的孩子，她也乐意自己被当作苏家亲生的孩子，如果忽然之间这事传了出去，闲言碎语肯定是少不了的，还是多一事不如少一事吧。

"姐，"苏央然在走过转角的时候听到苏彦叫她，她抬起头，苏彦就站在前面，穿着白色的衬衣，昏黄的灯光映照在他脸上，好似抹了一层金粉，闪闪发光，"妈让我来看看你，怕你不回来。"

苏央然笑了，她知道老妈担心她会像上次一样突然消失："嗯，我没事，走吧。"

"你额头上怎么有瘀青？"苏央然走上前来的时候苏彦伸出手，轻轻在她额头擦了擦，苏央然哼了一声："被超市阿姨教训的，上次我开了一个小玩笑，超市阿姨记恨着呢，就给我吃了几颗'栗子'，疼着呢，你还碰。"

"嗯，不碰。"苏彦收了手，他看着苏央然继续往前走，在后面跟了一会儿，忽然又停了下来，"姐……"

"嗯？"

"中秋节快乐。"

中秋节，是啊，今天是中秋节，是大团圆的日子。那个住在大别墅里的夏川城，是否很孤独呢?若是以往，他至少还可以和夏莉一起过中秋节，而如今，只有自己一个人了吧?如此想着，苏央然抬起了头，想要看看天上的月亮，只可惜今天是阴天。

中秋节过去的第二天，又要上课了。老师们都是很勤奋的，从来不偷懒，他们恨不得全天都是自己的课，从早到晚。苏彦的回归让老师们很高兴，这代表学校又多了一个成绩好的学生，多了一个能考上重点大学的学生。不过苏彦在美国那边落下很多功课，以他的成绩不能跳级，所以依旧待在原来的班级，而苏央然却要准备明年的高考了。

朔连城他们是见过苏彦的，而章慎没有见过他。第一次看到苏央然的弟弟，章慎心中有些惊讶——怎么差距那么大？差距的确是很大，苏彦不爱说话，很文静，站在那里，就好像一朵冷冰冰的花。而苏央然则是太阳，永远闪烁耀眼，吸引着周围人的目光。章慎后来想想，他们本来就不是亲姐弟，不像是自然的。

起初他倒是觉得没什么，章慎的一个月契约早就过去了，但他依旧每天都往苏央然这边跑，这才意外发现：苏彦喜欢苏央然。

男生看男生总是很准的，同样是男人，同样只注视着一个女孩。苏彦会一直关注苏央然，苏彦会在苏央然需要帮助的时候及时出现，苏彦会远远地望着她却不说一句话。普通的姐弟之间根本不会有这样的感情。

章慎看在眼里，却什么也没有说。他知道，苏央然关心她的这个弟弟，如果这层薄薄的纸被捅破了，指不定会发生什么事情。苏央然又是情商比较低的，到时候觉得亲情和爱情是一样的，接受了苏彦，估计他们都会吐血吧？

而云洛生，永远是一副风轻云淡的样子，他总是事不关己高高挂起，无论章慎他们做什么，他都睁一只眼闭一只眼。

苏彦的回归其实并没有引起太多的变化，也就是苏家的菜色更加丰富了，老妈笑得更开心了，老爸也安心了很多。而苏央然觉得，日子又回到了从前，一切都没有什么变化，唯一不同的是，苏彦开始在一些事情上回避自己。譬如说，以前她常穿着吊带睡衣在客厅里走来走去，那时候苏彦不会说什么，而现在他竟然会脸红，进到自己的房间里不出来。还有，他把吃过的冰淇淋放在桌上，苏央然想偷吃几口，他会立刻为她拿来新的勺子，绝不跟她共用。苏央然骂他好几次："你去了一趟美国，没变开放反而变得保守了？美国难道改革了？"

苏彦只是笑，也不辩解。苏央然就很郁闷，这弟弟，真不知道应该说他成熟还是更加愚笨了，总觉得他们之间好像生疏了一些，却又比生疏多了一层什么。

"姐。"有一次两个人放学早了，苏央然和苏彦一起在菜市场买菜，苏彦走在后面，苏央然走在前面，他张嘴唤了她一声。在这个嘈杂的菜场里，随便哪个小贩都喊得比他响，然而苏央然还是听见了，她回过头，笑容灿烂："干吗？有想吃的菜吗？"

"姐，你有喜欢的人吗？"苏彦的唇微微颤动，"是男女之间的喜欢。"

第二节

没有料到苏彦会忽然问她这样的问题，苏央然愣了一下，她拎着一袋毛豆很认真地仰头思考了一下："男女之间的喜欢啊……好像，也许，可能，大概，或者，没准儿，我觉得，貌似还没有。"

她很努力地想了半天，在脑海里把所有男性朋友统统筛选了一遍，发现自己对他们都没有特别的感觉。况且现在她以读书为主，谈恋爱什么的，以后有的是机会，没什么好担心的，难道她还会怕嫁不出去不成?

"这样啊，"苏彦低下了头，不知道在想什么，苏央然觉得他莫名其妙，正要询问，他忽然又抬起头来，"如果有一个人忽然向你表白，你会答应吗？"

"谁要向我表白？"苏央然反问了一句。苏彦道："我是说如果，如果有人向你表白。"

哎，这种问题好难回答啊。苏央然撇撇嘴："不知道，如果对方真的很优秀，并且我也有好感的话，或许会考虑一下吧。其实我一直觉得天下没有一见钟情的事情，哪怕有，那也只是看上对方的容貌和气质而已。喜欢什么的，难道不是应该深入了解之后才会感受到的吗？毕竟，当一个人说出喜欢对方这样的话，就要为自己的喜欢负责啊。"

如果喜欢是那么轻而易举就可以判定的，是那么普遍的，这样的喜欢不是很廉价吗？

苏彦仰起头来，他脸上绽放着笑容："嗯。"原来在苏央然眼里，喜欢与不喜欢是需要深入了解才可以判定的，所以他还是有机会的。因为他一直在她身边，他会让她慢慢感受到自己的好、自己对她的这份心意。

"姐，我帮你拎菜吧。"

"哦，好。"

"姐，我想吃豆腐皮。"

"哎？你什么时候开始喜欢吃这个菜了？"

晚霞总是很美的，它依附在天空上，云彩一朵一朵绽放着阳光的绚烂，就在太阳沉落的最后一刻，霞光美丽得好像随时都会融化。爸妈今天要很晚才会回来，所以苏央然在厨房做饭，苏彦就静静地坐在房间里，手里握着一支钢笔。

钢笔下记录了这一天所发生的事：姐姐走在前面，她像平常一样欢快，一天中无论她是否快乐，每到晚上，她总是会露出笑容，我很爱她。

写好了以后，他轻轻将纸折成一颗星星，然后丢进旁边的玻璃瓶里。

别说他像个女孩子一样喜欢做这种事情，在家里，几乎所有的事情都被苏央然包揽了，他除了折星星，恐怕也没有什么事情可以做了。

而且，不是有这样一个传说吗？只要折满99瓶星星，你所许下的心愿就可以实现了。从很小的时候，苏彦就开始折星星，也有间断过，譬如说露宿在外面的时候，或是为了追上苏央然的成绩而拼命学习的时候。苏央然总是很厉害，她每天只需要花一点点时间学习，就可以站在顶端，而他为了追上她的脚步，要很努力很努力。

他不希望自己离她太远，所以总是跌跌撞撞地追赶着，而苏央然会时不时地停下来，等他。也许是因为他是她的弟弟，也许是因为父母的嘱托。

而现在，她知道了他不是她的亲弟弟，却依旧像往常一样照顾他，保护他。是因为她所说的，接触时间久了而产生的感情吗？

趴在桌台上，他怔怔地看着玻璃瓶里折射的光芒，钢笔碰到瓶子上，发出清脆的声音。就在他发呆的时候，忽然传来了敲门声，他立刻站起来要去开门，却见苏央然已经把门打开了，一同进来的，还有朔连城和尚佐！

苏央然看见苏彦便笑了笑："爸妈今天不回来了，本来是在公司里加班，后来又去了外婆家。所以我请连城和尚佐来家里吃饭，前几天他们就已经吵着要来吃饭了，再不请客估计得掀桌子了。"

"难怪你买了那么多菜。"苏彦淡淡地应了一句。

苏央然耸耸肩："才不是，我也是刚才才知道爸妈不回来的，就打电话给他们让他们过来一块儿吃。不然菜那么多，我们两个人也吃不完。冰箱里塞满了东西，根本放不下。你是不知道，自从你回来之后家里的菜色一直这么丰盛，哪像我在家的时候，区别对待啊！"

苏彦扬起一个笑脸："姐，你吃醋了。"

"你就臭美吧！"苏央然转身进了厨房，"你招待他们一下，我还有几个菜没有煮好。对了，你们要喝紫菜汤还是番茄蛋汤？放点儿香菜怎么样？"

"随你。"两位客人倒是并不在意。

苏央然点了点头，然后去忙了。苏彦带着他们到客厅，尚佐一把将苏彦抱过来："你小子，我们花钱让你去国外享受，你倒是提前回来了。怎么样，是不是看上美国女孩了？听说你在美国过得水深火热，为了一个女孩子还病倒了？真是看不出来啊，你还挺痴情的。"

苏彦被勒得差点儿喘不过气，但是他脸上却带着笑："嗯，是喜欢了一个女孩。"

"谁啊？什么样的？金发碧眼？还是跟你一样是个留学生？别这么害羞，快跟我们说说，留学好玩不好玩？听说国外没咱们中国的作业多。”尚佐来了兴致。

朔连城却不说话，他坐在旁边喝着茶，时不时抬头看看他们。

苏彦并不遮遮掩掩，他只是眼睛往厨房那边瞥了瞥，然后回过头：“不是金发碧眼，是黑发黑瞳。很温柔的一个女孩子，非常能干，比任何人都聪明、强大。”

“除去那句温柔，别的听起来跟你姐挺像，哈哈哈。”尚佐笑着大力地拍了拍苏彦的肩膀。

第三节

朔连城抬头看了一眼尚佐，尚佐这个笨蛋还蠢兮兮地在那里笑个不停，苏彦只是温和地抿着嘴，没有笑，他抬起头注意到了朔连城的眼神，一瞬间僵在那里，两个人对望。时间一分一秒地过去，苏央然从厨房里走出来，手里还端着一碗汤："你们两个搞什么？互相盯着看？"

朔连城咳嗽了几声连忙别过头去，苏彦站起身来接过了苏央然手里的汤："都煮好了吗？我去买些饮料回来吧。"

"没事，你回来之后老妈买了一箱可乐回来，喝可乐就行了。"苏央然转身去厨房里端别的菜，朔连城和尚佐也起来帮忙。

他们聚餐了好几次，但这是第一次在苏家父母不在家的时候来苏央然家中聚餐。苏央然做菜很好吃，朔连城吃第一口的时候就惊住了，他抬起头望着还在为他们盛汤的苏央然，很难想象她这样的女孩居然可以如此熟练地做出这么多菜。如果没有三四年的下厨经验，是绝对不可能达到这种水平的。没来由地，他心口泛起了一丝酸涩，将视线落在苏彦身上。苏彦很平静地吃着菜，如此习惯苏央然为他所做的一切。

或许，苏央然之所以能够成为现在的苏央然，都是因为苏彦。为了照顾苏彦，她学会了做菜；为了保护苏彦，她学会了打架；为了教导苏彦，她成绩优异。因为苏彦，她才最终变成现在这般光芒四射的样子。

说不嫉妒是骗人的，但是他又有些感谢苏彦，是因为他，他才会遇到这样的苏央然，他才会喜欢上这样的苏央然。

"要喝汤吗？"忽然一个声音打断了他的思绪，苏央然已经伸过手来，要帮他盛汤，朔连城怔怔地看了她半天，忽然冒出一句："央然，我还是喜欢你。"

尚佐本来还在喝汤，听到他这样说差点儿就呛着了，他立刻抬起头："喂，我们也喜欢央然，你以为就你一个喜欢啊？"朔连城恶狠狠地瞪了瞪他，然后扭过头很认真地对苏央然说："我是真的很喜欢你，央然。"

尚佐已经开始慌了，他憋红了脸想要说他也喜欢苏央然，可是嘴巴才张开却又羞红了脸，只是不满地看着朔连城，暗自想着这个家伙怎么脸皮那么厚，真是不要脸！

苏央然只是愣了一下，然后嘴角一扬："我知道。"

朔连城呆住了。苏央然继续道："你以前就说过了，呵呵。"

——我喜欢你。

——我也一直不相信，以为自己只是发了疯，可是后来没办法，你就在我面前，我移不开视线。

——苏央然！你不用躲我，我不会逼迫你做什么！喜欢你是我的事，你也不必感到困扰，我不会做任何伤害你的事情，也不会动你，更不会让任何人伤害你！我会保护你，只站在你的身后！

在洛兰科斯的时候他就对她说过，他喜欢她。那个时候他说得那么明确，她又怎么可能会不知道。而且他专门转学到了她现在的学校，又拼了命地学习想要追上她的脚步，她是迟钝但不是真的傻，怎么会看不出来。

但是她并不清楚自己对朔连城的心意到底是怎么样的，或许，她只将他当作一个很好的朋友；或许，她还没有到恋爱的年龄，还没开窍；或许，她还没有意识到，怎样的感觉算是喜欢。

“对了，户呢？这几天怎么都没看见户？”苏央然没有在这个话题上纠结，朔连城可怜兮兮地在旁边咬着汤匙，他好不容易才鼓起勇气对苏央然表白，苏央然至少应该给点儿反应啊！

尚佐握着鸡翅正在啃，含糊不清地回答她：“哦，他回家了，他家里貌似发生了什么事情，好像很严重，前几天还听说他要转学。”

“他要回洛兰科斯吗？”苏央然疑惑道。

朔连城插了一句嘴：“不会，听说是去别的地方。”

这样啊，苏央然看了一眼厨房微波炉里还在加热的蛋糕——苏央然专门为户做了小蛋糕，本来打算明天带去学校给他尝尝。

吃了晚饭，朔连城就和尚佐回去了，他们的加长车在巷子里转弯的时候撞歪了三四根柱子和一堵围墙才勉强挤到了外面。苏央然跟他们说了好几次，车子停在最外面，他们走路进来就可以了，他们偏偏不听，为此，他们巷子里的柱子不知道修了多少次了，还赔了很多钱。等他们的车子开远了，苏央然转过身，看见苏彦就站在自己身后，他静静地望着她，微微启唇，好似有什么话要对她说，却又什么也没有说。

苏央然疑惑地靠近他：“怎么了？”

“没什么，姐，”苏彦笑了笑，“回去吧。”

他多么想告诉她，他也同样喜欢着她，就像朔连城一样。他知道朔连城羡慕自己可以一直待在苏央然的身边，而同样的，自己也一直在羡慕朔连城啊。至少他可以那么勇敢，那么光明正大地对她说“我喜欢你”，而自己，明明已经决定要表达自己的心意，可是每次都没有勇气开口。

因为他知道，他一定会被拒绝啊！

第四节

日子过得很快，有时一恍惚，就发现时间已经过去了很久。苏彦从回国到现在已过去一个多月了，他的成绩逐渐追了上来，并且成功跳级到了苏央然的班上。而朔连城，每天拼命学习，加上对老师威逼利诱，终于也成功挤进了苏央然的班里。最让人头痛的是尚佐，他无论怎么拼命都到不了及格线，学校根本不可能让他跳级，他对爷爷软磨硬泡，家里的老头终于打了一个电话给校长："让他跳到高三吧，反正上的课都一样，跟不上可以叫他重读。"校长才勉为其难地答应了，心里暗暗祈求着千万不要再有第三个人用这种手段了。

而云洛生那边，一切也都风轻云淡的，似乎夏莉的死和苏央然的出现，以及转学进了尚佐高中，并没有给他的生活带来多大的影响。倒是章慎，他逐渐与苏央然走得近了，甚至远离了云洛生，云洛生也不在意，他知道苏央然有这个魅力，能够吸引很多人。

苏央然本来以为日子会过得很平静，毕竟当初夏川城认女的事情已经被压下来了，苏彦的病也医治好了，不会有多大的麻烦。

可是不知道是哪个记者，忽然调查到了苏央然，并且剪下了她登报的所有照片，再和夏莉的照片做对比，得出一个结论，尚佐高中成绩优异并且连跳两级的优等生苏央然，就是夏川城的另一个女儿！

消息一出，各界又哗然了，他们纷纷派人证实这件事情，于是苏央然身后就时常莫名其妙地多出一些狗仔、侦探，还有保镖。起初苏央然还很不高兴地想尽办法甩掉他们，后来实在是被跟踪烦了，往往甩掉一个还会有第二个，甩掉第二个还会有第三个，她干脆不去理睬他们，自己爱干吗就干吗。

无论是体形、发色还是五官，苏央然都和死去的夏莉一模一样。唯一不同的是，夏莉是被保护在温室里的花朵，而苏央然显然要比她厉害很多。成绩优异、能力强悍，加上非常能干，每天都可以看见她去菜场买菜、烧饭、洗衣服。有人说苏央然在苏家受尽虐待，因为他们看到很大一部分家务都是由她做的，报道也满世界乱飞。

夏家在本城的名气很大，这种新闻更是铺天盖地。

苏央然的学校也开始沸腾了，那些与她走得不是很近的学生一个个开始对她指指点点，而同她关系还不错的学生则是纷纷上来询问："央然，你真的不是苏家的孩子？""你是夏川城的女儿吗？当初你和你姐姐是怎么分开的？""哇，就好像灰姑娘突然成了公主，这种感觉好棒！""夏家那么有钱，央然怎么不回去呢？""那你和你弟弟不就是没有血缘关系了？嘿嘿，没准儿还可以结婚呢。"

其他问题苏央然都可以当作没听见，但是听到最后一句的时候她忽然从位置上站了起来：“苏彦是我的弟弟，你们不要乱说话。”

周围的同学吓了一跳，他们没有料到苏央然的反应这么大，而且如此严肃。其中一个同学撇撇嘴：“开开玩笑而已，不要那么生气。”别的同学也立刻应和道：“就是，说笑而已啦，你和苏彦感情那么深，就算没血缘关系也是姐弟。”“是啊是啊。”“央然，你太吓人了，我们又没说难听的话。”

苏央然也没有想到自己的反应会那么大，好像自始至终她都很排斥别人说这种事情，更何况对象是苏彦，苏彦是弟弟，“和苏彦结婚”这种话，她光听就浑身起一层鸡皮疙瘩。

她这样强烈的反应落在苏彦眼里，他的眼帘微微颤动了一下，然后垂下头去。

另一边的朔连城依旧注视着他，他转动着手里的笔，一句话也不说，只是看着苏彦。周围的空气在他身边好像瞬间都被冰冻了一样，寒意四起。

“我和苏彦是从小一起长大的，就算没有血缘关系，他也是我唯一的弟弟。对吧？”苏央然转头看了一眼另一边的苏彦，苏彦抬起头勉强笑了笑：“嗯。”

一起长大，曾经是弟弟，这样的关系就好像一堵墙，牢牢地立在他和她之间。他鼓起了勇气决心回国一点儿一点儿接近她，一点儿一点儿表达自己的心意，可是这么多天下来，他越接近，却发现自己越无法开口。

苏央然一直当他是弟弟，从来没有将他当作异性来看待过。加上他性格本就优柔寡断，更是难以接近她。有时候自己只能苦笑，看着她站在自己身边，揽着自己的脖颈大喊着：“弟弟，我永远在你身边。”

弟弟？他不要做弟弟，他不要永远都只是弟弟！既然没有血缘关系，既然他和她之间已经打破了血缘的那道屏障，那就不要再将他推得那么远，至少让他靠近一点儿，哪怕只是靠近一小步，让他也能对她说“我喜欢你啊”。

苏央然的身份被曝光了，媒体追逐了好一段时间，最后夏川城不得不站出来解释，苏央然的确是他曾经丢失的女儿，然而现在她已经拥有了属于她自己的生活，并且她不愿意离开自己原来的那个家庭，也不愿意进入夏家，所以他决定放手，只在心里默默地祝福她。

听着电视上夏川城在新闻发布会所说的话，坐在家里的苏彦怔住了，他忽然有了一个奇怪的想法，如果苏央然不在这个家了，如果苏央然离开了这里，那是不是代表他可以以弟弟以外的身份，站在她的身边？

他多么希望，自己永远不是她的弟弟。

第五节

最近苏彦不知道为何变得很是奇怪，苏央然察觉到了，在夏川城的新闻发布会结束之后，他对她的态度好像一下子冷淡了很多。平常上课他总是会时不时回头看看她，下课也会一起去吃午饭，可这几天他竟然好像当她不存在一样，连她跟他打招呼，他也装作没有听见避开了。

苏央然有一种苏彦在和她冷战的感觉。

只是，她从来都没有遇到过这样的事情，一时间不知道应该怎么应付。而且，苏彦为什么要和她冷战？她有做对不起他的事情吗？那些学生都拿他们开玩笑，她还恶狠狠地教训了他们，甚至信誓旦旦地保证会永远将苏彦当作弟弟，永远保护他照顾他。这样的好姐姐哪里去找啊，他用得着跟她冷战吗？

放学了，苏彦还在收拾书包，苏央然憋了一会儿，然后面带微笑走了过去："苏彦，晚上你要吃什么？一起去买菜吧。"

一直没有吭声的苏彦沉默了许久，直到值日的同学都打扫完毕离开了，他才缓缓抬起头："你自己去吧，我不想买菜。"

苏央然的心"咯噔"一下，有一种说不上来的滋味在心头弥漫：苏彦是怎么了？怎么性子说变就变，这么多年了，他可从来没有跟她冷战过。

苏央然的手还悬在半空，她本来打算搭上他的肩。苏彦收拾了一下书包就起身离开了教室，苏央然悲愤地望着天花板，这到底是怎么回事啊？

最终，她可怜兮兮地独自下了楼梯准备去菜场买菜，正好开着车从旁边经过的朔连城摇下了车窗："央然，怎么只有你一个人？你弟弟呢？"

"谁知道他最近怎么了，我刚才叫他一起去买菜，他说不想去，让我自己去。这几天连午饭也不跟我一起吃了，难道是青春期到了？听说青春期的小孩脾气都特别奇怪。哎，像我多好啊，我就没青春期。"苏央然无奈地说道。

朔连城皱了皱眉头。这么奇怪？谁都可以看出来苏彦是很喜欢苏央然的，他怎么可能会突然对她那么冷漠？难道因为苏央然一直强调姐弟关系，所以他生气了？

"我送你去菜场吧，"朔连城下车打开了车门，"反正顺路。"

"也好。"苏央然自然不客气，直接上了车。

晚上苏央然做好了饭，苏彦也没有从房间里出来，直到父母回来了，喊他吃饭，他才慢慢打开门，一脸平静地走了出来。吃饭的时候，父母一直在同他说话，他也回了几句，就是不理睬苏央然。

苏央然自然是气愤不已，她对苏彦已经够好了，他莫名其妙摆出这种脸色来，是要给谁看？她都没有抱怨什么，也没有嫌做饭累，打扫卫生累，洗衣服累，而苏彦呢？他不用做饭，不用打扫卫生，也不用洗衣服，他到底还有什么好埋怨的？如此一想，苏央然更觉得憋屈了，她干脆不再理睬他，自己吃完饭就回了房间做功课。

在她离开的时候，苏彦抬起头看着她渐渐走上楼的背影，忍不住咬了咬嘴唇。

他何尝不想和她说话，这样对待她，不仅仅是折磨苏央然，更是折磨他自己。这多么痛苦啊，他强迫自己不要看她，强迫自己不要跟她说话，可是他的视线就是会情不自禁地想要跟随她，脚步也情不自禁地迈向她那一边。但是不行，绝对不行！他必须忍着，必须让苏央然生气，必须要让她自动离开这个家。

等到她姓了夏，等到她与他不再是姐弟的时候，他才可以堂堂正正地站在她的面前，告诉她，他喜欢着她。

不是姐弟之间的喜欢。

老爸老妈也不傻，他们觉察出苏彦的异样，忍不住问他："小彦，你和你姐吵架了吗？怎么回来之后你们都不说话？以前在饭桌上，你们不是总是有很多话吗？"

"我不想让她留在我们家。"苏彦平静地说了这样一句话，让刚拿起酒瓶打算倒酒的父亲一下子僵住了，他抬起头，眼神冷厉地看着他："你这是什么话！她是你姐！"

苏彦也是很艰难才说出这句话，没想到父亲竟然这么生气，他显然被吓到了，呆呆地抬起头。

坐在旁边的老妈也皱起了眉头，虽然语气并不像父亲那么严厉，却也训斥了他："小彦，你姐为这个家做了多少事情，你怎么可以说出这么过分的话。就算你和你姐吵架了，两个人闹了矛盾，也不能拿这种事开玩笑，以后我不想再听你说这么过分的话了。"

苏彦咬了咬牙，眼眶有些湿润。他并不是觉得委屈，而是在心里恨自己，苏央然为他做了那么多的事情，牺牲了那么多，他竟然说出这样的话，难怪父母会如此生气。在他们心中，苏央然早就是他们的女儿，不，她一直都是他们的女儿。尽管他们偏袒他，但是她依旧是他们的女儿，一直都是。

他不辩解，也不开口多说什么，只是站起身，直接回了房间里。

门被关上之后，眼泪从眼角滑落下来，他怎么可以说这么过分的话，怎么可以和苏央然冷战，怎么可以让父母如此担心！天啊，如果可以，他真想立刻冲出房间去，站在苏央然面前，告诉她，是他不好，是他的错，他是那么喜欢她，从来都不想这样折磨自己折磨她。

他的手臂颤抖着，人一下子滑坐到了地面上。

第十一章 被逐出家门

第一节

苏央然真是气得不行了，苏彦为什么会变成这样？前几天还好好的，这几天突然就好像换了一个人似的。他不再和她说话了，眼神也总是躲避着她，看见她就像看见鬼一样，更奇怪的是，有时候她想要接近他，他就好像浑身释放出一股冰冷的寒气，将她驱赶得很远。

苏央然躺在床上，望着天花板上的那盏白炽灯，虽说是白炽，光线却分外暗淡，里面还有许多飞虫的尸体，估计是扑进去之后找不到出来的方向了。

她将手伸出来，她对着那盏灯握了握，明明好像近在咫尺，可是伸出手了才知道，那段距离是很远的。就像她和苏彦一样。

苏彦的改变让她措手不及，但是想想，或许在很久以前，他就讨厌自己了吧？

毕竟，没有一个人喜欢总是走在自己前面的人，而且，无论他怎么追赶都无法追赶得上她。小的时候，苏央然曾经也讨厌过苏彦，她为了得到父母的喜欢，努力学习，每一科的成绩都十分优秀，而苏彦为了追上她，也非常拼命。当他做错题目，父母让苏央然教他的时候，苏央然故意讲错方法，让他在期末考试的时候只考了中等的成绩，苏彦也没有怪她，而是一直安安静静地跟在她的后面，不急不躁。

如今想起来，或许苏彦是累了，特别是知道他们之间已经没有血缘关系，便不想再过从前的日子，拼尽全力跟随她的脚步吧。

桌上的时钟不知疲倦地走着，苏央然终于沉沉地睡着了。而在另一个房间里，苏彦趴在桌面上，手底下压着一张淡黄色的字条，上面写着：姐，对不起，我喜欢你。

清晨，原本总是一起上学的两个人，破天荒地分道走。苏央然走在这一边，苏彦走在另一边。原本她走得更快一些，但是在经过转角的时候她忽然停下了脚步。苏彦依旧走着，没有停下来，苏央然看着他越走越远，越走越远，眼帘微微颤动了一下，然后慢条斯理地跟上。

这么多年，苏彦也是这样一步一步小心翼翼地跟在她身后的吧？

因为两个人逐渐形同陌路，学校里又开始流传起各种谣言。有人说苏彦因为知道苏央然不是亲生姐姐，所以排斥了她；也有人说因为苏央然知道苏彦不是亲生弟弟，而她曾经一直这么照顾他，觉得很不值得，所以不搭理他了；还有人说，两个人因为某件事情闹了矛盾，加上各自知道跟对方是没有血缘关系的，所以再也没有当初那种姐弟情了。总而言之，血缘关系的澄清，使得苏央然和苏彦的关系也破裂了。

苏央然不解释，苏彦也不解释，两个人持续过着这样的生活，而外面的媒体也捕捉到了这样的画面，开始放出各种乱七八糟的消息，说什么苏央然受排斥受虐待了，说什么因为得知没有血缘关系，弟弟要赶姐姐走了。

夏川城看了报道之后皱起了眉头，他第一时间打电话给苏家。

是苏央然的父亲接的电话，夏川城询问了苏央然的情况，他语气还算温和，毕竟苏央然很爱这个家里的人，加上是他们抚养苏央然长大，夏川城自然不会咄咄逼人。而这一边，苏央然的父亲握着话筒，却不知道应该怎么解释：“苏彦最近可能是遇到了什么事情，心情不好。以前，他从来都不会这样对待央然的。”

“我并不是责备您，只是您的儿子如果真的十分排斥央然，我会考虑用强制手段将央然带回夏家。媒体这边我先暂时处理着，希望你们尽快处理这件事情。”夏川城语气依旧是随和的，但是听在苏央然父亲的耳朵里，那可是绝对的命令口吻了。

他知道，夏川城是一个说到做到的人，加上最近苏彦的态度实在太奇怪了，如果不问个清楚，他心里也十分不好受。央然是他们的女儿，一起生活了这么多年，如若是因为自己这个不孝的儿子迫使他们的女儿离开了这个家，他是绝对不会原谅苏彦的。

晚上，家里的气氛依旧很尴尬。苏央然吃完饭之后就收拾了碗筷去洗碗，老妈为老爸倒了杯水，苏彦起身要回房间，老爸突然开了口：“苏彦，你去洗碗。”

这是第一次，老爸喊他苏彦，以前都是喊他小彦的，而且他们从来没有让他干过家务。

老妈也一头雾水，刚要开口说什么，被老爸不冷不热地一瞥，立刻收了声，只小声地嘀咕了一句：“小彦还要温习功课。”

“央然也要温习功课，这么多年一直都是央然洗碗，偶尔让苏彦洗一次怎么了？”老爸声音冷淡，“省得他不知好歹不知感恩，以为别人给他洗碗是理所当然的事情。”

苏彦微微点了点头：“好，我去洗碗。”

他起身走进厨房，一句话也不多说，直接接过了苏央然手里的碗。苏央然洗干净手从厨房里走出来，她坐到父亲身边：“爸，夏川城是不是跟你说了什么？”

如若不然平时那么宠溺苏彦的父亲，怎么可能忽然性情大变让苏彦去洗碗。看看旁边老妈的样子，心疼得恨不得立刻冲进去帮苏彦一把，本来她就不是他们亲生的，稍微偏袒一点儿那也正常。苏央然从不嫉妒，也不生气，毕竟以前的苏彦那么乖那么听话，她照顾着他也觉得心甘情愿。可是现在老爸突然变得这么奇怪，她自然会怀疑什么。

“媒体把你们的事情曝光了，苏彦对你的态度，我们也都看在眼里。你照顾他这么多年，他就算有再充分的理由和借口，也不应该这么对你。”老爸沉默了许久，然后开了口。

第二节

苏央然心头一暖，她扬起温暖的笑脸："爸，媒体写他们的，我们依旧是我们。况且你们又不是娱乐明星，就算有闲言碎语，过个几天就会消退的，不必在意。"

老爸淡淡地说了一句："我只是怕他将你带走。"只要是夏川城想做的，他必定会做到。

老妈不高兴了，她双手叉着腰："那个姓夏的凭什么把央然带走？他根本就没养过央然，也没有照顾过她，这样还想白得一个女儿，做梦去吧。我们为了把央然养大，花了多少钱哪，况且现在央然的户口在我们这边，他想要回女儿，有本事就来打官司。"

老妈说的话虽然有点儿拜金主义，但是苏央然觉得她只是在表达自己舍不得她走的意思。

老爸被老妈一口一个"钱"弄得脸色很难看，他瞪了她一眼："如果真要算钱，我们花了多少钱，夏家就会补偿多少，也许还会给你几千万，让你这后半辈子都无忧无虑。而且真要打官司，他们有钱有势还有权，我们拿什么跟别人去争？"

老妈顿时不说话了，她愤愤地咬了咬牙，一副很不高兴的样子："反正我是不会把央然让出去的，她是我的女儿！"

老妈这个刀子嘴豆腐心的人，最后还是舍不得她走呢。

正如此想着，厨房里忽然传出"哗"的一声，好像是碗被打碎了。

老妈一声惊呼奔进了厨房，然后一连串的碎碎念就从嘴里蹦了出来："哎，小彦你怎么这么不小心呢？快起来快起来，碗别去捡了，让你姐姐来打扫。手伤到没有？哎呀，都流血了，天啊，你在干什么？怎么就那么不小心啊？快跟妈妈出来，把手上的伤口处理一下。"

苏央然听罢立刻要进厨房去，谁知老爸忽然拉住她的手，将她重新按回椅子上，然后严厉地吼起来："连个碗都不会洗，我们还养着你做什么？你姐可是为我们家洗了那么多年的碗，洗了那么多年的衣服，扫了那么多年的地，你这个不知道感恩的东西！"

"爸，"苏央然没有料到老爸今天居然会发这么大火，她伸手拉了拉他，"别说了，我去收拾一下吧。"

其实她知道，老妈并不是不心疼她，只是因为她信任她，知道事情交给她做，就绝对不会出错，也不用担心会发生意外，所以每次都是让她来处理。虽然苏彦同样出色，但他被他们保护得太好了，连她自己也是护着他的，至少以前是这样。

她走进厨房，苏彦就站在那里，一声不吭地望着墙壁上挂着的砧板，老妈拿着纸巾在擦他手上的血，苏央然开口道："去消一下毒吧，纸巾未必干净，如果有细菌进去，伤口会很难愈合。"

"好，好，央然这里交给你了。"老妈立刻带苏彦离开了厨房，苏央然蹲下来捡破碎的陶瓷片，忽然长长地呼出一口气："爸，你别怨苏彦了，早点儿休息，明天还要上班呢。"

"罢了，央然，你收拾完也早点儿睡吧。"

"嗯。"

冷战或许是全世界最可怕的"争执"了，这种"争执"来自两个人的内心，互相不退让，互相不理睬，时间一久，各自心里或许会渐渐原谅对方，但总是希望对方先开口，对方先妥协。而对方何尝不也这样想，于是冷战越来越久，越来越久，直到两个人分开，形同陌路。

苏央然只是需要一个理由，毕竟最先开始冷战的不是她，而是苏彦。她甚至不知道为什么苏彦会这样，他好像完全变了一个人似的。

收拾了破碎的碗，洗干净其余的碗碟和筷子，苏央然捶了捶背要去洗澡，才转过身就看见老妈坐在客厅里，她看到苏央然出来了立刻站起身："央然啊，小彦他……他到底是怎么了？你们两个人之间闹了什么矛盾吗？为什么他会变成这样啊？"

她一手带大的苏彦，儿子是什么脾性她会不知道吗？可如今变成这样，真是让她感到很费解。

不过别说是她了，苏央然也感到很费解："是几天前的事了，我也弄不懂他到底在生什么气。最初是因为我的身世曝光了，周围同学开始胡言乱语，我教训了他们，让苏彦不要多想。他没说什么我便以为他没有把那些人的话放在心上，谁知后来忽然就不理睬我了。"

"你那些同学胡言乱语了什么？"老妈紧张地看着她。苏央然耸耸肩膀："也就是说说我们没有血缘关系，也有一些人开过分的玩笑，说我和苏彦可以结婚之类的，反正没有血缘关系。不过他们都被我骂了，之后也没有乱讲话。"

"你说，小彦是不是因为这些话所以才开始疏远你的，他怕旁人再说闲话，所以就——"

老妈刚要为苏彦解释什么，苏央然立刻打断了她，义正词严道："这些本来就只是玩笑话，苏彦和我从小一起长大，这种玩笑话还会当真吗？况且以前我们听到的闲言碎语还少吗？如今因为这么一点儿事情，就闹得全家不舒服。他已经不小了，怎么还能这么任性。"

老妈一下子无言以对了。苏央然知道自己语气重了，立刻道歉：“妈，我不是怪你宠他，只是苏彦这几日真的很反常。”

“我知道，哎……我也问了他，他就是不肯说原因。”老妈本来还想说什么，却又咽了回去，只是看了一眼苏央然。苏彦的确有些过分，他在房间里居然同她说，不喜欢苏央然，要赶苏央然离开这个家，这样的话从自己宝贝儿子的嘴里说出来，她真是快疯了。

第三节

苏彦是来真的，他并不打算纠结几天就算了，无论家里父母怎么教训他，他依旧对苏央然不冷不热的，甚至有时候对她的态度变得恶劣起来。他会故意挑剔苏央然烧的饭菜，说很不好吃，直接将它们倒进垃圾桶；苏央然刚刚打扫完，他就故意把家里弄得一团乱；他会故意将苏央然削好的水果打翻，让她不得不重新去洗一次。有些水果掉到地上之后会沾上很多灰尘，根本就不能吃了。苏央然也很恼火，但是她依旧一句话也不说，自顾自地干活。

父母也在努力帮助他们搞好关系，但是苏彦实在是越做越过分，过分到连老妈都不愿意站在他这一边。苏彦却依旧一意孤行。

媒体添油加醋的本事自然厉害，他们拍到很多照片，并且打上“夏家女儿在养父母家受苦”之类的标题。

这些报纸杂志实在有些过分，一些娱乐新闻更是把苏彦描绘得好像一个坏透了的弟弟一样。

学校里的学生自然知道苏彦不会做那么过分的事，报纸上甚至说苏彦打了苏央然。以苏央然的力量，苏彦恐怕动不了她一根汗毛。不过俗话说无风不起浪，苏彦对待苏央然的态度，学校里的师生也是有目共睹的，原本温和的苏彦忽然之间变得冷冰冰的，也让很多人不习惯。

在一个周五的晚上，苏央然留下来打扫卫生，苏彦准备下楼，刚到转角处，忽然看到朔连城倚靠在那里，银色的碎发随着窗外吹进来的风飘动。他抬起头看着他：“你想赶她出去，让她成为夏家的人，如此一来你们便没有了姐弟关系，你也可以光明正大地喜欢她，是吗？”

苏彦微微一震，他调整了下情绪，然后不紧不慢地回应朔连城：“我不知道你在说什么。”

“你以为你将她赶出去，解除了姐弟关系，她就会喜欢你吗？”朔连城直起了身，他不再靠着墙壁，“你这样做，会让她开始讨厌你。等到她被迫离开苏家，她对你就只有厌恶和憎恨，就算你同她解释你之所以这样做是有别的原因，她也不会原谅你的。”

“是吗？”苏彦轻描淡写地回他，“那总比永远是弟弟好。”

他并不后悔这样做，哪怕让苏央然厌恶他，憎恨他。将她赶出苏家，至少解除了姐弟关系，他或许还有机会真正站在她的身边。可如果苏央然一直留在苏家，那么他将永远只是她的弟弟。

“傻子，”朔连城看着他从自己眼前走过，薄唇微微颤动，吐出了这么一句话，“等你后悔了，便真的来不及了。”

苏央然和苏彦住在同一个屋檐下，抬头不见低头见，维持冷战这种状态真的让人十分不爽。

可苏彦好像习惯了，从来都不会觉得有多么难堪，苏央然偏偏又是一个憋不住的主，这天放学，她匆忙打扫完就追了出去，跑进巷子，看见苏彦马上就要进家门了，她几步冲上去一把拉住他的手：“我需要一个理由，这么多天了，你还没有玩够吗？你知不知道因为你这样闹，我们家里的气氛变得有多僵？你到底想要什么？你直接跟我说，我会按着你的要求去做！”

“离开我们家。”苏彦一下子开了口，他连一丝犹豫都没有。

苏央然整个人都僵在了原地：“你说什么？”

他一下子抽回了手，转身转开了门把：“我不想重复第二遍。”他希望的就是她离开，从苏家离开，从姐弟这个羁绊里离开。

就好像有一道冰冷的巨浪扑了过来，苏央然呆呆地站在原地，她没有想到苏彦居然会说出这么决绝的话，他甚至没有考虑过她此刻的感受。而且，他的语气是那么冰冷，好像恨不得她立刻从苏家滚出去一样。

为什么会有这样的变化？他为什么会说出这么决绝的话？难道她做得不够好吗？在得知自己和他没有血缘关系之后，她不是依旧好好地陪伴在他身边，好好地照顾着他吗？她甚至信誓旦旦地保证，他永远都会是她的弟弟，绝对不允许任何人欺负他。难道这些他都听不进去？难道他就这么想赶她走吗？

“央然，你在外面吗？”大概她在屋外站得太久了，老妈推开门走了出来，她看见她的脸色不是很好，甚至有些铁青。老妈犹豫了一会儿，然后开口道：“你……你生父，也在。”

她的头一下子抬了起来：夏川城来了？

进了屋，里面的灯开得很亮，桌上放着几只玻璃杯，一个戴着金丝眼镜的男人就坐在那里，挺直后背，仿佛随时都保持着蓄势待发的状态。苏央然脱下鞋子放到了门边，然后走到桌边坐了下来：“夏先生，晚上好。”

对苏央然的冷淡早已经习以为常的夏川城微微点头，然后再次把头转向另外一边，苏央然的老爸正坐在那里，额头上都是汗。

“虽然我一直压制着媒体那边，但是他们姐弟之间的关系一直没有得到缓解，我没有办法一而再再而三地压制他们。”

老爸擦了擦额头的汗："很抱歉，我，我们也在努力。"

这几天，他们一直在询问苏彦，为什么他对苏央然的态度会忽然变成这样，他们之间到底发生了什么事，他们也询问了苏央然，却发现她也一头雾水，根本不知道苏彦发什么疯。

"如果实在没有办法解决这件事，那就让央然回到夏家。"夏川城沉默了片刻，然后抬起头。

第四节

整个客厅一瞬间安静了下来，夏川城坐在对面，他身上散发的气场让苏彦父亲根本无法开口应答，而另一边的苏彦，一句话都不说，只是垂着头坐在那里。

身边的老妈一下子握紧了苏央然的手，眼睛紧紧地盯着坐在那里的父亲，不知道老妈心里头是怎么想的，但是苏央然可以感受到，她并不希望她离开，她并不希望她去夏家。

可是反观苏彦，他脸上冷漠的表情让苏央然非常寒心，特别是在刚才，他竟然对她说出那么残忍的话，他竟然让她离开这个家，他对她的怨恨到了这个地步吗？真的这么想要将她赶走吗？

苏央然心里头有很多话可以反驳夏川城，也可以用各种方法缓解这样尴尬的气氛。但不知道为什么她的喉咙好像一下子被堵塞了，她张开嘴想要说话，许多语句都已经在脑袋里组织好了，随时可以说出去，可是，她竟然发不出声音。她整个人好像变成了石块，冷眼看着一群人尴尬地坐在客厅里。

老爸忽然站了起来，他转过身几乎是带着恨意地看着身边的苏彦：“看看你做了什么！如果央然走了，我也不会认你这个儿子！从小到大，你连央然一半的孝顺都没有！”他是彻底失了态，也不管三七二十一直接推开椅子回了房间，不再管外面的事情。而老妈早就捂住了嘴，眼泪不住地从眼角溢出来：“我是太宠你了，小彦，妈妈真的是太宠你了！如果你有什么委屈，有什么原因，你可以说出来，你这么一声不吭，却让你爸爸这么伤心，让你姐姐这么伤心，你到底是怎么做弟弟的？她是你姐姐啊！”

“她不是我姐姐。”苏彦打断了老妈的话，他也站起身，却没有走，而是直视着夏川城，“你可以将她带走了，她和我们没有一点儿关系，也不再是我的姐姐。”

几句话犹如利刃一样扎进苏央然的心口。

——她不是我姐姐。

——她和我们没有一点儿关系，也不再是我的姐姐。

这就是她保护了那么多年的少年吗？这就是她放弃了那么多，舍弃了那么多，也要小心翼翼守护着的人吗？没来由地冷战，没来由地生气，没来由地将她逐出家门，苏央然忽然觉得，她真的有些看不懂他了。

这还是曾经一直跟在她身后，小心翼翼握着她的手的苏彦吗？

“小彦！你在说什么蠢话？央然怎么不是你姐姐了？你不记得小时候是谁照顾你吗？妈妈在供销社上班，是你姐姐一个人留在家里照看你！她为了你吃过多少苦，受过多少伤？妈妈是偏心，因为你是我们的亲生儿子，所以拉着央然照顾你保护你，但她毫无怨言，而你现在说的这些算是什么话？你疯了吗！”老妈的声音一下子提高了八度，她几乎是瞪大了眼睛，甚至伸手要朝着苏彦的脸上打下去。

就在这个时候原本站在门边的苏央然一下子跨出几步，她挡在了苏彦面前，那一巴掌就悬在半空中，没有挥下去。

其实她知道，老妈是不会挥下来的，这是她唯一的儿子，是她这辈子最心疼的人，纵然气到了骨子里，她也舍不得挥这一巴掌。而她，无论什么时候，发生了什么事情，她还是会第一时间站出来保护苏彦。

老妈呆呆地望着苏央然：“央然……”

“妈，苏彦身体不好，你这一巴掌下去，会伤到他的。”苏央然扬起一个笑容，纵然心痛得要命，却还是得故作坚强。

老妈收回了手，苏央然回过头看着苏彦：“既然你那么想要我离开这个家，我会如你所愿。只是苏彦，我要告诉你，当我跨出这个家的门，我便不再是你的姐姐，也不会像以前一样保护你。以后，你是苏彦，而我是夏央然。这里所有人都容得下我，只有你容不下我。那么今后，我这里，也容不下你。”

她的手缓缓抬了起来，指着自己的心，一字一句地说给苏彦听。

原本平静的眼瞳一下子起了波澜，苏彦要开口说什么，却没有想到苏央然已经转过身，夏川城的嘴角扬起一丝笑意，他将挂着的西装外套取了下来，然后有礼貌地冲着他们鞠了一躬：“那么，告辞了。”

——你以为你将她赶出去，解除了姐弟关系，她就会喜欢你吗？

——你这样做，会让她开始讨厌你。等到她被迫离开苏家，她对你就只有厌恶和憎恨，就算你同她解释你之所以这样做是有别的原因，她也不会原谅你的。

——傻子，等你后悔了，便真的来不及了。

朔连城的话好像浪潮一般铺天盖地地打在苏彦的心头，等到他反应过来追到门口，他们的车早已经扬长而去了。

“姐……”他张开嘴，声音却嘶哑得厉害，跌跌撞撞地追了几百米，他才停了下来大口大口喘着气。他是忍耐了多久，让自己不要看她，冷漠地对待她，他的心比她还要痛，每次伤害她，自己也难受得厉害。所以，求求你，求求你不要说出那么冷漠的话！

求求你，姐，姐……

“苏彦，苏彦！”老妈从后面追了出来一把将他扶起，“怎么了？苏彦你怎么了？”

“妈，把姐追回来，我喜欢她！”因为喜欢，所以想要赶走她；因为喜欢，所以想要斩断姐弟关系；因为喜欢，所以一直假装冷漠。他所做的一切，都是因为喜欢她啊！

第五节

爬满藤蔓的铁门缓缓打开，纯黑色的轿车缓缓驶入，两边的用人恭敬地站立着。空气中弥漫着一股玫瑰花香，苏央然觉得自己仿佛回到了洛兰科斯男子高校。苏央然面无表情地坐在车里，司机将车窗徐徐打开，宽大的草坪映入眼帘，远处立着一座雪白的女神雕像，女神手捧着水瓶，不断有水从里面涌出来。

“你眼睛所能看见的任何东西，都属于夏家。”坐在副驾驶位的夏川城回过头，看着身后的女儿。她的脸上没有表情，让他的心微微沉了沉。

忽然，苏央然扯起了嘴角，落在车窗外的视线收了回来，她看向夏川城：“以你的力量，是不可能阻止不了那些记者的。”所以，他嘴里所说的压制，根本就没有实现，他就是希望那些记者多报道一些东西，多捏造一些东西，如此一来，苏家才会感受到压力，而她才会真正离开那个地方。

夏川城一怔，最后回过了头：“苏家对你并不好。”

“好不好，由我说了算。”苏央然喃喃念道，“没有一个人，可以左右我的思想和意愿。”

她想要自由的时候，没有一扇门可以阻止她，没有一个笼子可以困住她，没有一条铁链可以锁住她。留在苏家照顾苏彦是因为她不想要自由，她就像一只不去挣脱木桩的大象，心甘情愿待在原地，拴着绳子的木桩很细很小，根本无法阻挡她离去，只是她从来没有想过要挣扎。

可是如今，她出来了，她被迫离开了苏家。至此，没有一个人可以成为她的羁绊，没有一个人可以拴住她，她可以飞得很高，飞得很远！

“夏川城的女儿不堪受辱终于回了夏家。”“就在昨晚十七点，夏川城在新闻发布会上宣布苏央然已经重新成为他的女儿，正式更名为夏央然。”“夏家女儿身穿白色长裙出席新闻发布会，优雅气质震撼全场。”“如今夏家已经重新召回了继承人，与云家的婚约是否继续呢？”“夏央然是否会代替姐姐夏莉嫁入云家成就一段佳话？”“据有关报道，夏央然是成绩十分出色的学生，从小学到高中，一直都保持年级前三的水平。夏家优秀的基因，果然传承到了下一代身上……”“让我们拭目以待，这颗未来的新星。”电视上五花八门的新闻报道，苏央然根本没有看一眼。

她心里很清楚，这是夏川城操纵的，为的就是宣布他的主权，她是他的女儿，并且今后永远都会是他的女儿。

纵使他再强大，也无法困住苏央然，如若她要自由，夏家这个铁笼子，是关不住她的。

只是此时此刻，她并没有要逃离的意思。她只是站在落地窗前，看着窗外那片宽阔的草地，喷泉的水花飞溅到空中，散落一地光辉。

看到了新闻报道的云昊天扬起了嘴角。看来夏川城还是将这个倔强的女儿捞了回来，今后云夏两家结亲，势力会更上一层楼吧。而自己那个宝贝儿子，他抬起头看了一眼坐在沙发上喝咖啡的云洛生，他正一动不动地望着电视，里面那个穿着长裙面无表情的少女，映入了他的眼帘。

“做好准备，”云昊天慢条斯理地开了口，“她是你要娶的女人。”

云洛生不疾不徐地搁下了手里的咖啡杯，指尖却还在杯沿上摩擦。他心里一直都有数，夏家表面看似放手，实际上会想尽办法将苏央然牢牢捆在身边，对于夏川城来说，她不仅是他的女儿，更是他扩大事业的一颗棋子。就如同他是云家的一颗棋子一样。而棋子的命运是，努力成为王，当王控制了整个棋盘，它也同样会如此操控别人的命运。

他们终会被绑在一起，这是无法逃离的羁绊。这种羁绊，要比血缘来得更真实，更可怕。

朔连城也看到了新闻，他第一次发现，苏央然原来可以拥有这样冷漠的表情。纵然在以前她讨厌他的时候，她也常常露出生气、厌恶、厌倦的表情，但是如此冷漠的表情，他是第一次在她脸上看到。

是因为苏彦吗？

是因为他，将她逐出了苏家吗？

苏彦果然是个傻子啊，他难道不知道，苏央然一直被苏家束缚着，一旦苏家这个笼子被打开了，她就会飞得很高很远，她的光芒会照遍全世界，到时候他苏彦，根本无法再站立在她身边。

他嫉妒着苏彦，甚至有时候讨厌着苏彦，可是却一直不希望他从苏央然身边消失，因为苏彦对于苏央然就像一堵墙一个笼子，将苏央然关在里面，遮掩她的光芒。可当她被赶出苏家之后，苏彦还是苏彦，而苏央然会变成那个穿着长裙、居高临下的少女。

苏彦曾经是鞘，而苏央然则是一把剑，一把很锋利，很夺目的剑。当鞘遮掩了剑的光芒，没有一个人知道剑的厉害，直到剑被拔出来，它的声音，它的光芒，将吸引千千万万的武士追寻，它的力量会吸引更多的人，谁是最后的胜利者，谁才可以拥有它！

手腕一动，朔连城直接从树上跳了下来，无数叶片往下落：“苏彦是最蠢的武士，没有力量守护剑，也没有力量夺得剑，还要拔剑出鞘，引得众人围观。”

最后一个玻璃瓶里又装入了一颗星星，那张暗黄色字条上面写着一行字，在这行字的末端，似乎曾有水珠滴落在上面，将纸上的墨，晕成一朵漂亮的花：我只是想喜欢你啊。

第十二章

成为夏家的女儿

第一节

夏央然，夏川城的另一个女儿。铺天盖地的报纸杂志都在报道她的新闻，而她那个已经死去的姐姐，也再次被他们提起，拿来和夏央然对比。夏莉从来都没能离开过玻璃房，夏莉柔弱无能，夏莉永远只会仰头望着苍白的天空发呆。而夏央然，她光芒四射、居高临下。

虽然是“流落在民间的公主”，她身上的光芒没有丝毫减损。他们赞叹着，认为夏央然继承了夏川城的优良基因。其实只有她自己知道，她能有今天的成绩是经过了多大的努力。

夏川城带着她参加了许多宴会，这是身为夏家的女儿必须做的事情。夏莉没有办法完成的事，现在全部落到了苏央然的头上。是了，苏央然，纵然改了名字，可她还是喜欢以前那个名字。这么多年，叫惯了，也习惯了。就算只是改了姓，把“苏”换成“夏”，她还是会时不时脱口而出：“我是苏央然。”

有钱人的游戏总是多种多样的，有人喜欢打高尔夫，有人喜欢玩保龄球，有人喜欢射箭。苏央然就站在人群之中，旁边那些记者举起相机，闪光灯不断，记录她每一个动作。

她的周围是一群商业巨头，他们也带了各自的儿女，希望自己的下一代能和对方的下一代尽快成为朋友，因为以后要合作的地方多得是，企业与企业之间的关系必须要牢固。

苏央然拉着弓，她眼睛微微眯起，松开手，那支箭瞬间射了出去，正中靶心。

周围立刻响起了一片掌声：“夏先生，您的女儿真是太优秀了。”“是啊是啊，一箭就正中红心，这没有练过三四年，是绝对做不到的啊。”“就连我的儿子，从小跟我学这个，也未必能这么厉害。”

夏川城只是笑，他客气道：“只是运气罢了。”

苏央然冷漠地从旁边的箭袋里取出三支箭，一同握在了手上。一众记者惊呼，立刻围上来对着苏央然猛拍，旁边的人也开始窃窃私语：“三支箭啊！”“三支箭一起发，这可不是拍连续剧，也不是拍电影。”“夏家的女儿真是疯狂。”“能射中吗？应该会脱靶吧？”“我看不可能，就算是国际射手，也做不到如此的。”“绝对会脱靶，这实在是太夸张了。”“就是就是——”

最后一个人嘴里的“是”字才刚发出，苏央然就松开了右手，三支箭一瞬间飞了出去，带着三股强大的力量冲向前方。

那并不是因为夏家的什么基因，而是因为无数次练习，无数次受伤，才有如今的力量。

没有看结果，她已经转过身去。身后的掌声和惊讶声响起，她坐在旁边的长椅上，身边的用人递上一杯冰水，里面放了薄荷，微凉微苦。她合上眼睛，听着那些喧闹声：“射中了，三支箭都射中了。”“天啊，是靶心！”“夏家的女儿太厉害了。”“不可能不可能，这实在是太夸张了，她到底是不是人啊？”“就是，就算是天才，也不可能做到这些的。”

周围议论纷纷，忽然旁边的靶子上一下子报出了十环连中，也是三支箭一起射中的，一群人的视线立刻转了过去：“是云家的少爷。”

苏央然微微一怔，抬起头来。

那个站在围栏里，手握着长弓的少年已经松开了手，他穿着射箭用的狩衣，眼里有耀眼的光辉。记者们拼命地拍着照，这可是难得的机会，云家和夏家，本来就是纠纠缠缠的两个世家。更何况，苏央然的姐姐夏莉，曾经和这个云家少爷定过亲。

这时，云洛生已经放下了弓箭，他一步一步朝着苏央然的方向走过来，另一边的夏川城扬起了嘴角。

记者们激动了，周围围观的人也激动了，云洛生优雅地来到苏央然面前，他的手指细长，轻轻拂过她发间，拾起一片碎叶：“沾上了。”

苏央然抬起头，她脸上没有笑容，也没有厌恶的神情，只是唇瓣微动，然后轻回了一句：“谢谢。”

这个镜头被许多记者拍了下来，并且瞬间在网络、电视、报纸杂志上传播！夏家失而复得的并不是灰姑娘，而是隐藏着光芒的公主殿下，云家的王子再次恋上夏家的女儿，并且有了甜蜜的互动。

许多原本不了解夏家和云家的人也开始关注起这件事情来，媒体牵扯出很多事情，包括死去的夏莉，包括收养了苏央然的苏家，包括云家与夏家的婚事。

记者有在原本的事实上添油加醋的本事，而读者也喜欢在这添油加醋的报道上发挥想象。

各种各样关于苏央然和云洛生的故事版本就这么问世了，还牵扯上无数的配角，包括以前的夏莉，苏央然的养父养母，以及她的弟弟苏彦。

有些媒体把苏彦描绘成一个可恶、邪恶的弟弟，总是欺负苏央然，甚至殴打苏央然；有些媒体则把苏彦描绘成一个孤单寂寞的少年，他偷偷暗恋着苏央然，想要得到她的心，却没有想到苏央然最后离开了苏家；有些媒体则以为苏彦只是一个小孩子，调皮捣蛋。

没过多久，苏彦的照片也曝光了。

第二节

当所有人看到这个清秀的少年时，原本对他的炮轰一下子销声匿迹了。因为苏彦实在是太帅了！这种帅是帅在骨子里，帅在气质上的！苏彦拥有一张绝对清秀、绝对漂亮的脸，他只站在那里，就好像能带来一股清风，柔软，清新，他就像一幅画。

而且无论是偷拍还是正面拍摄，拍出来的苏彦都是完美的！

故事版本再次升级。有人说苏彦一直深爱着苏央然，而苏央然也一直深爱着苏彦，两个人是青梅竹马，而夏家为了自己的利益强行把苏央然抢走了，让她嫁给云家，苏彦与苏央然就这么被分开了，可怜的苏彦每日痛不欲生，消瘦了不少，而苏央然也哭红了眼睛，恨不得立刻就自杀。

这种杜撰的故事大家想想也就算了，偏偏有一帮人还要发到网络上，苏央然偏偏又看到了这些故事。她一下子崩溃了，直接站起来将鼠标砸到了墙上："胡扯，我才不会自杀！"

旁边的女佣吓得手直哆嗦。

苏央然感觉自己就像一个被一堆作者随意操纵的女主角，随意给自己安排情节，而自己无从申辩，她拿起键盘狠狠一砸，整台电脑就这么一瞬间支离破碎，还有许多零件从里面滚出来，屏幕也冒起了烟。

管家平静地从门外走进来，然后手脚麻利地把破碎的电脑收拾掉，重新给苏央然安装了一台新的。

苏央然再次打开那个网站，下面居然有一堆人跟帖，还都说："好！""支持！""绝对赞同！我敢肯定这是真的。""夏家人太过分了，人家两情相悦还非要拆散他们，简直就是可恶！""就是就是，多好啊，多唯美啊，看看那温柔的小帅哥。"

敢肯定什么啊？你们才两情相悦，你们全家都两情相悦！谁会和自己的弟弟谈恋爱？就算是没有血缘关系，弟弟就是弟弟！

她又想要砸电脑，但是想着这已经是她砸的第五台了，再砸下去自己也不好意思，只能忍着，只是她的拳头握得很紧，随时都可能发火。

女佣把咖啡放到她旁边就急匆匆地退到一边，生怕自己也遭殃。苏央然咬牙切齿："夏川城不是可以封锁信息吗？难道这种东西他就看不见？封不掉吗？"

"小姐，网络渠道传递消息快，散播能力强，封锁一时，很快又会铺天盖地地散播开去，没有办法阻止，只能等风头过了，再打电话给各大网站社区，让他们将那些帖子沉下去。"

“还等风头过去，这风头都已经飘了好几天了！”苏央然真是气得不行，她就想不通了，那些人为什么要造这种谣，还写得那么生动形象，最可恶的是居然还有人写成了文章，起了个题目叫《夏苏云二三事》《那个秋天，梦里的你》。

苏央然在这边大发雷霆，而云洛生那边，显然十分平静。他很淡定地看着网络上的那些胡编乱造的东西，还仔细阅读了一番。

“把我写得太坏了。”

过了许久，他才风轻云淡地道出这么一句，看得旁边的人一愣一愣的。这是他们的少爷吗？这是他们金光闪闪不苟言笑的少爷吗？这是他们严于律己宽以待人，雄赳赳气昂昂的少爷吗？

为什么他们忽然有一种毛骨悚然的感觉？他们的少爷以前从来都不会露出这样的表情，人忽然之间变了性格，原来是这么恐怖的事情。

云洛生看到的那一段，正好是苏央然被夏家抢走，强迫她嫁给云洛生的桥段。上面这么写着：苏央然的眼泪像破碎的琉璃一般从眼角滑落下来，苏彦被两个身强体壮的男人压制在另一边，他拼命呼喊着苏央然的名字，却没有办法靠近她。而云洛生邪恶地扯起了嘴角，一丝冷笑从他唇边漫开，他俯下身亲吻苏央然的脸，苏央然痛苦地扭过头，却被他死死地掐住了下巴……

“哈哈哈。”原本还想忍着，但是看到这一段的云洛生终究忍不住了，笑得前仰后合。真是把他写得太坏了，他再有本事，也没有办法这么对待苏央然。

不过他看到“眼泪像破碎的琉璃一般从眼角滑落下来”时，就好像被定住了一样。他见过这个场景，苏央然也是会哭的，那天，在玻璃房里，她的眼泪真的就像破碎的琉璃一样，不断地坠落下来。

如果说，夏莉是一个让人只看一眼就能感受到温柔的人，那么苏央然就是一个要经过长久的接触，才可以感受到她的温柔的女孩。她的温柔有时候很霸道，有时候就好像冬日里的太阳，柔柔软软，细腻温良。娶这样一个女孩子回家，这一辈子都不会觉得无聊了吧？

第三节

苏彦终于将苏央然赶出去了，空荡荡的房间里再也没有她的欢声笑语。他坐在窗台上，手边放着一整排玻璃瓶，每一个玻璃瓶里都装满了纸星星，每一颗星星上都写着他的愿望。终于，他不再是她的弟弟了；终于，他可以光明正大地对她说他喜欢她了；终于……

他将手掌探向天空，那光线一缕一缕地穿过指缝照射到他脸上。可是为什么，他们之间的距离一下子变得更远了呢？他们变成了平行线，好像永远都没有相交的一天。

自从她离开之后，他再也没有见过她。

原本以为她至少会回学校，可是那空空的课桌时刻提醒着他，他终于知道，她是不会再回来了，就像那一天她所说的。

——既然你那么想要我离开这个家，我会如你所愿。只是苏彦，我要告诉你，当我跨出这个家的门，我便不再是你的姐姐，也不会像以前一样保护你。以后，你是苏彦，而我是夏央然。这里所有人都容得下我，只有你容不下我。那么今后，我这里，也容不下你。

那一刻，他撕心裂肺地痛。她说，她的心里已经容不下他了，她会忘记他，会把关于他的一切都丢掉，可是这并不是他所希望的！他希望她心里还有他，他希望他们可以不再做平行线，可以走得更近，可以真真正正地走到一起！如果驱赶她最终会让他永远失去她的话，他宁可什么都不做，宁可从头开始，他宁可在那一刻就拉住她的手，告诉她，他喜欢她，他爱她！

父母已经知道了这件事，那一天他跪在门口嘶喊，几乎将喉咙都喊沙哑了。他拼命地喊着，他哭着说他喜欢她，他做的一切只是为了能够解除姐弟关系，只是为了能够斩断这样的羁绊。

他怎么舍得真的驱赶她，怎么舍得真的讨厌她！

当时听到他喊出的话，母亲就呆在了原地，他们万万没有想到，苏彦竟然是喜欢着苏央然的！她一把拉起他，询问他是不是因为苏央然所以在美国不吃不喝数日，直接进了医院，苏彦只是垂着手，他已经哭得几乎没有力气，声音细若蚊蝇：“我喜欢她……”

他费尽心机将苏央然从这个家赶走，费尽心机让她离苏家远远的，费尽心机摘掉她的姓氏，他以为这样就可以将平行线拉近了，他以为这样就可以爱她了，可是，他错了。就像朔连城说的，他们本就没有相交的一天，当他把苏央然推出去的时候，也就是

把这两条平行线推得更远的时候，他再也无法像以前一样留在她的身边了。

他从窗台上下来，一把将桌上的玻璃瓶扫向地面。那些存放在里面的纸星星立刻撒了一地，玻璃破碎的声音让正在打扫卫生的母亲吓得立刻跑了上来，当她看到苏彦站在一堆玻璃碎片之中时，她吓得一声尖叫，飞快地跑过去抱住他：“苏彦，苏彦你做什么？苏彦你疯了吗？”

为了这个儿子，她辞掉了工作，每日照顾他，生怕他做出极端的事情。开始几天还算平静，他每天都去学校上课，每天按时回来，可是时间久了，他渐渐变得郁郁寡欢，后来干脆不回家，整天都坐在教室里。

她赶到教室的时候听见他嘴里不断念着：“我要等她回来，她会回来的，她要来上课的。”

当时她真的吓坏了，她从来不知道苏彦竟然会这么疯狂，为了等苏央然，他已经在教室里坐了整整一天一夜！

她将他带回了家，安慰他，照顾他，并且答应一定会给苏央然打电话的，一定会让苏央然出现在他面前。可是电话拨过去，苏央然的手机却关机了。打电话到夏家，夏家的管事平静地拒绝了他们的请求：“小姐去了公司，要很晚才回来。你们的请求我会及时通知她的。但是小姐今后是夏家的人，苏家，已经是过去式了。”

苏家已经是过去式了，听到这句话的时候，她的心竟然一下子沉到了谷底。是啊，对于苏央然来说，苏家已经是过去式了。她早就应该明白，那一天，她没有拦住她，也没有挽留她。因为自己只宠着自己的儿子。哪怕到了现在，她寻找她，也只是为了自己的儿子。

苏央然曾经一直把苏家当作自己的家，无论夏家多么有钱，无论夏家开出多么丰厚的条件，她都没有动心过。她一直乖巧地守护在他们身边，为他们做饭，为他们打扫卫生，为他们保护苏彦。他们也把她当作自己的女儿，爱护她，喜欢她。但是这样的爱护和喜欢是有限度的，在儿子和女儿之间，他们最终选择了儿子。

就好像电影《唐山大地震》里，人们不断地询问着那个可怜的母亲，救儿子还是救女儿，不断地问着，问着。可怜的母亲挣扎着，恳求着，两个都要救，两个都要救，可是最终还是只救了儿子。

他们最终，也将苏央然推出了大门，没有挽留她。

而央然呢？那个可怜的孩子呢？恐怕再也不愿意想起那天所发生的一切，再也不愿意踏进苏家一步了吧。

第四节

姐，这次考试你又得了第一名，看到你高兴，我也好高兴。

姐，有个男孩要我帮他递情书，我偷偷把情书扔了，你不会生气吧？

姐，今天过生日妈妈让我许愿，我希望你可以一直在我身边。

姐，我忽然发现我总是无法将视线从你身上移开，我是怎么了？

地上的纸星星不知道什么时候被苏彦一颗一颗打开了，他重新坐到了窗台上，拿着字条一张一张读着，读完一张就从楼上扔下去，因为扔下去就是后院，所以也没有多少人出来骂他。

只是风一吹，这些纸片便飞扬到了空中，一张一张在空中来回旋转。

站在门前的女人已经红了眼睛，她已经劝了一天，可是苏彦像是失去了理智，就这么呆呆地坐在窗台，呆呆地读着字条，然后将它们一张一张丢下去："姐，原来你与我是没有血缘关系的……""姐，你今天伤了我的心，你怎么可以说我永远都只是你的弟弟呢，我不要做你的弟弟，好不好？""姐，为什么你总是那么残忍，我躲着你，不想再让自己的心为你跳动，可是你一次一次出现在我的脑海。"

"小彦……"母亲已经跪坐到了地上，她捂着脸，眼泪不住地往外流。

身后有人轻轻拍了拍她的肩膀："我来劝劝他，你先下去休息吧。"

母亲抬起头，她又看了一眼苏彦，然后从地上站了起来："我去给你们倒杯茶，小彦已经一天没有吃东西了，我去烤几片面包。"

她离开了，父亲就站在门外，他也不进来。房间一片狼藉，本来是要收拾的，但是母亲一碰那些碎片，苏彦就像发了疯似的扑过来，不让她动。母亲解释说只是收拾玻璃，不会碰星星的，但是苏彦就是不信，他拼命地拦着，要把星星收起来，玻璃碎片扎进了他的手，母亲不敢再刺激他，只能任由玻璃碎片散在地面。

父亲听着自己的儿子像发了疯似的读着字条上的内容，手不知不觉地握紧："后悔了吗？"

苏彦微微一怔，他转过头来，看到自己的父亲就站在门口，才短短几天，他变得比自己更憔悴，两鬓都出现了白发："爸，你怪我吗？"

"我怎么舍得怪你，你是我们唯一的儿子啊，"父亲声音沙哑，"就因为我们从来都不舍得怪你，从来都宠着你，才让你变成了这副样子。如果当初我站出来阻止，至少央然也不会离我们而去。"

"她不会再回来了吗？"苏彦的声音很弱，仿佛已经没有了力气。

父亲冷笑了一声："回来？你还指望她回来吗？不是你非要赶走她的吗？如果你被赶出我们家，你还愿意回来吗？央然对你那么好，你竟然还用那种态度对她！"

苏彦的手臂颤抖了一下，他的眼眶已经浸满了泪水："我只是不想做她弟弟，我喜欢她。"

"你就会用这种手段吗？"父亲上前一步，他一脚踩在了碎玻璃上，"我们怎么会教出你这样的儿子？当初被赶走的不应该是央然，而应该是你！我们怎么会留着你，让你在这个家胡作非为，让你妈妈如此担心！如果是央然，她可不会这样，她不会看着我们难过，更不会看着我们为你心痛！"

"如果姐还没有走，我可以娶她吗？"

"你疯了吗？她是你姐！"

"可她和我没有半点儿血缘关系不是吗？"

"她是你姐，她一直把你当亲弟弟！就算真的没有血缘关系，她也是你姐。"

苏彦的眼泪一下子倾泻出来："所以我将她赶走了，因为我知道，如果她留在这个家里，她永远都会把我当弟弟！可是爸，现在姐走了，她再也不会回来了，她连看也不会再看我一眼了……"

"如果我从这里跳下去，她会回来吗？"忽然，他问了这么一句。

父亲一下子抬起头："苏彦！你不要做傻事！"他万万没有料到自己的儿子会说这样的话，想要伸手拉住他，他却已经站在窗台上，背对着窗外，眼睛一直看着房间里的父亲。母亲也已经端着茶和糕点从楼下上来了，她看见苏彦居然站在窗台上，吓得托盘都丢到了地上："小彦你干什么？"

"我从这里跳下去，她一定会回来吧？"苏彦扳着窗台的边缘，因为个子比窗户高多了，他只能勉强地半蹲着，只要一松手，就会从窗口掉下去，"每一次我受伤，每一次我遇到危险，她都会出现的。所以，只要从这里跳下去，她一定会回来。"

"小彦！"伸出的手来不及抓住他的衣服，那个少年就这么从窗台上倒下去，空中还有几张飞舞的纸片，上面写满了一个少年浓浓的思念。

"小彦！"

第十三章

爱由心生，爱随心灭

第一节

爱一个人，可以爱多久？

这个问题，困扰了很多人。

爱，是哪种爱？亲情？爱情？同情？有人说，爱情是不能持久的，持久的是亲情，因为它无法分割，通过血脉连接的亲情牢不可破；有人说，爱情可以持久，那是和亲情相互融合的，那是睁开眼睛会思念，闭上眼睛也会思念的情谊；也有人说，爱情、亲情、同情或许都不能长久。

苏彦躺在白色的病床上，他看着天花板上的日光灯，脑海里闪过无数画面，他想起她紧紧拉住他的手，奔跑在草地上，想起她推开他，自己滚下山坡，想起她扬着笑脸，行走在水池边缘，想起她呼唤他的名字，告诉他会保护他一辈子。

门外的医生在和父母说着话，他听不清，也不想去听。但是从随即进来的母亲挂着泪水的脸上可以看出来，他的状况并不是那么好。虽然是二楼，他跳下来也只是扭伤了脚，蹭破了皮，但是显然，他的身体并不是那么好，否则也不需要戴上氧气罩，旁边甚至摆放了一台心电监护仪。是因为心脏又出现问题了吗？呵，总是这样，他的身体向来很弱。

可只有自己病得严重了，央然才会出现不是吗？

如果现在他快要死掉的话，央然应该会立刻出现吧？只要再等等就好，再等等，她一定会来的。她会来看自己，因为她总是在他最危险的时候出现，她总是会保护他的。

眼睛缓缓闭上，他忽然感觉到自己是那么无力，他的心跳莫名加速，额间渗出一层细细的汗。

“快给央然打个电话吧，”站在门口看着床上的苏彦，母亲已经红了眼睛，“再打打，央然一定会接的。小彦已经这样了。”

“夏家的人是不会让央然接到电话的，他们不希望她和我们苏家还有联系。”父亲悄然握紧了手，他何尝不想见到苏央然，何尝不想立刻可以联系到她。哪怕不是为了自己的儿子，他至少也想和她说说话。

母亲眼眶湿润了：“小彦已经这样了，我们家小彦已经这样了啊。我们去见她，我们去夏家找她，把她找回来，至少让她来医院看看小彦！”

至少不要像陌生人一样，仿佛在路上擦肩而过，她也不会回头问好。

在夏家，苏央然忙碌了一天，这些日子以来，她不是要参加宴会就是要参加公司会议。夏川城已经打算把一个公司交给她了，起初苏央然不同意，她非要去原来的学校上课，夏川城开出条件，如果她能把公司里的几个难题解决，就放她回学校上课。于是这几日她忙着见那些客户，忙着整理公司的重要文件，还要和几个五大三粗的男人笑逐颜开地聊天。

她回来的时候已经很晚了，两边站着的女佣为她拉开门，她才跨进来就听见夏川城的一个管事在接电话，他声音压得很低："抱歉，小姐近日很忙，待她回来，我会告诉她你们来过电话的事情。"

"谁来过电话？"苏央然立刻问出一句。

那管事连忙挂了电话，然后恭敬地向她鞠了一躬："是小姐学校里的老师，询问您近期的情况。我告诉他您在处理公司的公务，等到事情处理完了，就可以回学校上课了。"

"是吗？唉，都怪夏川城。"苏央然捶了捶背要往楼上走，她忽然想起了什么，停下了脚步，然后转过头，"是班主任打来的电话吗？没想到他这个老光棍还会关心人。"

"小姐，的确是您的班主任。像小姐这么优秀的人，老师必定也是很优秀的。"那个管事立刻回了一句。

苏央然耸耸肩膀："可是他再优秀也找不到老婆。"

"或许是因为太过关注自己班里的学生，所以才会忽略了婚姻，一直没有娶妻。"管事还为她的班主任解释了一句。怎料苏央然忽然扬起一个笑容，她从楼梯上下来，然后平静地站在管事面前："是吗？我刚才好像记错了，我的班主任是个女人，可不是男人。女人要怎么娶妻呢？您接电话的时候，难道连对方是男是女也分辨不出来吗？"

管事一惊，整个人呆立在那里。

苏央然绕过他走到了电话机旁，看到上面显示的号码，微微颤抖："他们打电话过来找我，是有什么事吗？"

"小，小姐……没有别的事情，只是想要见见您。"管事掐头去尾，把苏彦跳楼受伤进了医院的事情隐瞒了下来。

那串号码是父亲的，父亲向来不是一个会主动亲近人的人，如果是母亲打电话过来说是思念她想要见见她还有可能，如果是父亲打来电话只能说明一定是家里出了事。她犹豫了一下伸手回拨过去，忽然旁边伸过来一只手直接按住了话筒。

第二节

细长的手指上佩戴着铂金戒指，戒指上镌刻着一行中文，被压缩得很小，周围还环绕了一圈玫瑰藤，弯弯绕绕的藤蔓就好像一个笼子，要将那名字牢牢困住。苏央然怔怔地看着那枚戒指，随后长舒一口气抬起头来："他们给我打了电话，必定是家里出什么事了。"

夏川城没有收回手，只是看着她："你已经不是苏家的人了。在他们赶你出来的时候，你就已经不是了。"

"只是你这样认为，"苏央然转过身来，她盯着夏川城的衬衣领，上面写着一个名字，和戒指上的是一样的，"我是苏家的人，哪怕如今我已经姓了夏，但是我习惯了'苏央然'，而不是'夏央然'。自然，我既然已经从苏家出来了，就不会再回去。但若是他们遇到任何麻烦，我也不会置之不理。"

夏川城的眼睛里微微划过一丝黯然的神色："你和你母亲一点儿也不像，你太倔强了。"

相反，她倒是和他有点儿像，认定了一件事情就一定会做到底，哪怕被背叛哪怕被伤害，也紧紧握着不放手。

"也许夏莉会比我更像她。"苏央然扬起一个笑容。

夏川城最终收回了手："早点儿回来，夏家，才是你的家。"

"我知道。"苏央然淡淡道。她看到他衬衫领上写着的三个字：然若慈。她的生母，亦是这个男人一生之中最爱的女人。

很奇怪，像他这样的人，竟然也会执着于一个人，哪怕然若慈已经去世这么多年。以他的条件完全可以换好几个女人，可是他的心里，还是只有她。

电话打通了，苏央然还没有开口，那边就传来一个沙哑的声音，好像在沙漠里已经一天多没有进水的旅人："央然。"

"爸，你怎么了？"听出了他声音里的疲惫，苏央然的心一下子提到了嗓子眼。

自然，她无法忘记苏家，无法忘记曾经照顾她保护她长大的家人。纵然已经从苏家离开了，但在她的潜意识里，他们才是她真正的亲人。

小时候，他们教她走路，在她生病的时候照顾她，睡觉前给她讲故事，他们给了她很多，虽然她总是觉得他们给苏彦的比她多，但她仍然感激他们，她与他们没有血缘关系，她得到的是无私的爱。而夏家给予她的，只有现在的富贵。

她不需要富贵，她需要的只是一个家，普普通通的家。

“小彦……在医院……”电话那头的人哽咽了很久，终于吐出这么几个字，却已经是用尽了自己全身的力气。

苏央然一怔：“怎么？”

“他从楼上跳下来了。”

“央然，小彦说……他喜欢你。”

——姐，你有喜欢的人吗？是男女之间的喜欢。

——男女之间的喜欢啊……好像，也许，可能，大概，或者，没准儿，我觉得，貌似还没有。

——这样啊，如果有一个人忽然向你表白，你会答应吗？

——不知道，如果对方真的很优秀，并且我也有好感的话，或许会考虑一下吧。喜欢什么的，难道不是应该深入了解之后才会感受到的吗？毕竟，当一个人说出喜欢对方这样的话，就要为自己的喜欢负责啊。

什么是爱情？有人说，爱情是人与人之间强烈的依恋、亲近、向往，以及无私专一并且尽心的情感。她并不依恋苏彦，但是她亲近他，无私专一并且尽心地保护他。所以，她对苏彦，只有亲情。

亲情就是在有血缘关系的人之间存在的那种感情，人们总是心甘情愿为亲人付出，不管对方怎样也会爱对方，无论贫穷还是富有，无论健康还是疾病，甚至无论善恶。然而她与苏彦并没有血缘关系，尽管以前她一直以为他是她的亲弟弟。

但这并不妨碍她的承诺，她同样愿意守护他，将他护在身后。可这种情感，算是什么呢？当两个人之间没有了血缘关系，却仍旧维持着这种情感，是因为长久的羁绊？还是习惯使然？

苏央然并不知道她对苏彦的感情到底属于什么，但是她唯一清楚的是，那不是男女之情。

“爸，你别担心。我现在就去医院看看他。”苏央然挂了电话。虽然被苏彦逼出了苏家，虽然苏家没有一个人挽留她，但是她还是去了医院，还是去看了自己的“弟弟”。

医院里永远都有一股消毒水的味道，她才走到门口就看见老妈红肿着眼睛站在那里，一见到她立刻迎了上来，双手紧紧抓住她的肩膀：“小彦在六楼的病房，央然，走这边，走这边。”

连一句“你好吗”“这么多天不见了，你过得还好吗”这样的话，都没有呢。

苏央然淡淡地看着母亲，终于缓缓回应她：“走吧。”

六楼是心内科，病房里也大多都是心脏病人。想必是苏彦的心脏又不好了吧，才让他们这么担心。

看着电梯里的数字不断地往上升，苏央然忽然有一种并不想要见到苏彦的心情。

他总是这样，一旦生病，就会支撑不下去，就要去医院。以前是，现在也是，一点儿都没有变。那么柔弱的一个人，竟然也会喜欢她吗?

而且是男女之间的喜欢，苏彦知道什么是男女之间的喜欢吗?

第三节

推开门，消毒药水的味道似乎淡了一些，空气中还夹杂着淡淡的百合花香。她没有跨进去，只是握着门把，看着那个躺在病床上的少年，少年脸色有些苍白，脸上罩着氧气罩，呼出来的白雾弥漫了整个深蓝。旁边的心电监护仪不断监测着，他大约是不会那么容易死的，不过，父母显然很是担心，生怕他们的宝贝儿子，出任何状况。

她呵出一口气，终于无奈地来到他的身边，还没有开口，原本闭着眼睛熟睡的少年一下子睁开了眼，他挣扎着从床上坐起，拿掉了嘴上戴着的东西："姐……"

还是一声姐，纵然他千方百计将她赶出了这个家。

苏央然就那样站着，指尖冰凉，神色淡然地望着他："你将我赶出苏家，是因为不希望我一直拿你当弟弟看，是吗？"

苏彦神色有些慌乱，他的声音沙哑，好像失去水源的苦泉："嗯。"

"那现在为什么又喊我姐，你不是已经将我赶走了吗？"苏央然淡淡地开口，她不急不躁，只是如此望着苏彦。苏彦的嘴唇有些泛紫，心脏想来是已经很不好了，但是他坚持要坐起来，细长的手指握住了输液的橡胶管，将它拔了出去："因为，因为你不会再回来了！如果我不是你弟弟，你就不会再回来了！"

其实，他曾经想过，如果将苏央然赶出苏家，她会不会不再理睬他，会不会不再管这个家。

可是他又想，至少还有爸爸妈妈在，至少苏央然还是会把他们当亲人的。至少他还可以见到她，至少他还可以告诉她，他是喜欢她的，因为太喜欢，所以才要将她赶出家门。

可是他却没有想到，她是那么绝情，绝情到离去之后就再也不回来了。

"爸说，你从楼上跳了下来，是真的吗？"苏央然看了看他被裹了一层层绷带的脚，"你为什么要从楼上跳下来，你想寻死，是吗？"

"我只是后悔，姐，我只是后悔了，"他忽然抬起头，焦急地拉住她的衣角，"我怕你不再回来，我怕我永远也见不到你。姐，我好怕，我真的好怕。我以为跳下去，就算我会死，至少也可以看见你。我不想要你离开我……"

苏央然一下子拂开他的手，并且重重地给了他一巴掌。

她是从来没有打过他的，甚至在父母要打苏彦的时候，她也会挡在他前面。可是这一次，她终于将手挥了下去："你可以不顾自己的性命，但是你有想过别人吗？你以为你的命只是你自己的？你以为你活着就是为了你自己？你想过你的父母，你想过曾经照顾过你的朋友，你想过他们吗？你死了就一了百了了，那这些活着的人，你让他们怎么办？你让他们白发人送黑发人，知道这是多么残忍的事情吗？啊？你知道不知道？这是有多残忍，这是在挖他们的心，挖他们的肝！”

挖他们的心，挖他们的肝！

这句话重重地撞进苏彦的耳中，他的眼眶一下子湿润了：“姐……我这里，已经痛得不知道应该怎么去思考其他事情了。我已经痛得快要疯掉了！姐，你也是在挖我的心，挖我的肝。我多么想忘记你，不去想你，可是我没有办法！我真的没有办法啊……”

苏央然一下子闭上了眼睛，她仰起头：“这件事情我们先不说了，你好好养身子。我不是不来看望你们，因为夏川城把一个公司交给我打理，处理完那个公司的许多麻烦事，才允许我出来。无论如何，名义上我已经是他的女儿了，很多事情暂时还不能忤逆他。我会想办法尽快解决那边的事情，然后回来上学。你把身体养好一些，我以后不会来医院，如果想见我，就去学校。”

苏彦苍白的脸终于有了血色：“姐要多久才可以回来上课？”

“快的话一两个星期，慢的话一个多月。你在医院好好养伤，不要再折腾自己，也少给我惹麻烦。”她说这话时回头看了一眼身后的父母，“爸妈，你们也好好保重身体，如果连你们也倒下了，以后苏彦怎么办？”

“好，好，我会照顾好自己，也照顾好小彦。”老妈立刻抹去了眼角的泪水，她走上来握住她的手，“央然，你也别太累了，晚上早点儿睡，不要熬夜。”

“自然的，我从来不会亏待自己。”苏央然在夏家过得很舒坦，吃得好睡得好，也不用做饭，不用买菜，不用洗衣服，不用打扫卫生，她每天睁开眼睛就有女佣为她递上衣服，为她端来早饭，为她穿上鞋子，她就像一个女王，只要站在那里，自然会有人给她安排好一切。

这些，是她在苏家没有享受过的。可是说到底，她宁可选择在苏家生活，也不愿意面对空荡荡的房子，和冷冰冰的金碧辉煌。

离开了医院，苏央然忽然觉得全身都虚脱了，整个人都恍恍惚惚的。因为是自己过来的，并没有司机接送，她只能走到马路另一头去打车。

谁也想不到，自己视为亲弟弟的人，居然会喜欢她。

她也从来没有思考过，为什么苏彦总是那么乖巧，为什么苏彦总是千方百计地跟随在自己身边，为什么苏彦一直都看着她，为什么苏彦的眼睛里总是隐藏着一丝柔软、一抹悲伤。

第四节

车来车往的道路上，苏央然像一根木桩似的站在路中间。

“嘀嘀……”有几辆车停在了苏央然面前，车上的人不耐烦地按着喇叭：“前面谁啊？挡在路中间做什么？发什么神经？”

苏央然听到喇叭声，立刻回过神来，然后略带歉意地鞠了一躬，急急忙忙地跑到了路边。

刚才猛按喇叭的那辆车开走了，但是没过一会儿居然又开了回来，车子在苏央然面前停下，从副驾驶上走下来一个中年男人，他一见到苏央然立刻点头哈腰：“哎呀，是夏小姐，真是失敬失敬。刚才我的司机没有看路，不知道是夏小姐，所以冒犯了您，您可千万不要介意。”

他说着，冲着车后座瞪了一眼，一个肤白如雪的男孩慢腾腾地走下来，他连头也不敢抬，小心翼翼地对着苏央然鞠了一躬。

“这是我的小儿子，刚刚有些急事，所以开车快了些。夏小姐，您这是要去哪儿？您的司机呢？如果顺路的话，我们载你一程吧？”那男人谄媚地微笑着。苏央然瞥了他一眼，硬是没想起来他是谁，但是脸上却挂着微笑：“不了，我可以打车。”

“打车？这……”男人诧异。

苏央然不紧不慢地回了一句：“我不习惯有人跟着我，所以一直都自己来去。”

男人立刻回过神来，连连点头：“是，是。”苏央然以前可不是小姐，待在苏家的时候没准每天连车也不能打，只能坐公交车。如今虽然成了夏家的小姐，或许还有一些习惯没有改变。如此想着，他便歉意地再三鞠躬，然后回了车里。车子扬长而去，苏央然还站在路边，看着那车尾的尾气，无奈地摇了摇头。

这就是现实，这就是人与人之间的不平等。

如果她还是以前的苏央然，那么今天她被骂之后，得不到任何道歉。然而她现在是夏央然，是夏家未来的继承人，所以这些人，一个个对她谄媚地笑，一个个努力跟她搞好关系。

冰冷的笑容，冰冷的面具，冰冷的视线，什么时候，她也变成了现在的样子？什么时候，她也戴上了面具？

她没有回夏家，而是直接去了公司。秘书是一个中年男人，虽然只有三十岁出头，但头发已经白了很多，看着年纪略微有些大。他的皮肤很白，模样也帅气，公司里很多女职员都喜欢他，可是苏央然不喜欢，因为看到他，总会联想到自己。难道再过个十几年，她也会变成这副模样吗？白发惹眼，明明还那么年轻。

苏央然刚跨进公司大门，那个中年男人就出来迎接她了。

她一夜没睡，昨晚回来得很迟，之后又去了医院看望苏彦，离开医院时已经是早上五点了，然后又打车来公司。算算时间到公司应该是六点半左右，公司上班是八点半，他来这么早？

她有些疑惑地看着他，秘书似乎知道苏央然要问什么，还没等她开口，他就回答道：“夏先生打电话过来，说小姐一夜没回，或许很早就会来公司，我便等候在这里。”

“知道了。”没想到夏川城那么了解她，居然知道她会直接来公司。

苏央然进了办公室之后，人显得略微疲惫，旁边有休息室，但她怕自己进去睡了就不想起床。

秘书端了咖啡进来，看着这位年轻的小姐把一沓资料摆放在面前，然后表情严肃地一份一份看过去。跟随她几天，他也稍微知道她的一点儿脾气，行事作风可以说和夏川城是一模一样的，聪明，沉稳，用起手段来毫不犹豫。唯一不同的是，她有些急功近利，夏川城虽然也喜欢快，但是他总会把所有事情都考虑清楚了，再开始做。可苏央然不同，她从来不考虑太多，觉得合适了，立刻放手去做，如果遇到麻烦，她总能想尽各种办法解决。正如同她所说的：“人是活的，肯动脑子就可以改变任何事情。”

每一次遇到麻烦，她都会想得很头痛，然而总能够想出办法解决，并且最后成功完成任务。

或许这是他们没有的冲劲儿，只属于年轻人的勇往直前。

苏央然打了个哈欠，秘书从旁边端了一杯咖啡过来放到她的面前。她随意地说了一声谢谢，然后忽然抬起头来：“以前你的公司是不是被夏川城吞并了，所以才在这个公司做秘书的？”

她不问还好，一问，站在旁边的白发男子一下子怔住了，过了许久才回答道：“是的，小姐。”

“难怪，我在这资料上看到了你的名字，还以为是看错了。没想到，这个公司原来是你的。夏川城手段厉害，如果不是因为他资金雄厚，或许没有办法把你的公司给吞并掉。”苏央然自言自语着，随后把资料合上了，“你要不要，把公司夺回去？”

第五节

男子僵在原地，他有些不可思议地看着苏央然。

苏央然耸耸肩膀：“别担心，我只是想给自己一个鞭策。如果没有赌局，玩起游戏来就没有冲劲儿了，我不想一直待在这个地方，我还要回去念书。所以我们来打个赌，这里有一个工程，这是夏川城一直在烦心的事。因为这个工程需要得到一笔巨额投资，夏川城不肯拨钱给我，投资需要我们自己找，也就是说得出一份策划方案，而最终用哪个策划方案，各自拉来的投资是否投入工程，这交给夏川城决定。我们来赌一场，我会利用我的能力，制作一份策划方案，并且拉投资人，你用你的能力做你可以做的事情，最后看夏川城到底会选择谁的策划方案。如果你赢了，公司总经理的位置，就让你坐。”

“夏先生不会同意的。”哪怕他的策划很成功，哪怕他拉的资金要比苏央然多一倍，哪怕夏川城最终选择他的方案，他也不会把公司总经理的位置交给他。

毕竟这个公司，是夏川城从他手里夺走的，他不会把它交给一个失败者。

在夏川城从他手里夺走公司之后，他就被认定是一个失败者。以夏川城那样的性格，又怎么可能会信任失败者呢。

苏央然耸耸肩膀：“你怎么知道他不会同意？难道还担心你会把公司抢回去？”

“不是担心我会把公司抢回去，而是……”男子原本就要说出口了，可是却忽然又犹豫了一下，然后恭敬地站立在那里，“小姐，这是夏先生交给您的公司，请您好好努力吧。”

“难道你觉得他把你当成了失败者，所以不会把公司交给你？”苏央然挑了挑眉毛。

男子一下子抬起了头，有些不可思议地看着她：她怎么知道？

“因为夏川城不会害怕有对手的，虽然这个公司原本就是属于你的，他也不害怕把你放上来，更不会害怕你会夺走公司。相反，他讨厌的只是失败者，你的公司被他夺走了，所以你觉得他将你认定为失败者，开始胆怯和害怕了吗？”苏央然扯起嘴角，“真正的失败者，是跌倒了就一蹶不振，跌倒了就不会爬起来的人。”

原本已经心如死灰的他好像被什么东西触动了，他抬起头呆呆地看着苏央然。苏央然依旧是一副风轻云淡的样子，她把资料放到一边，正要站起来去下面的几个部门问一下工程的具体情况，忽然男子伸手一把拉住了她的胳膊：“我赌。”

苏央然眉毛一扬：“好。”

有时，人的潜力是无限的。人类之所以可以以这副柔弱的身躯主宰地球，就是因为人有思想，有欲望，能将自己的潜力激发出来。苏央然不想在这个公司浪费时间，她要回学校念书，并且考上一所她喜欢的大学，过幸福快乐的日子。她可不想整天都待在公司，老死在这种地方。

她第一次接触这样的工作，但是爆发力显然很不一般。她的秘书参加了这场赌局，他之所以敢赌是因为他有十成的把握可以赢。苏央然太年轻了，最重要的是她没有人脉，也没有基础。那些大学毕业的学生，有多少个开办公司开办企业就立刻成功的？没有人脉，没有技术，只有钱的话，什么也办不了。可是当苏央然把企划书初稿做出来的时候，他还是非常惊讶的。

她太聪明了，这样的聪明会让她做得很出色。而且她做事雷厉风行，很像夏川城。唯一不同的就是她不喜欢预估太多，大概的路看清楚了，就毫不犹豫地冲过去，哪怕路上四处是荆棘，她也能一一清除干净。

夏川城的想法苏央然其实是清楚的，他会让她考大学，但是最终念哪所学校一定是在他掌控之中的。既然他将她带回了夏家，那就绝对不会允许她再四处乱跑。只可惜，想要关住她没那么容易，虽然苏央然现在斗不过他，但是总有一天，她的力量，可以把整个笼子都给掀翻。

好吧，其实她只是心里不爽而已。以前她要被苏家父母掌控，如今换到夏川城这里，连考个大学都要经过他的筛选和审核，万一夏川城把她送到了她不喜欢的学校，那她的人生不就幻灭了吗？她绝对不会允许自己的人生幻灭的！

所以她发愤图强，拼死拼活都要把公司的事解决完，然后高高兴兴、快快乐乐地去上学。最好高考能够考全省第一，那么各大名校就能任她挑选啦！

如此想着她心情又好了很多，公司里烦琐的事情比她想象中要多得多，但是她一直坚持着，并不气馁。

在夏家，夏川城手里握着红酒杯饶有兴趣地看着窗外，秋天少雨，但是今天下雨了。管事就站在旁边，他附耳在夏川城耳边说了几句话，夏川城的嘴角扬了起来：“她的花样还真是不少，方连佑可不是那么容易就能被打败的。”

他口中的方连佑，就是那家公司原来的总裁，也是苏央然的现任秘书。当初夏川城也是仗着有强大的资金支持，才能将方连佑的公司吞并，否则夏川城没那么容易把那家公司夺过来。

第十四章 进入公司

第一节

苏彦出院是在半个月之后，原本应该再休养几天的，但是他执意要回学校。学校的教室坐满了学生，唯有苏央然的座位空空如也。朔连城看到他进来，注意到他苍白的脸色，微微皱起了眉头。

这是他早就预料到的事情，也只有被遮住了眼睛的苏彦，才会发了疯将苏央然赶走。

如若他不是她的弟弟，苏央然是不会那么在意他的；如若他不是她的弟弟，苏央然也不可能总是将目光停留在他身上；如若他不是她的弟弟，他也要像他们一样总是死皮赖脸地跟随在她身边；如若他不是她的弟弟，她只要回头看他一眼，他就会心花怒放。又怎么敢奢望能够走到她的身边，又怎么敢奢望得到她的喜欢？

所以，苏彦一直被“弟弟”这个身份蒙蔽了眼睛。

他以为将苏央然赶出苏家，就可以追上苏央然的脚步，但那几乎是不可能的！苏央然是鹰，是火箭，一旦放开她，她就会飞出很远很远，连影子也抓不到。

苏彦坐了下来，因为是下课时间，有同学围上来询问他的身体状况。他本来想要友善地笑笑，但是连上扬嘴角的力气也没有，只能看着苏央然空荡荡的位置发呆。

“你姐呢？听说你姐回了夏家，以后她不来上课了吗？”

“应该还会来看看你吧，你姐对你那么好。”

“就是就是，我要有这么一个姐姐我死也甘心。”

“嘿嘿，而且她又漂亮又能干。可厉害了，我其实有一个姐姐，可是我那姐姐整天就知道欺负我。”

同学们吵吵闹闹地说着话，苏彦却一言不发，沉默地坐在那里。

忽然他想到了什么，转过头去问另一边的朔连城：“她来过了吗？”

朔连城眼睛一瞥：“没有。”

“还没有来啊……”他沮丧地重新转过身，看上去更加憔悴了。同学们还想安慰他，可是上课铃响了，只能纷纷退开。

上课的时候，平时很认真的苏彦竟然开了小差，就连老师喊他回答问题他都没有反应。

老师想着或许是他身体不好，也没有多问，只是让他坐下，好好休息。朔连城冷笑了一声，以现在苏彦的这副样子，就算苏央然回来了，恐怕他也没有办法站在她的身边了。

更何况，苏央然不会再停下脚步，亦不会再像以前一样等他了。

苏彦来上课的时候已经是下午了，几节课过去之后，很快到了放学时间，苏央然并没有来，而苏彦，也一直坐在位置上，呆呆地看着她的椅子。

朔连城收拾了书包，走过他身边的时候，轻轻留了一句话："你看着她的空位置，还不如去校门口等着，没准来了，你能第一时间看见。"

他纯粹只是一句玩笑话，谁知苏彦居然当真了，立刻从位置上站起来跑下楼去。朔连城看见他急匆匆地跑出去，路上还跌了一跤，如若是平常，只要他跌倒了，苏央然必定会扶起他来，但是现在，又有谁会去扶他呢？

他跌倒了，只能自己站起来，一拐一拐地走到校门口。他东张西望，只希望自己可以等到苏央然。

冷冷地一笑，朔连城拎起书包就离开了。坐上轿车之前，他看见苏彦还站在那里，单薄的身子在风中瑟瑟发抖。

都已经这么晚了，苏央然是不会来的，就算他等到天亮，也看不到她！

夜幕降临，苏彦坐在校门口，门卫已经将铁门关上了。他远远听见有人在呼喊他的名字，但是他没有抬头。因为那并不是苏央然的声音。

"小彦，小彦你在这里做什么？"呼喊他的不是别人，正是苏彦的母亲，她看到自己的儿子坐在风中，立刻将他抱在怀里，"不是已经放学了吗？为什么不回家？你还等在这里做什么？"

"我在等姐……"苏彦喃喃地开了口。

母亲一下子握紧他的手："你姐姐还在忙，等她忙完了就一定会来的！一定会来的！她不是说了吗？你要好好保重身子，如果你病倒了，她正好又来了，不就看不见她了吗？"

"姐会来吗？如果我离开了，她看不见我怎么办？"苏彦抬起头。

母亲眼眶有些泛红："她怎么可能会看不见你，她最心疼的就是你了啊。现在已经放学了，她肯定不会这么晚才来，明天我们上学继续等，如果你姐来上课，必定也是白天来的。走吧，我们先回家吧。好好保重身体，你才可以看见她。"

好好保重身体！

——你好好养身子，我会想办法尽快解决那边的事情，然后回来上学。你身体养好一些，我以后不会来医院，如果想见我，就去学校。

——不要再折腾自己，也少给我惹麻烦。

是了，他不能再这样下去，他必须好好的，必须等到苏央然来上学。他挣扎了一下，终于站直了身子：“妈，我们回去吧。”

“好，回去，快回去。妈妈做了很多吃的，你身体不好，得多补补。”母亲立刻拉住他，小心翼翼地往家的方向走去。

另一头，一辆黑色的轿车缓缓驶出来，坐在车里的少年摇下车窗，遥遥地看着那离去的两个人：“早知如此，何必当初呢？如果不将她赶走，至少她能在你身边，我们还可以看见她……”

第二节

公司的事情折磨了苏央然很久，她没日没夜地待在那里为了这个工程而奋斗。夏川城还是很高兴的，认为她很适合做自己未来的接班人，就是苏央然行事十分鲁莽，从来不顾及后果。许多该考虑的地方都不去考虑，最后还得想办法补上。然而她偏偏就有这样的魔力，无论事情出现了什么问题，她都可以妙手回春，硬是把它做好。

而且苏央然和方连佑打了赌，这也是他最初没有料到的。方连佑的能力不错，加上他的人脉很广，积累的经验又比苏央然多很多，想要赢过他，几乎是不可能的。

苏央然，基本上是以卵击石。她是卵，而方连佑是石。

夏川城笑了笑，毕竟自己的女儿还年轻，有这股冲劲儿，任由她胡闹一番，也是可以的。他背对着落地窗，缓缓地走到了办公桌前。如今，他就等着三日之后的董事会议，看看她和方连佑两个人递交上来的策划案，以及拉到手的资金，到底哪个更好了。

在公司里，苏央然整日都忙来忙去，连一个电话都顾不上接，她的策划是还不错，可是拉资金这方面对她来说有些难。她纠结了一番，想到了朔连城，还有洛兰科斯男子高校的那帮家伙，他们不是挺有钱的吗，让他们来投资或许也可以吧？更何况，这不是有去无回的投入，而是能够赚钱的买卖。

如此想着，她立刻拨通了电话，首先联系了朔连城。

这天正好是星期天，朔连城待在家里喝茶。他接到苏央然的电话时激动得就像一条小狗，就差没有摇尾巴了："央然，央然？你给我打电话啦？什么？需要帮忙吗？哦，拉资金是吧？没关系，我立刻跟我父亲说一下，资金的问题你不需要担心，我们朔家会帮助你的。什么？你要自己来谈，好啊好啊，我立刻帮你安排！"

这天，苏央然身穿职业装，毕恭毕敬地站在门外等候着。朔连城早就来了，他难得接到苏央然的电话，虽然苏央然是为了拉资金才找他的，但他也很高兴。立刻拜托了父亲跟她见面，不过后来家里的老头挤过来，说谈投资的事情还是由他来比较好。

于是，就成了这样的局面。苏央然站在门口等，老头在里面矜持着，还没有出来。

过了两个多小时，老头终于忙完了，慢条斯理地让秘书带苏央然进去。

朔连城就等在外面。

苏央然进去之后，里面也不知道发生了什么，总之传出了砸东西的声音，还有老头的骂声："你这项目也太不安全了！虽然的确很有新意，但是各种隐患你考虑到了没？宣传方面你做好准备了没？""什么？没有？没有你还拿来让我投资？""你有万全准备？什么准备？""你这分明就是欠缺思考，一个工程，可不是随便就可以投资的，必须得保证万无一失！你们要赚钱，我们投资人也要赚钱！”“什么？不投资就拉倒，你这是什么话？气死我了！喂，你别走，别走别走……”

老头最终还是妥协了，这个小妮子，到最后居然蹦出了一句不投资拉倒，如果他真的不投资，估计他们家的小子要跟他闹上几个月了。虽然她的项目的确很出色，但是欠缺考虑的地方实在是太多了，如果某一个环节出了错，到时候实行起来可就麻烦了。

苏央然自然知道老头心里想什么，但是她真的没有办法再多考虑下去，她很急，很赶，也很忙。她想立刻回去学校上课，要是不回去，苏彦不知道会不会又寻死觅活，如果苏彦出了事，爸妈肯定要崩溃了。

所以她没有多余的时间去考虑别的，只能在最短的时间里，把策划和资金做到位。

另一边，方连佑也很头痛，苏央然给的时间太短了，短到他根本无法准备好一个完整的策划，更不用说去拉拢资金。一个完整的企划，除了工程本身，还有宣传、包装、资源……各项事务一环接一环都要考虑进去，不是随随便便打个框架就可以完成的。

所以他也咬紧了牙关，在这个工程上面拼命。

三天很快就过去了，到了董事会开会的那一天。方连佑先做了报告，把自己的策划和拉到手的资金做了简单的说明。下面的各董事会成员都很满意，虽然有些地方还有纰漏，毕竟时间很短，能够做到如此，也很不错了。之后可以再多给出一点儿时间，把各个环节安排好。

而苏央然不知道去了哪里，方连佑报告完了她都没有出现。难道是放弃了？夏川城皱了皱眉头，他坐直身子：“再等五分钟，若是还不来，就敲定方连佑的方案。”

“来了来了！”他的话音才落下，苏央然就猛地推开了门，抱着一沓资料，从外面闯了进来。她喘着气，满头都是汗，急匆匆地走上台：“我所拉到的投资资金是，十亿。”

她什么也不说，连自己做的企划是什么也不说，直接将投资资金报了出来，着实让在座的各个董事会成员吓了一跳。

十亿？这都可以办一个公司了！拿来做项目？这项目得有多大啊？

夏川城也睁大了眼睛，十亿？他的宝贝女儿拉到了十亿的资金？他女儿到底是从哪里拉来的？

看出了夏川城的疑问，苏央然解释道：“或许我的策划还有很多欠缺的地方，但是我已经准备好了。投资资金分别由朔家企业、华家家族，以及我们本城的尚家、云氏企业投资，沧家帝业的董事长也答应会投资一千万，但因为要求的回报比例有点儿高，所以被我拒绝了。”

拒绝了？

第三节

这话在每个董事会成员耳边飘荡，他们自然知道朔家，也知道华家，这两家是全国乃至全球都非常有名的商业巨头，居然也会来投资夏家的工程？本城的云家会给苏央然投资那是正常的，夏云两家本来就有合作，可是尚家怎么也来凑热闹了？他们不是很不屑夏家的经营手段吗？

最要命的是，她居然拒绝了沧家帝业，哪怕对方要求的回报比例很高，也可以谈一谈，商量商量，就跟讨价还价一样，有哪个人做投资是一口价的，必定是要洽谈过，才能够决定的啊。

下面坐着的董事会成员脸色发白，苏央然还在滔滔不绝地说着：“本来我想冉多拉点儿资金的，只是有些投资方的要求实在很多，我很忙啊，也没有时间跟他们多研究，就直接说‘不要了’，想着这点儿资金也是够的，所以就把一些不算大的投资给拒绝了。下面我简单讲述一下我的策划方案。”

董事会的一众成员对这样的解释有些无奈。

苏央然开始雄赳赳气昂昂地分析自己的策划方案，其实她的方案虽然很有新意，但是跟方连佑比，那绝对不是一个档次的。

苏央然的方案混乱，只抓住了一根主线，而且许多地方都没有考虑周全，加上她熟悉的公司不多，很多后续准备都不完善。如果单单选择方案的话，他们必定是会选择方连佑的。但是苏央然的资金，是方连佑的一百倍！整整一百倍，就算方连佑的方案惊天地泣鬼神，他们也会选择苏央然。

苏央然的策划里所有欠缺的地方，都可以用资金弥补，而方连佑，哪怕方案再完美，做错一步就要自己投入资金。所以当苏央然报出自己所拉到的资金是十亿的时候，这场战争方连佑就已经输了。

他看着台上讲得眉飞色舞的苏央然，不由得颤动了下，然后扬起一个释然的笑容。

在这段比试的时间里，原本被自己封存的冲劲儿重新寻了回来，这是多久之前才有过的感觉？那时，他也像她一样年轻；那时，他也像她 样朝气蓬勃。直到夏川城吞并了他的公司，他便一夜之间白了头发，曾经冲劲儿十足的自己也被封存了起来。然而现在，他又找回了曾经的干劲儿，找回了当初充满自信、要将公司发扬光大的自己。

苏央然从台上下来的时候看了一眼方连佑，然后嘴角一扬：“如何？”

“你赢了。”方连佑微笑着，“小姐，你很厉害。”能够拉到那么多投资，无论是用什么方法，至少，她的确是赢了。

果不其然，董事会几乎一致表明，选择苏央然的策划方案。但是为了能够让工程顺利地进行下去，他们还是要求由方连佑做辅佐。夏川城也在策划方案上盖了章，苏央然一拿回策划方案就塞到了方连佑手里：“剩下的就交给你了，我要去上学了。”

没等夏川城说什么，她又回头瞪了他一眼：“当初说好的，我做好了这个工程你就放我去上学。我不是你的工具，也不会听命于你。如若你一定要强迫我，我有我的手段，现在玩不过你，以后未必玩不过。”

“我可什么也没有说，你大可不必激我。”夏川城有些无奈，“我只是想说，你既然要去学校了，我就把公司暂时交给方连佑处理。对了，上次听张经理说你是自己打车去公司的，我给你派一个司机吧，你喜欢什么车，我帮你买一辆。”

苏央然沉默了片刻，她思考了很久，然后抬起头：“自行车。”

夏川城一时语塞。

第二天，夏川城专门给苏央然买了一辆十分牢固，牌子也特别好的自行车。她将书包一背，华丽丽地踩着自行车出门了。等在外面的记者为了捕捉夏家女儿的风采已经被蚊子咬了好几个包，结果看见她骑着一辆自行车，像一阵风似的华丽丽地从眼前飘过。

因为没有预估从夏家到学校的距离，苏央然还按照平常的时间点起床，结果骑到一半才发现：快迟到了！

她加快了速度，这天刚下过雨，地面坑坑洼洼的，旁边经过的车辆溅起无数“地雷”，那些泥水把苏央然的自行车都给弄脏了，但是她咬了咬牙忍着，以百米冲刺的速度往前赶。

眼看就要到校门口了，谁知那自动伸缩门居然要关上了。

她老远就喊着：“别关门！”

随后猛地一拎车把，直接悬空飞起进了校门。门卫大叔脸色铁青地看着她：“下次再这样，我就告诉你老师！这么骑车，有多危险！”

“抱歉抱歉。”苏央然摆摆手，笑容却洋溢在脸上。

终于可以从那个该死的公司里解放了，她的心情都畅快了很多。她停了车急匆匆地跑到教室门口，才拉开门，原本还在上早课的同学们竟然刹那间安静了，全部呆呆地看着她。苏央然将书包往背上一甩，大大咧咧地跨了进来，脸上绽开微笑：“我回来了！”

回来了，她终于回来了！

“真是的，我们以为你不来了呢。”“哎，你要是不来，没准我可以拿第一了。”“你还拿第一，就你那水平。”“哈哈哈，苏央然回来了，我们班又热闹了。”“NO（不），她不姓苏，姓夏了。”“是啊是啊，夏央然，好奇怪的名字啊。”教室一瞬间热闹起来，同学们纷纷围着她。

第四节

其实只是一个多月没有相见而已，可是再次见到她的时候，苏彦却湿了眼眶。他呆呆地坐在她的身后，看着她面带微笑地同身边的人讲话，嘴唇颤抖，想要开口喊她，却又怕自己的声音，再也无法被她听见。

曾经，就算自己只发出一丁点儿微弱的声音，她都会听见，而现在……

他是多么想发出声音，眼睛已经快要承受不住眼泪的重量，可是他却无法说话，无法开口，只能微微张着嘴。他好想努力地喊出她的名字："央然，央然……姐。"

"怎么了？"忽然，坐在前面的苏央然一下子回过了头，苏彦的眼泪一下子涌了出来，他呆呆地坐在椅子上："你……听见了吗？"

苏央然耸耸肩膀："一直听得见。"哪怕他们已经没有了血缘关系，哪怕他把她赶出了苏家，苏央然依旧可以听见他的声音。这是一种习惯，或者说是一种条件反射，她没有办法将他的声音从脑海里剔除。

"哭什么，我不是来了吗？"见苏彦流下了眼泪，苏央然的眉头立刻皱紧了，"一个男孩子，动不动就流眼泪，也不怕丢人。"

苏彦咬了咬下唇，硬是让自己忍住眼泪。只要她说不让他哭，他就不会哭。如今他已经没有了一切，只要她还愿意同他说话，还愿意听到他的声音，还愿意看到他，他就会乖乖的，不会再闹，不会再赶她走了。

不，他还能怎么赶她走呢？她已经不在他的身边了。

苏央然并没有变，虽然从苏家出来了，但她还是她。她会很认真地听课，下课了又和同学打成一片。他们询问她在夏家过得怎么样，她简单地回了几个字："吃饭，睡觉，继续吃饭，继续睡觉。"人生嘛，除了这样还能怎么样？无论换到哪个环境去，不都是如此吗？只是过程会有少许变化，但结果是一样的。或许是吃的东西有些不同，但效果也都差不多。她也不见得胖了多少，相反，为了那个工程，她还瘦了一大圈。昨晚，也是她睡得最好的一晚。

"听说你和那个云少爷，以后会订婚？""这个消息是不是真的？夏家和云家不是要联姻吗？在一起也是正常的。""那个云少爷就是学校里的云洛生啊。""很早之前就为了央然转学过来了。""很帅呢，就是看着有点儿冷漠。""大少爷嘛，都是这副德行的。"同学们讨论得最激烈的，就是云家少爷和苏央然的事情。

苏央然只是笑了笑："联姻什么的至少不会发生在我的身上。我只会和我喜欢的人在一起。婚姻，本来就应该是因为幸福而存在的，如果纯粹为了利益，那和交易有什么区别？为了交易促成的婚姻，必定不会幸福的。”

中午吃饭的时候，苏央然本来要去食堂买饭，因为早上有些匆忙，什么也没有准备。就在她要起身的时候，门口传来了呼唤声：“小彦。”

苏央然抬起头去，母亲满头大汗地站在门口，她手里拎着一个饭盒。看到苏央然的时候她脸上的表情立刻变了，十分高兴的模样，并且急急忙忙地走进来：“央然，央然你终于回来了。小彦等了你好久，有几次甚至等在校门口不肯回家，只为了可以看见你。央然，你至少也应该给我们打一个电话，知道我们有多么担心你吗？”

担心的，只是苏彦吧？如果她不回来，苏彦会很难过吧？其实她心里什么都知道，但是她却依然很开心，并且接过了母亲手里的饭盒：“是给苏彦的吧？妈，以后你不用每天来给他送饭，食堂里的菜也是很好吃的。”

“我就怕他不吃。”母亲淡淡地呵出一口气，“如果我不给他送菜，他为了等你，是绝对不会离开教室一步的。”

“以后我会天天来上学，督促他吃饭的，你不用担心了。”苏央然安慰了几句，母亲又和苏彦说了一些话，然后离开了教室。苏彦知道苏央然已经很久没有尝到家里的菜了，他将饭盒推到她面前：“姐，你吃吧。”

苏央然笑了笑：“我以为你身体好了之后，就不会再喊我姐了。”

“对不起，”苏彦垂下了头，他声音轻得恐怕连自己都快听不见了。苏央然盯着他看了好一会儿：“其实这样也好。”

苏彦一怔，他抬起头来不解地看她。

“这样，以后你就不会总是胡思乱想。”她伸手“啪”地一下弹了他的脑袋，“好好养病吧，我已经问过你的主治医生了，上一次的手术做得虽然不错，但还是有些后遗症，你要是再不好好爱惜自己的身子，会短命的。虽然我不是白发，但是你也要想着爸妈，别让他们白发人送黑发人。”

他希望，时间能够在这一刻永远停止，苏央然就这样坐在他的对面，脸上带着微笑。他的痛苦，他的悲伤，他的绝望，他的死气沉沉，统统都在这个瞬间化为乌有，烟消云散。

就算世界末日在这个时候到来，那么至少他还可以看着她的微笑，将她的美丽牢牢记在心头，哪怕死了，哪怕变作尘埃飘浮在宇宙中，至少那微笑还一直伴随着他。

他希望，这触手可及的美丽，永远都离得他这样近，哪怕他无法靠近，也不希望她离得更远。只要能这样看着她，就算是平行线，他也不计较了。

从今以后，他不会再有奢求，只要她不再离去，他愿意站在原地，一步也不跨出去。

第十五章 央然回归

第一节

她毕竟已经离开了苏家。纵然她还是喊他们爸妈，纵然她还是将苏彦当成自己的弟弟，但是每天晚上放学，她已经不再回那个温馨的小屋了。

她的生活说是没有多大的变化，其实那些翻天覆地的改变，早就渗入了她的生活。每天骑着单车来回，几次之后苏央然发现路程真的太远了，她只能改坐车。她没有拿到驾照，所以夏川城派了一个司机，买了一辆法拉利给她。每天司机从夏家接她出来，送到学校去，她白天上课时司机也会等在车上，一直到苏央然放学，再将她送回家。

吃饭，虽说同样是在食堂买饭，但是她已经在公司赚了钱，买饭的时候也不用再看菜的价钱，自己喜欢吃什么，直接挑就行了。

苏彦依旧像平时一样徒步上学，依旧像平时一样吃着母亲做好的饭菜。他忽然发现，苏央然已经离他越来越远了。这种远，不是跑几步就可以追赶上的。以前和朔连城他们在一起的时候，因为有苏央然在，他不会发现自己和富家小孩的差距，因为苏央然的光芒更耀眼。而当苏央然也迈入了他们的行列，他会发觉，自己和他们的差距是这么大，他就像一棵低矮的树，只能远远地看着他们的高大和茂盛。

记得有一个富二代曾经说过这样一句话："不是我想买名车，也不是我想炫富。只是我们身不由己，在这个圈子里，当你开一辆普通的车行驶进他们的地盘，你会发现，自己根本无法站立在其中。我的身份，让我不得不追赶上他们的步伐，不得不成为你们眼中浪费钱财的废物。"

而现在，他也同样以这样的目光看着苏央然。

她拥有自己的司机，她身上的衣服都是名牌，她可以挥霍手里的任何东西，尽管她还是她，可很多东西已经改变了。

或许这并不是她的意愿，但是那个站在她背后的人，一直在改变苏央然的一切。原本苏央然是站在他身边的，与他并排走着的，哪怕他追赶不上她的步伐，她也会停下来。但是现在，她已经跟他不在同一条线上了。她或许也想停下来继续等他，但是身后却有无数双手，一直在推着她的后背，让她快点儿跑，让她飞向另一个更高更远的地方。

而那个地方，是他永远也无法触及的。

最明显的一次，是在期中考试过后，苏央然提议去KTV（提供卡拉OK影音设备与视唱空间的场所）唱歌，KTV就在苏家旁边。那一天，苏彦穿了一件普通的衬衣走到KTV的门口，门外，竟然停了一排豪华的轿车，从车上下来的，都是衣着华丽的少年少女。唯有他，像是一只路过的蚂蚁，在看见高楼大厦的时候，不禁感到震惊。

他和她，已经回不到从前了，他和她的距离也将越来越远。

他曾经很后悔，后悔自己将苏央然从苏家赶出去。但是看着她一点儿一点儿绽放光芒，他忽然又释然了。这才是真正的苏央然，这才是离开他，摆脱了束缚的苏央然。是他一直束缚着她，是他才使得苏央然没有办法飞翔。

原本还在追随着她的脚步，忽然放慢了，他原本以为只要她回来了，自己还可以追上。但他突然明白过来，开始只是远远地看着她，看着她微笑，看着她挥手，看着她呼喊自己的名字。

“苏彦，你要不要学车？”苏彦正在出神地看着她，苏央然忽然靠了过来，她手里拿着两份报名表，“我要考驾照，准备在寒假的时候学，你去不去？”

她的确需要驾照，因为夏川城为她买了好几辆名车，其中有一辆还是限量版的。

苏彦摇了摇头：“不了，我怕开车。”

“也行，到时候就让姐姐载着你兜风。”苏央然笑得开怀。

寒假到了，她果然去学开车了，她是很聪明的，理论考试满分通过，然后便是红外线桩考，路考。旁人要考很久，她却很快通过了。

她多了很多朋友，那些朋友里有富二代，有官二代。苏央然从来不会对人有偏见，她性格开朗，虽然脾气臭了点儿，但是人却很不错。所以那些人都喜欢跟她一起玩。

而苏彦，他终于停下了自己的脚步，再也没有机会靠近她了。

一直到寒假的最后一天……

第二节

寒假的最后一天，他们举行了一次盛大的宴会。因为第二天就要开学了，就算是富家子弟，也同样要进学校念书的，只好趁着寒假最后一天好好玩一玩，以此来结束寒假。苏央然自然也是被邀请了，她在去之前给苏彦打了电话，邀他一同前往，作为她的男伴。

苏彦答应了，却发现自己连一套像样的衣服都没有。

苏央然没有想到这一点，她坐着车到了举办宴会的酒店门外，看见苏彦穿着比平时要新一点儿的衬衣，独自倚靠在酒店的柱子下。她提着裙子跑了过去，苏彦抬起头，看到她的一瞬间怔在了那里。

苏央然穿了礼服，就像那一天在新闻发布会上一样，白色的长裙包裹着她玲珑的身体，脖子上挂着名贵的钻石项链，她站到他面前的时候，苏彦觉得自己和她分处在不同的世界，中间隔了一道屏障，他根本过不去。

“哦，我忘记你没有礼服。不过小彦今天穿了新衣服，很帅。”苏央然一把拉住了他的手，“进去吧。”

“很帅”，这是苏央然第一次这么形容他。苏彦刹那间忘记了两个人的距离，跟着她的脚步，走进了宴会的大礼堂。

宴会是在七星级酒店里举行的，苏央然才走进大殿，就有很多人围了上来。有人是真心想要跟她交朋友，有人是因为夏家的权势，有人原本就是一直跟着她的，就像章慎，就像朔连城。苏央然挽着苏彦的手一路走过来，很多人只将注意力集中在苏央然的身上，也有几个人发现了苏彦，知道他是苏央然的弟弟。

“看，那是夏央然的弟弟。”“就是她在苏家的那个弟弟，听说什么事情都要央然做。”“是啊，苏家的人很过分，像夏央然这么能干的人，却被关起来照顾他。”“还听说他连洗碗、扫地都不会。”“学校值日也是让自己的姐姐帮忙的。”“啧啧，太可怕了。现在姐姐飞黄腾达了，他又凑上来。”“看着人模人样的，背地里是这种人呢。”苏彦听着耳边传来的议论声，脸色一瞬间变得惨白。

他不否认，因为自己确实很依赖她，但是学校值日他是绝对没有让苏央然做的，只是苏央然要等他，为了快点结束，每次都是两个人一起做的。轮到苏央然值日的时候，他也是会帮忙的。而且他也会洗碗!

“你别在意，他们多多接触你，就会知道你是一个好弟弟。”苏央然自然也听到了这些风言风语，她只是握紧了苏彦的手，安慰他，“没关系，至少姐姐我是站在你这一边的。”

他的心情微微释然了一些，或许自己真的不适合待在这个地方，但是苏央然希望他留在这里，他就一定会留在这里。

宴会很热闹，周围也有许多吃的，还有红酒。

音乐声响起的时候，有几个没有女伴的男士就会邀请独自前来的女子跳舞，也有人询问带了女伴来的男士，希望他们能够借女伴陪他们跳舞。大多数男士都是很大方的，有些男士的女伴是他们的姐姐或者妹妹，自然就愿意借女伴出去，他们好多接触其他各界的人士。

而苏彦显然不知道这些，当云洛生走过来的时候，他还待在原地。

“可以请你的舞伴跳支舞吗？”云洛生优雅地将一只手抚在胸口，微微向他点头，苏彦僵在那里，有些不知所措地看了一眼身边的苏央然。苏央然低头在他耳侧说了几句话，他咬了咬下唇：“好……”

“我很快就回来。”苏央然松开他的手，挽住了云洛生。这其实只是礼貌的一支舞，就算有人要向苏央然借苏彦，她也会很大方的。

可是在这个金碧辉煌的宴会厅里，没有一个人会注意到渺小的苏彦，特别是他穿着一件普通的衬衣，更是让他淹没在了所有的光辉之下。

他背靠着冰冷的墙壁，墙壁上有美丽的壁画。画上有一朵盛开在地狱边的红花，很美丽，只有枝干，没有叶片。他不记得这是什么花，但是听说过它的故事，有花无叶，有叶无花，有时候想想，这就如同他和苏央然的关系，明明一起长大，可是最后却又无法在一起。虽然他尝试过打破这样的关系，但反而让两个人的距离越来越远。

“你是苏彦吧？”忽然有一个声音从另一边传来，他抬起头，看到两个漂亮的女孩子靠近了他，她们穿得很漂亮，皮肤也白皙如玉，脸上挂着的笑容，就好像刚酿出来的蜂蜜一样甜。

苏彦淡淡地回答：“嗯。”

“嘻嘻，你姐姐是夏央然吧？她可真漂亮呢，看，她和云家少爷站在一起，很登对。”其中一个女孩转身指着在人群中跳舞的云洛生和苏央然：“我本来以为这次宴会她不会带你来的，毕竟你不是夏家的人，也没有资格进这个宴会厅。夏央然真是善良，还带着你到处跑。”

苏彦闭上了眼睛，他别过头去，装作什么也没有听见。可是那两个女孩却不放过他，依旧在他耳边嘲讽着，甚至说出了很多难听的话。她们自然不会胡乱骂人，可是每一句都是那么伤人：“要是我啊，我才不会带着这种弟弟。”“多穷酸呢，看他穿的衣服。”“听说他还很没用，什么事情都不会做，让夏央然帮忙。”“我就说嘛，夏央然人太好了，阿猫阿狗都愿意帮。幸亏云少爷宽宏大量，从来都不会责怪她。”

第三节

“他为什么要责怪我？”忽然一个声音传了过来，苏央然挽着云洛生的胳膊，脸上的笑容有一些难看，她回过头看他，语气微微上扬，“你为什么要责怪我？我愿意帮阿猫阿狗，那不是我自己的事吗？更何况……”

她转过头，眼神冷厉地看着那两个女孩：“苏彦从来都不是阿猫阿狗，他是我的弟弟，是我最在乎的家人，你们说他是阿猫阿狗，难道我也是阿猫阿狗了？”

“不，夏小姐，我们……我们不是这个意思……”女孩立刻被吓得后退了几步，脸上的红润消散得干净，只剩惨白。

云洛生也不帮忙解围，只是站在那里看着她们。

女孩们偷偷瞄了他一眼，见他不帮腔，只能道歉，然后匆匆离开了。

苏央然立刻甩开云洛生的手来到苏彦面前，双手轻轻托起他的脸：“如果以后有人欺负你，你就恶狠狠地教训他们。我不可能一直站在你的身边帮助你，所以苏彦，你要强大起来。不要总是觉得自己没有用，其实你一直很厉害，你是我见过最聪明、最能干的人。”

苏彦咬了咬下唇：“姐，你不要安慰我了……”如果他这样也叫最聪明最能干，那全世界都是聪明能干的人了。

苏央然拍了拍他的肩膀：“我才不是安慰你，我说的是真的。你不是一直都很努力吗？像你姐姐我这么厉害的人，你稍微努力努力就可以赶上来了，要是换作别人，早就被我甩得远远的了。你可是一直在我的身后，一直紧紧地跟着我呢。”

那是因为，你一直在等着我啊。

苏彦在心里这样想着，他是知道的，苏央然一直在等着他，一直在放慢脚步，所以他才可以跟得紧紧的，并不是因为他聪明，也不是因为他厉害，而是因为苏央然一直在等他。

如果她奔跑，那么他永远也无法跟上她的脚步。

他的眼眶更加湿润了，之前被欺负的时候他都没有想哭的冲动，但是在这一瞬间，不知道为什么竟然落下泪来。

就在这个时候，苏央然忽然俯下身，在他的脸颊上轻轻啄了一口。他原本苍白的脸色竟然一下子红如苹果：“姐……”

“等你能够与我并肩走在一起的时候，我或许会考虑一下你的喜欢。不努力，怎么知道行不行？”苏央然抬起头来，脸上的笑容灿烂如花。

她其实一直都看着身边可爱的弟弟，一天一天消瘦，一天一天用悲伤的眼神看着她。她想了很多，最后猜测可能是因为苏彦觉得她离开了苏家，就会距离他越来越远，也不会像以前一样陪伴在他身边。

或许她现在的确有了新的朋友圈，但是这并不代表苏彦进不来。在这个世界上，有多少人是通过自己的努力进入自己想要的圈子里的。所以他也一样可以努力，像当初去美国留学一样充满干劲儿。要努力，要奋斗，要让自己奔跑起来，苏彦不是笨蛋，以他的能力，如果真正想要长大，绝对可以成为参天大树。

明明是很平常的一句话，却让苏彦一下子抬了头，他怔怔地看着苏央然，脸上不知道是什么表情："真的可以吗？"

如果他有一天可以拥有与她并肩的力量，如果有一天他可以站到她的身旁奔跑，她真的可以考虑一下，接受他喜欢她的心情吗？他以为，她早就拒绝了他；他以为，永远都没有了希望，可是今天，她却对着他说了这样的话。仿佛原本快要燃尽的木炭，一下子又燃烧起来。

"当然可以，"苏央然拍了拍胸脯，"我什么时候骗过你？"

一瞬间他仿佛退去了身上裹着的悲伤，脸上绽开笑容，后背也微微挺直，他伸出手，优雅地对着苏央然鞠躬："那，可以请姐姐跳一支舞吗？"

"荣幸之至。"苏央然挽住他的胳膊。

寒假结束后，每天学习的时间更紧了，毕竟苏央然到了高三，要全面准备高考。她开始认真看书，进入学习状态，成绩更是突飞猛进。苏彦也一样，他似乎回到了当初跟随在苏央然身边的状态，经常笑，也会和大家打打闹闹。他变得更加光芒四射了，参加了很多活动，甚至加入了篮球社。

苏彦加入篮球社，和体育队的人一起打球，起初他的技术并不好，但是随着每天的练习，竟然也能够赢得别人的喝彩。只是他心脏不好，苏央然每天都要监督着，超过两个小时，就把他拉走。

学校里的女生们原本都喜欢朔连城和云家的少爷，如今也开始追着苏彦了。

经常有女生偷偷给苏彦送情书，还有人甚至把情书给苏央然，让苏央然转交，苏央然看过那些情书，那些小女生在信里写着什么"看到你的时候，我的视线便无法从你身上移开"，"没有你，我的生活就像一潭死水"，这些语句每每都能让她笑得前仰后合。

而苏彦却一本正经地看着她："她们写得没有错，喜欢上一个人的时候，是真的无法将视线从对方身上移开。”

苏央然愣在那里，她忽然轻轻地笑了笑：“苏彦也是这样看我的吗？”

“嗯。”苏彦点了点头。

就好像是在回答一件非常平常的事。

苏央然将手里的情书收了起来，放到他的面前：“我知道了，以后我不会再嘲笑她们了，或许有一天，我也会像她们一样。”

第四节

高考马上就要来临了，天气也渐渐炎热起来。苏央然每天都忙碌着，苏彦也很认真，他希望自己能够考上一个好大学，然后找到一份好工作；他希望自己能够慢慢变强，直到可以站在苏央然的身边。

就在这个炎热的季节里，平静的生活因为一件事情忽然被打破。

夏家很有钱，而苏彦是苏央然最心疼的弟弟。或许夏川城并不会管苏彦的死活，但是苏央然一定会想办法保护他。于是，有一群绑匪就将目标放在了苏彦身上。

那一天放学，苏央然坐着车离开了。她回到夏家没有多久，忽然接到了电话，是父母打来的，电话里他们急得声音都在颤抖："央，央然……苏彦被绑架了……苏彦被绑架了！"

绑架？苏央然当时愣了愣，她还没有反应过来。苏彦怎么就忽然被绑架了？那些人绑架苏彦干什么？直到母亲在电话里说，歹徒要求他们拿一百万美金来赎苏彦，她才恍然大悟：那些绑匪并不是笨蛋，虽然苏家一穷二白，但是夏家有钱，而且他们开的价还不算过分，以夏家的家产，要个一千万美金都是可以的。

只是绑匪拿了钱，真的会放人吗？

她心里很清楚，苏彦被抓，那些绑匪不可能二十四小时都戴着头套遮掩自己的容貌，所以他们的样子肯定已经被苏彦看见了。看见了绑匪的容貌，绑匪又怎么可能会轻易放过他？他们必定会杀了他。

他们拿到钱之后，就是杀他的最好时机。

绑匪自然不可能要求转账，如果是银行转账，他们的钱很快就会被冻结。所以他们会要求现金支付。用现金支付的话，苏央然就能够接触到对方，这样一来，苏央然或许可以看见苏彦，但是想要救他，也是难上加难了。

绑匪声称监听了他们所有的电话，如果他们报警，就会立刻杀了苏彦。苏央然只觉得很可笑，也许苏家的保护措施做得不是很好，但是夏家绝对是连一只蚊子进来都要三思而行的，要对付夏川城的人多了去了，想要知道他秘密的人也多了去了，所以他们住的地方，根本不可能有人监听。但是她又不敢立刻报警，警察的确会首先确保人质安全再擒绑匪，但如果交易的时候被绑匪觉察到什么，苏彦也许真的会死。

"妈，你让那些人将电话打到我的座机上来。"苏央然微微沉下了脸，声音也冷了三分。

她回了房间，禁止任何人进来打扰她。过了半个多小时，绑匪果然把电话打到她的座机上，他们还用了变声器，苏央然分辨不出他们的年纪，但是从口音可以听出来，有点儿像本地人。

“简明扼要地说吧。我只有三点要求。第一，现在让我听一听苏彦的声音，我要确保他还活着；第二，我会带着现金只身前往，你们拿走现金，我带走苏彦；第三，到了目的地，我要先见到苏彦，才会把现金给你们。”电话那头的人才提出美金的要求，苏央然就直接打断了他：“自然，去你们的地盘，我会完全按照你们的吩咐做，我不报警，只有我一个人。你们可以间断地给我信息提示，让我找到你们。如果觉得有人跟在我后面，可以立刻断了提示，将苏彦杀了。”

绑匪们沉默了许久，然后扬起声音：“我们喜欢和聪明人合作。一百万美金想必对你们夏家而言不算什么。既然你把话说开了，那么今晚就做这笔交易，现在你先听一听你弟弟的声音。”

窸窸窣窣，好像是有什么东西被推了过来，苏彦不肯说话，那边传来重重的巴掌声，他才勉强地开了口：“姐，别……别救我……”

苏彦并不是笨蛋，他看到了他们的脸，也早就猜到他们得了钱之后一定会将他杀死。所以他不希望苏央然救他，更不希望苏央然涉险！他希望她好好的，希望她可以活得很好！

才说了一句话，绑匪就把电话拿了过去：“六点之前赶到江东街道瑞联超市门口的公交车站台，那里会有我们的提示。你一个人来，不要开车。”

“不开车？难道让我跑步？”苏央然嘴角抽搐了一下。

“你可以挤公交。”绑匪沉默了一会儿，然后回答道。

苏央然有些无语，不过此时此刻她更确定这些绑匪是本地人。如果是外地人，除非是在这里生活了很久，否则怎么会这么清楚公交车站台？而且他们的口音，也像极了本地人，只是他们开了变声器，实在分辨不出到底是哪个镇子的。虽然本城的口音都差不多，但是不同镇子还是有不同的腔调。

等等，绑匪既然要关人，自然会去他们最熟悉的地方。所以，只要她到了目的地，就可以很快猜到他们到底是哪个地区的人了。

至于报警，暂时还不可以。

她提笔在纸上写了一句话，然后将那张纸压在了座机下面。离开房间的时候看见管事正好从旁边走过，他正指挥那些女佣打扫屋子。苏央然喊住了他：“如果我的房间来了两个电话，每次都是只响三声就挂了，两次之后你进来看看来电显示。”

管事愣了一下：“小姐要去哪里？”

“办点儿事。”苏央然穿上了鞋子，正要下楼，忽然又想起什么回过头，“那啥，你有公交车卡吗？没的话，有零钱吗？”

管事愣了几秒钟：“没有，零钱可以现在为您准备。小姐要去什么地方？不带司机吗？”她到底是要干什么？

“那给我零钱吧，我有事要坐一趟公车，感受一下拥挤的气氛。”苏央然回答得如此淡定。管事虽然不解，也只好淡定地把自己的零钱掏出来给了她。

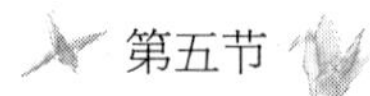

第五节

绑匪很聪明，他们不停地让苏央然转车，一会儿坐公交，一会儿打出租车，一会儿坐三轮车，一会儿甚至让她坐上城里的各种摩托车。带着她在整个城区里绕了好几圈，终于确定她身后的确没有人跟着，便让她坐了一辆305路公交车，直接开往市区外。

本城的公交比较好的一点是，一元五角钱可以坐到任何一个地方。苏央然一直很欣慰，虽然有时候也对司机粗鲁的行为感到很不爽。记得有一次她乘公交车，还没有挤下去，司机就关门了，还把她的衣服卡在门缝，气得她一个投诉电话打到了公交公司，大骂了一通。公交公司的客服人员还是很客气的，立刻让那个司机向她道歉。之后苏央然便上了瘾，一旦公交司机有什么不好的行为，她就打电话投诉。甚至有一次，站牌上写着八到十六分钟之间会有一班车，她等了二十分钟没等到那班车，她也打电话投诉。以至于后来苏央然的大名和照片在公交公司里被大肆宣传了一番，经理再三吩咐他们："看见她就要客客气气的，千万不要得罪她！"

所以当她在城里坐公交车的时候，那些司机的表情一个个都变得很和善了，分外地客气，分外地有礼貌。

她坐上305路公交车的时候，那司机吓得双手死死地握住方向盘。

这辆车是开往市区外的，不算远，但是从市区到305路的终点站，至少也要二十多分钟。苏央然闭着眼睛养神，大约过了十分钟，她接到了一个电话："在终点站下车，左边的垃圾桶压着一张纸条，到纸条上写的地点，你就可以见到你弟弟。现在，你把你手上的手机丢掉，我要听到声音。"

我这手机还是新买的！苏央然忍了忍，然后握着手机淡淡地呵了一口气，忽然"哗"一下从窗户丢了出去，落到地上的时候传来手机砸到石头上的声响。

司机茫然，她为什么砸电话？难道是他开得太颠簸了吗？难道转弯的时候速度太快了吗？难道是他技术不够娴熟让她很不爽了吗？他感觉压力好大啊！

"叔叔，我的手机刚才从窗户掉出去了，等会儿到了终点站，你可以帮我打个电话吗？"苏央然忽然面带微笑地靠近司机，司机吓得颤抖起来："打，打电话吗？当然没问题，乘客至上，我们一定会好好为你们服务的。"

苏央然笑得灿烂："我家里的人很节约电话费的，您打两次，每一次只响三下然后挂掉，他们就会知道我的手机掉了。对了，叔叔，如果他们打电话给你，你就告诉他们我在终点站下的车，好吗？"

"好……"司机哆哆嗦嗦地应了她。

公交车到了终点站，苏央然下车之后果然就在旁边看见了一个垃圾桶，垃圾桶上压着一张纸条，她默默地记下上面的地址，然后自言自语了一句："怎么能随便扔垃圾呢。"她将纸团成了一团，塞进了垃圾桶里。

司机正好要交班，从车上走下来，苏央然面带微笑地看了他一眼，然后风轻云淡地转身离开了。

地址写得很详细，就在距离终点站不远处的一个村子里。那村子在准备进行新农村改造，许多旧房子破破烂烂的，全部等着拆迁造新。还有许多破烂的泥墙瓦屋空在那里，有的用来堆放木柴，有的用来堆放杂物。

苏央然沿着地址进到了一个村子里，她感觉到周围有几束目光盯着她，估计就是那些绑匪了，绝对不止一个人，她粗略估计一下，至少有五六个人。

她面不改色，心里早就计划着怎么将苏彦救走。钱就在手提袋里，他们会不会看到她只身前来，就直接把苏彦杀了，然后把钱抢走？想到有这个可能性，她忽然紧张起来，脚步也越来越慢，最后停在了路中间："手提袋上有密码，如果输错或者强行撬开，它可是会爆炸的。"

仿佛是在自言自语，又仿佛像是在对躲在暗处的人说话，苏央然微微握紧了手，脸上扬起一个笑容："我已经在原地转了两圈，纸条上写的屋子根本不存在。既然你们就在我身边转悠，何不现身带我去看看弟弟。"

暗处的几个人一僵，随后，在苏央然身后的矮房子里，走出一个三四十岁的男人，头上戴着鸭舌帽，声音压得很低："手里的是钱？"

"是呢。只不过袋子里有密码和小型的炸药。其实也不算炸药，只是如果输错了密码，或者强行撬开，里面的钱会化为灰烬而已。自然，我是为了保全我弟弟，我可不希望自己到了这里，钱被抢了，弟弟的命也没了。"苏央然微笑着，态度诚恳。

那男人背过身去："跟我来。"

苏央然立刻跟上了他的脚步。男人并不担心苏央然会在背后袭击他，因为苏彦还在他们的手上。而就在苏央然的背后，她也可以感觉到有一束目光在盯着自己，估计是他的同伙。

他带苏央然到了村子最外边，在靠近田园的一座矮房子前停下，男人敲了敲门，屋子里立刻传来一个声音，像个上了年纪的女人："谁啊？"

"是我，那个人带钱来了。"男人答道。

第六节

门“咯吱”一声开了，走在前面的男人对苏央然使了一个眼色，她就慢条斯理地跟了上去。才跨进门，忽然身后一个人挥手要打向苏央然的脖颈，苏央然一个侧身躲过，膝盖一顶击中那个人的腹部，直接将他打倒在地。

带路的男人立刻警惕了起来，他有些难以置信地看着苏央然，手伸向倚放在旁边的锄头。苏央然立刻开了口：“一手交钱一手交人，最好不要耍手段。”

男人一僵，手缩了回来：“你会功夫？”

“不是功夫，以前跟人打架的时候练出来的。你们也知道我心疼弟弟，那会儿学校很乱，为了保护他，我跟人打了好多次，时间久了就稍微会一点儿防卫措施。”苏央然耸耸肩膀，“我不想为难你们，这点儿钱我们也不缺，你们拿走，我不会把你们怎么样。只要苏彦可以平安无事，如果你们耍阴的，他死，你们也得死。他受伤，你们也得死。”

她说这句话的时候显得非常平静，好像一点儿都不害怕。其实只有她自己知道，此时此刻她的手臂抖得有多厉害。要不是袖子宽松，早就被人看穿了。

她害怕苏彦出事，更害怕回去看到父母痛苦的样子。

他是她唯一的弟弟，是她的亲人，无论付出多大的代价，她也要救他。

绑匪总共有五个人，除了带路的，以及后面跟着的，屋子里还有两个，一个女人，一个男人，都是普通的农村人。屋外应该还有一个人监视着，以防她逃跑。他们一定会让她打开手里的手提袋，要验看里面的钱。

打开的时候，就是她和苏彦死的时候。

她必须在那一瞬间，竭尽全力保护他。

那个司机应该打了电话了吧？警察应该也快要来了吧？当初她在电话边留了字条，管事如果看见了，应该就会报警了。那张纸上写着苏彦被绑架的事，她要出去救他。司机知道她到了哪里，警察会找过来，但是要找到这栋小矮房子，还是很有难度的。

或许，她应该再拖延一下时间？至少能够保证，那些警察到达终点站。苏央然心里如此打算着，那个女人已经跨了一步上来，她要求苏央然打开手提袋，清点一下里面的钱。苏央然冷笑了一声：“要打开可以，你们把苏彦交出来，我要确认他是安全的。”

“他好好的，你打开了，我便带他过来给你看。”那女人回答道。

苏央然抿了抿嘴：“我可不希望见到一具尸体。打开这手提袋，你们这么多人，我自然打不过了，如果我确认苏彦是安全的，我可以把手提袋给你们，并且告诉你们密码。你们打开了手提袋，我再带苏彦离开。”

其实她原本想要说让她先带走苏彦，再告诉他们密码。但是她知道这些绑匪一定不会让她这么做，所以只能退一步，要先见到苏彦。

见到了，才能救他。

女人犹豫了，旁边抽烟的男人忽然重重地拍了一下桌子："哪来这么多废话！把手提袋打开！不然我立刻杀了你弟弟！"

这一声让屋子里的其他两个人都吓了一跳。但是苏央然却不为所动，她只是盯着那个抽烟的男人，心里有了定论，原来他是主谋。男人被苏央然盯得浑身不自在，他更是破口大骂起来："小兔崽子，你现在不把这手提袋打开，我就扇你一巴掌！"

"啪！"只是一秒钟的时间，苏央然竟然以最快的速度移动到了女人的身边，直接在她脸上打了一巴掌。那抽烟的男人吓住了，呆呆地站在原地。女人也吓住了，根本不敢动弹。苏央然抬眼看着他："把苏彦带过来，我不想多废话。如果你们不想死，最好速度快一点儿。这笔交易，要么拿上钱滚，要么你们都别想活着出去。"

威胁？她会怕威胁？她受到的威胁可是多了去了。

自己年幼的时候打不过别人，被人拉到两根单杠上面根本下不来；被人推到沙堆里埋了整个身子，差点儿连头也露不出来；那些高年级学生威胁她，让她把零用钱掏出来孝敬他们，她忍了半个多月，最后把他们一个一个地打倒在了地上。

人是怎么变强的？人就是在不断跌倒的情况下才变强的。

抽烟的男人沉默了，他恶狠狠地使了一个眼色。屋子里的一个男人就出去了。

过了大约两分钟，绑着手脚塞着嘴的苏彦被拉了进来，他被推倒在墙角，因为疼痛，他明显皱紧了眉头。他的眼睛也被蒙着，看不见苏央然，却感觉得到，她就在那里。只是他很平静地躺在地上，并没有任何多余的反应，这个时候一旦反应太强烈，反而会让他们失利。

苏央然确定了苏彦安全之后，立刻将手提袋交给了他们，并且直接报出了密码。

女人手脚发颤地准备去打开，旁边抽烟的男人一把将她推开："我来，你按错的话钱都烧成灰了。"

女人被摔得很疼，却没有吭声，只是看着男人。男人也有点儿小紧张，小心翼翼地按着密码。苏央然只觉得搞笑，在中国是禁止私人购买炸药的，她怎么可能弄得到，就算真的弄到了，她也不会装。虽然她聪明，但是没聪明到这种地步。

男人打开了手提袋，看着里面满满的美金，眼睛一下子亮了起来。

女人也很高兴，她拍了拍屁股上的灰尘走过去："这钱好新啊，美金原来长这样的，会不会是假币啊？我们又不认得美金。"

第七节

苏央然很无奈：“我是直接从银行取出来的，如果你们不信，我身上还带着取款的单子，你们可以对照一下。我也没必要拿假的骗你们，只是这么一点儿钱，对我们夏家而言根本就是九牛一毛。”

女人听了更加高兴了，抱着钱摸来摸去。

苏央然面带微笑地看了一眼地上的苏彦：“现在可以放了他吗？”话音才落，门外的那个男人一下子冲了进来，然后反手把门给关上了。

抽烟的男人把钱往旁边一放，立刻笑了起来：“那可没那么容易，夏小姐，你来了可就出不去了。”

一听这话，原本躺在地上的苏彦忽然像发了疯似的要站起来，他一个劲儿地挣扎着，想要保护苏央然。

那个抽烟的男人立刻踹了他一脚：“吵什么吵！等我解决了你姐姐，马上就会轮到你了。”

苏央然沉默地站在那里，那个女人脸色有点儿发白，她拉了拉男人的胳膊：“弟，不是说要放了他们的吗？”

“放？他们都看见我们的脸了，放了他们我们会立刻被抓的。你傻啊！”男人恶狠狠地吼了一句，“田里正好缺肥料。把他们埋……”

“了”还没有从嘴里说出来，那个抽烟的男人忽然整个身子一扭曲，直接倒在了地上。

女人呆愣了三秒，忽然尖叫起来！

苏央然在一瞬间就打中了那个男人的肚子，并且扭断了他的手臂，将他整个身子翻过来按到了地上。

女人的尖叫声让整个屋子变得更加恐怖起来，苏彦不知道发生了什么事情，只能拼命地凭感觉寻找苏央然的存在。

苏央然冷着一张脸，直接抄起旁边的锄头砸在了这个男人的脚上。男人已经昏死过去了，女人还在尖叫。

苏央然一把抓住了她的头发：“放心，杀人是犯法的，我不会犯法，但是正当防御还是要的，刚才你们的对话我已经全部录下来了，我可是为了保护我自己，才正当防卫呢。”

苏央然一锄头打到了女人的肩膀上，她动作迅速而且毫不犹豫。屋子里的其他几个

男人争先恐后地要跑出去，但是门还锁着，他们刚要开锁就被苏央然给擒住了。她反握起锄头柄一棍一棍地打在他们身上，其中一个男人疼得翻滚到地上，另外一个男人转身一把掐住了苏彦的脖子：“你再过来我就掐死他！”

这句话让整个房子瞬间安静了，男人挣扎着爬起来，双手掐住了苏彦的脖子。

“你可以试试看。”苏央然脸上的表情一下子变了，这个时候，她的气场瞬间带给几个绑匪强大的压迫感，似乎她随时都可能大开杀戒：“你如果敢动他一根汗毛，我就要了你的命。”

苏央然一步跨过来，那男人吓得整个人瘫倒在地上。

她将苏彦扶了起来，拔出塞在他嘴里的东西，并且解开了绑缚他的绳子。

苏彦怔怔地看着她，蒙在眼睛上的布已经被摘了下来，他眼眶里盛满了泪水，好像只要轻轻一摇晃就会滴落下来：“姐……”

“你能不能不要这么没用，那么轻易就被人抓去了，难道要我一辈子跟在你的身边吗？”苏央然一直皱着眉头，她用力地将他身上的绳子扯下来丢在旁边，一副很生气的模样。

“对不起……”他只能道歉，现在的他只能对着她道歉，不，应该说，从过去到现在，他总是在对她道歉。

他是一个麻烦制造者，每一次都是苏央然出面，每一次都是苏央然帮助他。他已经很努力地不给她惹事了，但仍旧麻烦不断。这一次也是，那些歹徒突然出现，当时他的肚子就被重重地踢了一脚，他飞快地跑，拼命地跑，就是因为他知道，如果他被抓了，第一个赶过来救他的，一定会是苏央然！

他是那么不希望她涉险，哪怕自己死了，也不希望她涉险。

身上的束缚已经全部解除了，苏央然拉着他的胳膊要离开这间矮屋，忽然地上那个被她打昏的男人不知道什么时候醒过来，握住地上的那把锄头就往苏央然身上砸。苏央然只觉得背后有人挡了过来，她回过头来的时候看见那把锄头就快落到苏彦身上了！

苏彦是没有办法承受这一击的！

如果砸在他的身上，他一定会死的！

脑海瞬间变得一片空白，她唯一想着的就是要保护苏彦。身体好像是条件反射一般，在这一瞬间反手抱住了他，然后一个转身。那锄头直接砸进了她的后背。鲜血一下子涌出来，苏央然抓着苏彦的肩膀，指甲直接掐进了他的肉里。

很疼，真的很疼，就像当初她从山坡上摔下去的时候一样，疼得好想立刻就死掉！只要死掉了，一切都可以结束了。

身后的那个男人一下子将锄头拔了出来，还打算挥第二下，忽然，站在苏央然身后的苏彦一个跨步站出来，挥出了一拳打在那个男人的胸口，男人本来就受了伤，如此重击让他立刻向后退了几步倒在地上，就在这个时候身后的门被撞开了，夏川城带着几个警察出现在了门口，看到苏央然浑身是伤地跪坐在地上时，他整个人一颤："医生，快！医生！"

这是他的女儿，这是他现在唯一还活着的女儿!

第十六章

高考与洛兰科斯

第一节

医院里消毒药水的味道一阵一阵传进鼻子。苏央然觉得后背还是阵阵发疼，不但疼，甚至还有一些痒。大概是包扎过了，她想要动一下肩膀，却发现自己被纱布缠得牢牢的，连动也动不了。

挣扎了一下，她只能无奈地睁开眼睛。

苏彦就趴在她身边，他大概是很累，一只手紧紧地抓着她，头枕着另一只手半趴在那里睡着了。苏央然摇了摇他的肩膀，他立刻醒了过来："姐。"

"那些绑匪怎么样？"苏央然问道。

"被抓起来了，有一个受伤很严重。"苏彦回答着，他的视线落到她的后背，"还疼吗？医生已经缝合了伤口，但是一时半会儿还好不了，他们说最少也得在医院躺三个多月，幸亏没有伤到骨头。"

都被抓起来了吗？苏央然明显舒了一口气。幸亏那些警察及时赶到了，不然他们可就麻烦了。不过话说回来，要不是她马虎大意，也不会让人一锄头砸中后背，那一瞬间还真是痛不欲生啊，不过到后来她就没知觉了，意识也昏迷了。如此想着，她拍了拍脑袋："夏川城带着警察找来的吗？他倒是聪明。"

"夏先生很担心你，他刚才还护在你身边，后来公司有事，便走了。"苏彦怕是第一次看到夏川城失态，就好像百万富翁一下子沦落成乞丐，他整个人都憔悴了不少，向来冷静的他从进了医院开始，看见一个医生就紧紧抓住对方的衣袖："医生！医生！快，救救央然，救救央然！她受了伤，她流了很多血！快点儿！"

他打了无数通电话，把所有认识的能力不错的医生统统喊了过来。甚至还喊了几个心内科和脑科医生，有几个还在美国开会，接到他的电话也立刻坐了飞机过来。

一大群权威医生围绕在手术室外，里面动手术的外科医生吓得冷汗直流，总算是平安无事地把她推出来了，术后还要被一群脑科的、心内科的，甚至是研究病毒的医生、科学家围着问情况。还有一些医生推荐各种止痛剂、修复剂，甚至还有人说要用病毒和虫子修复她后背的伤，听得那外科医生心惊肉跳："只是外伤，只是外伤，只要休息几个月就能够康复了。"

"怕是会留下伤疤，姐，夏先生已经准备去联系整容师了，会把你背上的伤口修复好的。"坐在旁边的苏彦微微握紧了手，像是在安慰她，"不过，就算有伤疤，姐姐也是最漂亮的。"

"我身上的伤可不少了，多一个少一个无所谓。"苏央然本来想耸耸肩膀啥的，发现肩膀固定住，不能动。

苏彦黯然："都是因为我。"

"是啊，都是因为你。不过也是我自己太没用，有时候稍微警惕一点儿，就不会发生那么多麻烦的事情了。"她撇撇嘴，忽然想起那个男人再一次要拿锄头砍她的时候，苏彦似乎帮了她一把："你没有受伤吗？我看到你好像……"

"我将那个人推开了，"苏彦淡淡地扬起一个笑容，"我也想努力地保护姐。"

苏央然眉毛一挑："不错，我的弟弟终于长大了呢。"

长大？是啊，他终于长大，终于会在危急时刻用尽一切力量保护她。他不会再懦弱，也不会再妥协，他要变成坚强的苏彦，变成一个可以顶天立地，可以保护苏央然的人。

以前都是苏彦进医院，苏央然照顾他的。这一次苏央然进了医院，苏彦在旁边照顾她。朔连城得知苏央然与歹徒搏斗，甚至被锄头砸了一下，吓得匆匆忙忙赶来，户和尚佐早就在里面坐着了，拎了不知道多少吃的喝的，又是送汤、送饭，还送水果。尚佐仗着家里的厨子优秀，把央然接下来养伤的几个月的吃食全部都给包了："你放心，这段时间你就什么都不用做，有我们呢。"

"嗯，你好好休息。给你糖。"户难得没有和尚佐吵，拿了糖塞给苏央然。

一直以来，苏央然在所有人的面前都是坚强的，无论遇到任何麻烦，她总是第一时间挡在所有人面前……而这一次，这些她曾经保护的人，终于也来守护她。

她微微颤动了一下眼帘，扬起笑容："好。"

就这样，苏央然在病床上躺了一个多月，身体渐渐好了许多。原本要三个月才能出院，在她的坚持下，一个多月后终于出院了。只是她身上的伤还没有完全好，不能过度劳累，教室的椅子，也换成了有靠垫的。

苏央然一直觉得是因为自己所以苏彦才会被绑匪抓走的，毕竟如果她不是夏家的女儿，就不会发生这种事情了。

所以后来每天她都要亲自将他送到家里，她才回去。

苏彦因为打篮球的缘故，身体渐渐好了起来，心脏仿佛也在锻炼似的，变得越来越强大了。他参加了合气道社，利用课余时间学习一些自我防御的本领。现在的他并没有太多的力量保护苏央然，那么至少他要保护好自己，不让苏央然再为他受伤。

距离高考越来越近了，苏央然背后的伤好了之后，夏川城带着她做了整容修复手术，把背上所有的伤疤全部去除了。

苏央然还是很感激他的，虽然他在以前并没有尽到一个父亲的责任，但是在他寻回她之后，他一直都在努力。其实夏川城不算一个好父亲，很多父亲应该做的事情他都没有做得很好，但是他在努力。苏央然知道，他在努力。

高考，是学生迈向社会的第一步。进入了大学，就是进入了一个小社会，当你拿着文凭出来，这一张薄纸可以带你进天堂，也可以带你下地狱。

苏央然的成绩是很出色的，她甚至还没参加高考，好几所大学就已经打来了电话，承诺可以将她提前招收。

但是苏央然执意要考试，执意要自己选择。

这是最后一步，她就像已经站在踏板上，只要轻轻一跃，就像鲤鱼跳龙门一样，可以跃到另一个世界里。

这条路她已经走了很久，很多人都走了很久，脚下堆积的都是试卷和课本，无数支笔支撑着身体。如果连跃出去的力量都没有，如果连冲向瀑布顶端的勇气都没有，她又有什么资格接受其他大学的邀请呢?

第二节

高考前一天，夏川城破天荒地找苏央然谈话。这是一次真正的父女间的谈话，夏川城很认真地坐在沙发对面，双手捧着茶，一副要跟苏央然聊上一两个小时的架势。以前在苏家，苏央然一直都很独立，也很自主，从来都不需要父母担心，他们也不会这么认真地跟她谈话。现在夏川城忽然这样，让苏央然觉得压力有点儿大。

“央然啊，”苏央然嘴角抽搐了一下，眼睛死死地盯着他。夏川城被盯得有点儿不好意思，移开了视线，“明天你就要考试了，压力不要太大，要放轻松一点儿。你的成绩本来就出色，考上名牌大学那是轻而易举的。”

“如果你出现失误没有考上，也不要紧，我投资了好几个大学，都是很有名气的，你到时候可以直接转进去念书，不用担心以后的事情。”夏川城继续说着。苏央然有些无聊地托起了下巴，他到底是想怎样啊？还出现失误，他能不能不要这么乌鸦嘴啊？全世界有哪个父亲会诅咒自己的女儿？

“我知道你从来都没有打算继承夏家的产业，也不打算毕业后来夏家的公司做事。我也不想囚禁你，你若是想飞，我会助你飞得更高，更远。”忽然话锋一转，他不再讲考试的事情了，而且微微感叹地说了一些别的话题。

苏央然也愣了愣，她抿了一下嘴：“看情况吧，如果你老了做不动了，我又没有别的爱好可以去追逐，或许会心血来潮回来帮你。”

“我早就老了，”夏川城拍了拍自己的胸口，“这里，早就老了。”

在他最爱的人抱着自己的孩子离去，在他最爱的人跳入了江水中，在他以为自己唯一的女儿也逝去的时候，他就已经老了，老得连呼吸都隐隐作痛。

其实夏川城不是一个很会表达感情的人，这一点苏央然和他比较像。虽然苏央然有时候有些疯癫，但是在很多时候，她不懂得如何表达自己的感情，只是想笑的时候笑，想哭的时候哭，想烦躁的时候烦躁，想纠结的时候纠结。而夏川城，他很早就步入了社会，社会让他不能哭，不能难受，不能烦躁。他的几次失态，发生在夏莉死去的时候，以及苏央然涉险的时候。那个夏川城，才是最真实的夏川城。

“爸，”忽然，苏央然张了张嘴，她以前从来没有这么喊过他，这是第一次，她如此喊他，“你还年轻，而且你很优秀，是我见过，最强的男人。”

最强的，也是最有魅力的男人。

苏央然此话不假，她接触的都是一些同学，虽然优秀，但是毕竟年轻。而夏川城，他已经沉淀了那么多年，身上所散发出来的，是成熟男人应有的魅力。

夏川城根本没想到苏央然会有喊他“爸”的一天，脸居然“唰”一下红了，僵在那里，手里捧着的茶也不知道应该放在哪里，只是很局促地找着可以放茶杯的地方，脑袋里好像都是不断涌出来的泡沫。

谈完之后苏央然就去睡觉了，夏川城回到办公桌前，上面放着一本《家庭教育之父母的力量》，里面第一百七十二条——在孩子压力太大的时候，父母的鼓励，是孩子最大的动力。夏川城立刻掏出手机拨了一个号码：“是出版社吗？我想要联系一下你们这本《家庭教育之父母的力量》的作者。是的，我有些事情想要请教他。”

这本书写得还是不错的，看，他们家性格倔强的央然，居然喊了他一声“爸”。

高考终于来临了。

苏央然一行人是跳级上来的，所以在学校里也格外受到关注。户似乎是因为家事已转学了，具体情况苏央然不太清楚，而朔连城成绩一向优异，只是尚佐，本来成绩就不好，这一天他已经疯狂地补了很多习题，考试之前还很紧张，一个劲儿地走来走去，背着各种公式和题目。苏央然被他转烦了，伸手一把按住他：“就算考得很差，以你爷爷的人脉，你还会没有大学上吗，担心什么。”

“我爷爷说他不会帮我。”尚佐眼泪汪汪。

苏央然嘴角抽了抽：“你爷爷只是吓唬你，你是他唯一的宝贝孙子，他哪里会见死不救，放心吧。”

“真的吗？”

“真的。”

第一场考试结束之后，尚佐趴在窗口哇哇大哭：“好难啊，好难啊，我好几题都空着，根本就做不出来，呜呜呜呜，怎么那么难啊？”

第二场考试结束之后，尚佐整个人瘫坐在椅子上，灵魂已经飘到天上去了。

苏央然走过去一把抓住他：“你别在这里纠结了，考都考完了，明天还有考试，明天做得认真点儿就行了。”尚佐只顾着哭，也不答话。

苏彦只是觉得好笑，尚佐都是为了赶上苏央然才如此拼命的，只是他实在不是念书的料：“别担心，如果真的考不好，还可以重读，重读两年，应该能够考上好的大学了。”尚佐立刻蹦了起来：“你在嘲笑我吗？”

“不敢。”苏彦立刻摆出一副“我错了”的表情。

苏央然有些惊讶地看着自己的弟弟，不知道什么时候，他的性格开始一点儿一点儿改变，他不再只躲在她的身后，不再是当初那个总是胆怯的少年，他终于一步一步地走到了阳光底下，发出属于自己的光芒。

第三节

第二天的考试也顺利地进行着，只是考场上偶尔出现一些小情况。准考证忘带，紧张过头昏倒，诸如此类的事情总是发生。

最后一场考试，苏央然提前十五分钟出来了。她检查了三遍，实在检查不出错误，也坐不住，就出来了。

外面等着的家长立刻围上来问：“这次考试难不难啊？”“你认识我们家楠楠吗？”“你考得怎么样？难吗？我儿子说昨天的试卷很难啊。”“可我女儿说语文试卷很简单呢。”“简单什么，我孙子说那试卷难得要命！”“是很简单。”“啊？那我儿子肯定考得很差了。”“这次你们考什么？难吗？”“你父母不来接你吗？”

苏央然完全挤不出去，只能一一解答。

她也不说试卷难不难，毕竟每个人的能力不同，对试卷的看法也不同，但是和平常做的试卷比起来，的确加深了一些难度，语文作文还是难得离谱，但是考试的内容，都是曾经学到过的。

一堆问题回答完了，又一堆问题问出来，她几乎要头痛死了，就在这个时候，她听到外面有个人唤了她的名字，抬起头，她看到夏川城站在太阳底下，身边的秘书在给他打着伞。

苏央然小跑过去，夏川城擦了擦她额头的汗：“考得怎么样？”

“如果不出意外，应该全对。”苏央然答道。她回头看了一眼考场，苏彦正巧也从里面出来了，才走到门口，就被家长们围住，问东问西的。

“小彦！”老妈急急忙忙地从人群中挤出来，将手里的水和汤端给他。苏央然忽然觉得眼睛有一点儿酸，想到自己刚才出来，老妈居然都没有发现她。毕竟，他才是她的孩子。

其实苏央然心里是清楚的，尽管他们对她不错，尽管他们都很爱她，但是血缘关系这种东西，总是要强过一切的。无论是人类、动物，还是昆虫，他们都会更爱自己的孩子一些。

“要吃点儿什么吗？”见苏央然眼睛一直盯着对面看，夏川城忽然打了一个响指，另一个秘书扛着一个麻袋走了过来，打开之后苏央然才发现里面堆满了零食，紧接着一个厨子端着几盘东西也来到苏央然面前，可口的点心，解渴的饮料，那是一应俱全的。夏川城很不爽地瞪了远处那个女人几眼，然后很认真地跟苏央然说：“都是给你准备的。”

难道他在吃醋？苏央然忽然觉得有些好笑，没想到夏川城也有这么好玩的时候。

既然苏彦都出来了，苏央然一行人便坐上车离开了学校。老妈坐在车里一个劲儿地问苏彦，忽然发觉他们搭的是苏央然的便车，便也回头询问了她。苏央然只是淡笑：“还好，如果没有意外，应该是全对的。”

“姐，你选择题第九题是什么答案？”苏彦立刻开始对答案了。

苏央然嘴角一扬：“C。”

苏彦脸色暗了暗：“本来我也选C，后来验算的时候改成了B，那肯定是错了。姐的答案，向来是最正确的。”

“如果你选B的话，必定是漏算了一个公式。”苏央然微笑着，“因为起初我选的是B，后来验算时才觉察到问题。”她如此答着，苏彦更加沮丧了。

老妈见状立刻安慰他：“好了好了，别对答案了，你们学校会发答案下来，到时候再对，也许是你姐姐错了呢。”

沉默的夏川城忽然开了口：“央然是不会做错的，错的肯定是你的儿子。”

苏央然一惊，有些难以置信地看着夏川城。老妈的脸色也难看了起来，她还喃喃自语着：“那也说不定，央然也不是什么都能做得好的。”

“姐姐什么都能做好，如果她说我做错了，那必定是我做错了。那题我现在想想，的确是有一个公式忘记代入了，还是姐最聪明。”苏彦毫无意外地帮了苏央然，然后回头安慰了老妈一句：“妈，别担心，只是一题而已，我其他答案应该都没有错，已经验算过了。”

老妈不说话了，只是闷声坐在那里。

苏央然也将头别了过去，看着窗外。是因为她离开了苏家，所以她和他们之间的距离越来越远了吗？如果她才是她亲生的孩子，那么她是不是会关心自己多一点儿？

明明是知道的，明明心里也清楚，没有血缘关系，必定会隔得稍微远一些。但是心里还是很不好受，特别是在她和苏彦两个人之间，老妈毫不犹豫地选择苏彦的时候，那种理所当然的神情，让她心里更加难受了。

“考试已经结束了，答案应该马上可以知道了吧？”夏川城掏出了手机，“我现在就将答案取出来，你们要今天对还是明天？”

“明天吧。”苏彦竟然率先回答夏川城，他低了低头，“今天就好好庆祝一下，总算是答完了。妈，今天我们不如做一桌菜，大家在一起吃一顿，好不好？”

夏川城看了苏央然一眼，然后直接打断了他的话：“我已经在苏家吃过两次了，你们却还没有来夏家吃过饭。不如今天来夏家吃吧，我们有好几个厨子，如果央然可以做个小菜给爸爸吃，爸爸还是很高兴的。”他不知道什么时候已经自称起爸爸来了，以前还是我啊我的。

苏央然无奈地笑了笑：“好，爸如果喜欢吃，那我煮就是了。”

那一声“爸”，让夏川城又得意了一会儿。而坐在对面的苏彦有些惊讶地看着苏央然，她会喊出这一声“爸”，那就代表她是真的接受了夏川城。而旁边的老妈，似乎也有些哑然，那一声“爸”，让她觉得，苏央然是真的离开了他们。

第四节

晚上在夏家吃饭，老爸也来了。苏央然在厨房里烧菜，里面七八个大厨站在旁边为她打下手，苏彦也进去帮忙了，只有三个大人坐在客厅的椅子上，沉默地盯着自己眼前的茶杯发呆。大厨们觉得很憋屈，他们的手艺那么超群，却偏偏要给这两个孩子打下手。

不过苏央然炒菜的功底还是很深厚的，特别是她的手腕力量比较大，炒菜的时候可以把菜抛得很高，还能翻转过来。

苏央然一般不会用这种方法，除非是在煎荷包蛋的时候，为了让蛋煎得两面金黄，她会尽量翻动手里的锅。

大厨们有些为她洗菜，有些为她切菜，运气稍微好点儿的被安排到旁边摆盘，切萝卜玫瑰花。苏央然简单地烧了六个菜，两荤三素一汤，还有一个是水果，饭后再上，所以也不算是她自己烧的，切水果的是大厨，切得很漂亮。

老妈已经很久没有吃到苏央然煮的菜了，吃进嘴里的时候，眼眶一下子湿润了，而老爸却一句话也不说，只是闷头夹着菜。

他是最不希望苏央然离开的，可是因为自己的儿子，苏央然还是离开了。而他的老婆，偏心的程度谁都可以看出来，尽管苏央然的确不是他们亲生的孩子，可是至少在自己身边陪伴了那么久啊！

只有夏川城，他吃得特别高兴，旁边的大厨看得快要流泪了。夏川城是出了名的挑食，稍微不好吃，他就不会吃了。而且他忌讳又很多，不喜欢吃葱，不喜欢吃蒜，更不喜欢香菜。偏偏苏央然炒的蛋里放了葱，番茄蛋汤里放了香菜，肉片里面放了蒜。这都是夏川城最讨厌的，可是他却吃得那么高兴，那些葱啊蒜啊全然不在意，就算再难吃他也会高高兴兴地放进嘴里。旁边几个每日煮菜都战战兢兢的大厨看到这样的夏川城顿时觉得老天不公啊，明明那些菜只是普通的家常菜，就算再好吃也是家常菜啊！他们精心调制配料、挑选食材，一道菜花上七八个小时，每次做得再努力夏川城也是面无表情，可是现在他是多么高兴，高兴得眼泪鼻涕都要流淌出来了。

吃了晚饭，大家还喝了一点儿红酒。老爸已经有点儿小醉了，他趴在桌上碎碎念着，念着苏央然小时候的一些事情，眼眶微红，恨不得在桌上捶两下："央然从小就很懂事了，每次我回家，都会帮我把拖鞋摆好。""央然七岁的时候已经会做饭了，而且做得非常好吃，我至今还记得。""记得有一次我生病了，感冒很严重，她竟然炖了汤，送到我的公司来。""同事们都羡慕我，有一个那么乖巧的女儿……""央然是那么听话，那么懂事……”“她是我们的女儿，是我们的女儿啊。”“如果不是小彦，央然还会留在我们家吧？”“都是我这个做父亲的不好，没有留住你啊，央然，我没有留住你啊。”

对面的夏川城其实酒量不错，但是因为今天吃了苏央然炒的菜，有些高兴，加上他红酒和洋酒混着喝，头也有点儿晕，听到苏央然的养父居然说这些话，立刻跳了起来：“你还能有女儿给你做饭，还能有女儿给你摆拖鞋，给你炖汤，给你送汤！我呢？她那么残忍地抱着孩子跳进江里，我拼死拼活地救了夏莉上来。可怜我那女儿受了惊吓，一直浑浑噩噩，根本就没有清醒的一天。我那么爱若慈，她却离我而去！离我而去也就罢了，还要带着我的孩子！残忍啊，她是多么残忍啊！”

苏央然嘴角抽搐：“爸，你们喝多了。”

“才没有喝多！”他们异口同声。

苏央然看着另一头的老妈，她只红着眼，却一言不发。看到苏央然瞧着她，她才小心翼翼地擦拭自己的眼角：“央然，是妈对不起你。妈太宠小彦了，忽略了你，在很多时候都……”

“没什么，至少你是真的爱过我。苏彦是你的亲生儿子，偏袒一些我能理解。有些人家，就算两个都是亲生孩子，也是一碗水端不平的，更何况我呢。”苏央然轻轻弯起嘴角，她伸手拍了拍苏彦的后背，“更何况，我也很宠他啊。”

“以后，常回家看看。”最终，千言万语，也只能化为这样一句话。

常回家看看，是了，曾经苏央然是这样想的。等以后工作了，结婚了，老了，她一定要常回家看看，一定要好好照顾他们。可是转瞬间，有些东西已经变了。那个家，曾经是她的家，现在、往后恐怕都不会再是她的家了，“我会经常去看看你们的，还有小彦。”

吃过晚饭夏川城就把答案弄来了。通常高考结束，答案就会从各个教育厅发布出去。夏川城率先拿到，然后立刻给苏彦和苏央然核对。他们两个成绩都不错，苏彦有几张试卷是全对的，也有几张试卷有小错误。苏央然大致没有错，只能看老师打分时的心情了，毕竟有些题目稍微有一点儿不谨慎，也是要被扣分的。

无论如何，高考算是结束了，等到分数下来，他们就可以开始填写志愿了。以苏央然的成绩，几所名校是肯定能进去的，只是她犹豫着，到底要去一个什么样的地方念书。

她脑海里突然闪过洛兰科斯的影子，苏央然撇撇嘴，不知道它有没有大学，如果有的话，去那里念书也是不错的。大学没有男校女校之分了吧?

第五节

时间对于人来说，是很神奇的东西。有时候很长，有时候很短；有时候很快，有时候很慢。

苏央然踏入高中后，遇到了很多人，发生了很多事情，自己也发生了翻天覆地的变化。但明明有那么多故事、那么多片段，可仍旧是那么莫名其妙，它们飞快地闪过，苏央然甚至来不及品味，高中生活就过去了。

如今，天气又那么炎热，水池里的莲花也长得旺盛，想着再过不久，她就会去另一个地方，过另一种生活，心里头是既高兴又犹豫。

成绩发放下来，她的分数可以说是很高的，中国的任何一所大学，她都可以挑选。所以在填写志愿的时候，她也犹豫了很久，看着手里的那张纸发呆。

到底去什么地方好呢?

那些全国知名的大学吗？她的生活真的要在这样的学校里度过吗？或者还有没有那样的地方，就像洛兰科斯一样的地方，会让她觉得高兴，充满干劲儿，每天虽然过着提心吊胆的生活，但是总是充满着乐趣。有没有这样一所学校，会让她学会如何去帮助别人，学会如何成长，学会如何与人交往？有没有这样一所学校，它是温馨的，是快乐的，虽然每天都有很多事情，但你只要睁开眼睛，就可以看见它的美好？有没有这样一所学校，它一年四季都飘着玫瑰花香，只要走进去就可以看见干净的地面，还有一群年轻的孩子在那里打闹?

苏央然忽然沉默了，她自己也未曾发觉，原来洛兰科斯在她心中留下了那么深的印象。纵然自己后来被迫转学到了尚佐高中，可心里头却依旧记得它的美好。

翻着一所所大学的介绍，她的手忽然僵在了半空中。明天就要交志愿了，她到底应该去什么地方?

沉默、犹豫、烦躁。

她几次丢下笔走到落地窗前，窗外的景色是那么美好，大片大片的绿草地，微风吹过，草地就像波浪一样翻滚。苏央然发呆好久，她痴痴地看着那一片绿地，不知道在想着什么。

忽然电话响了，她接起来，是苏彦。

苏彦告诉她，除了那些大学，还有一个特别的学校，也在招生。那是洛兰科斯的直升大学，洛兰科斯皮特学院。皮特是学校的投资人，他以一个人的力量，建立起了这所大学。

大学是直升的，从来不招外面的学生，都是洛兰科斯的学生直升上去，也有一些洛兰科斯的学生考到外面，所以大学里的人数不算很多。

以后能够从洛兰科斯皮特学院毕业出来的，都是社会精英，或是为官，或是经商。学校教的也差不多是与这些行业相关的科目。当然，也有一些特别的，譬如说音乐、美术。

苏彦的意思，苏央然是知道的。

他是想要询问她，要不要去这所洛兰科斯的直升大学。以他们的成绩，哪怕大学不招外面的学生，他们也可以被破例录取进去。更何况以前苏央然还在洛兰科斯念过。而且洛兰科斯皮特学院原本是想设计成男女混合学院，但因为一直只收洛兰科斯男校的学生，也没有人转入这所大学，所以在里面念书的都是男孩子。如果苏央然进去念书了，没准会成为那所学校里的第一个女孩子。

苏央然沉默了，她并没有立刻回答苏彦的话，只是说让她再思考一下。毕竟大学是个重要的阶段。

有多少人为了它，拼搏，奋斗，甚至牺牲了自己的童年。原本应该是快乐游玩的时间，却在铺天盖地的作业里面奋战。他们将语文书后面的词语抄了一遍又一遍，将课本背了一遍又一遍，都是为了一个高考，为了一个大学。

所以，无论换作任何人，都会犹豫，都会思索，都会慎重考虑。

天色已经渐渐暗了下来，夏川城也回了家。

吃饭的时候，苏央然握着筷子还在思考，手里的饭都被拨到了外面。夏川城知道她在为了填选志愿的事情烦心，也不吵她，只是平静地吃着饭。苏央然纠结了很久，忽然把自己的筷子倒转过来，用指甲在其中一根上面划出了一条痕来。

夏川城很震惊，因为那筷子是象牙做的，能够划出痕，也是不容易。

苏央然把筷子放进了旁边的花瓶里，然后拼命地摇晃了一番，自言自语着："选？不选？选？不选？"

连续几次之后，筷子掉了出来。她立刻捡起，上面是没有划痕的。她郁闷地皱了皱眉头，再次重复之前的动作。夏川城嘴角抽搐了一下，很想告诉她：既然那么想去，那就去吧，干吗还重新抽呢？

第二次，仍旧是那根没有划痕的。第三次，第四次，第五次……一直到第十六次，苏央然终于放弃了，她呼出一口气，然后将筷子拿出来继续吃饭。

每一次都是让她不要选择洛兰科斯皮特学院，难道这就是天意？既然是天意，那就相信命运的安排吧。

夏川城见她终于正常了，也放宽了心："选得怎么样了？"

"嗯，选最正常的一所学校。"苏央然回答着。夏川城很是不解，什么叫最正常的？难道还有不正常的吗？

第二天，苏央然在志愿表上填上了北京的一所名校。或许，只有这样的学校，才适合自己吧？正常人，不是都喜欢上这所大学吗？那座洛兰科斯，就让它存放在自己的记忆里，也许只有这样，美好的东西，才可以永远保留。

第六节

某月下午，天气晴。

夏家管事从门外的信箱里取出了一沓信，其中有一张是苏央然的录取通知书，他将信平平整整地放到了苏央然房间门口。苏央然午睡醒来，看到了脚下的那封信。无法平静的她发出一声怒吼："谁！"

她一把捡起地上的信急匆匆地跑下楼，将它直接拍在了客厅的水晶桌上："谁又改了我的志愿？我明明填的是北京的学校！为什么会被洛兰科斯皮特学院录取？到底是谁干的好事？"

两次了，连续两次了！第一次是被父母强迫，不得已到了洛兰科斯男子高校，这次又不知道被谁改了志愿，让她去了洛兰科斯的大学。虽然她也曾犹豫过，但是既然她选择了就没有别的杂念了。到底是谁改了她的志愿！苏央然气得咬牙切齿，旁边的管事立刻一步一步往边上挪去。苏央然见到了他，直接伸手将他拉了过来："是不是夏川城改的？该死的，他居然也要管我考什么大学！当初明明说不管的！"

"绝对不是老爷，老爷昨晚一直在公司，忙着小姐丢下的那个工程。工程已经进行到一半了，审批那边出了点儿问题，老爷就去忙了，没有时间改小姐的志愿啊。"管事立刻辩解，然后拼命摇头。

苏央然冷笑了一声："我志愿都交了好几天了，他指不定什么时候偷偷改过了呢。更何况做这种事情，根本用不着他亲自动手。"

"真的不是老爷……"管事还在解释。

就在这个时候夏川城从公司回来了，他推开门看到苏央然一副要吃人的样子，愣了愣："怎么了？"

"你有没有改我的志愿？"苏央然立刻把那张录取通知书拿到他面前。

夏川城看了一眼上面的字："洛兰科斯皮特学院，也算一个好学校，在里面你可以交到很多伙伴，对你的事业有帮助。他们的教学质量也极好。"

"我问你有没有改啊！"苏央然咬牙切齿，他回答的是什么东西，风马牛不相及。

"没有。"夏川城答得一本正经。

苏央然不信："真的？"

夏川城说："真的。"

苏央然平静了下来，暂且相信了。虽然夏川城的确是最有可能干这种事情的人，但是他绝对是一个干过之后就会承认的人，不会说谎。

那到底会是谁干的呢？苏彦是绝对不可能的，他没有这个能力做到这些。难道会是朔连城？不对，朔连城是跟着她选的，只是他没有上榜，估计是成绩不够，无法录取了。

尚佐更不可能，他最讨厌的就是那些直升的学校，而且他也不自量力地填了和她一样的学校，她真搞不懂为什么这个家伙在考出那么差的成绩的情况下，居然还有胆子填全国排名前几的名校，他难道以为这些学校的分数线会低到400分以下吗？章慎和云洛生也不会这么无聊，他们根本就没念过洛兰科斯。那么，唯一有可能的，就是在洛兰科斯里念书的那帮浑蛋！该死的，一定是他们，他们在半途截取了她的志愿，然后改了上面的内容！